PETRA
FELSNER

W0371995

AUTONOMY

THRILLER

MAXIMUM

Hauptstraße 33
27299 Langwedel
www.maximum-verlag.de

1. Auflage 2023

Lektorat: Diana Schaumlöffel
Korrektorat: Angelika Wiedmaier
Layout: Alin Mattfeldt
Covergestaltung: Alin Mattfeldt
E-Book: Mirjam Hecht

Druck: CPI books GmbH
CO2 neutral produziert
Made in Germany
ISBN 978-3-948346-95-9

Für Jo, Ines und Micha, die das Buch Kapitel für Kapitel bei seiner Entstehung begleitet haben.

Die Erklärung der Chat-Abkürzungen befinden sich am Ende des Buches

Prolog

München-Schwabing, Montag, der 27.07.2037, 8:30 Uhr

Sie hatte den letzten Tropfen Kaffee getrunken und stellte gerade die Tasse in das Spülbecken, als sie das leichte Vibrieren am Handgelenk spürte, das die Ankunft ihres Lifts ankündigte. Leider war der Selbstreinigungsmodus ihrer Küche immer noch nicht in Ordnung, und sie musste entweder ihr Frühstücksgeschirr stehen lassen, was ihr allerdings aus Hygienegründen widerstrebte, oder sie würde zu spät zu ihrem Geschäftstermin kommen. Also lieber eine unaufgeräumte Küche in Kauf nehmen. Das war wirklich ungemein lästig. Vermutlich war das Problem nur ein Software-Update. Dennoch hatte sie nun schon zwei Tage lang der Firma Easy Home hinterhertelefonieren müssen, die das Problem bisher nicht lösen konnte. Zwei Tage lang Geschirr spülen und Küche reinigen. Dinge, für die sie als erfolgreiche Managerin bei einer weltweit agierenden IT-Firma nicht wirklich Zeit hatte. Eine Erinnerung schoss ihr durch den Kopf, und fast musste sie trotz des Ärgers grinsen. Gestern hatte sie in einem Newsflash gesehen, dass es eine neue internationale Bewegung namens NoElectronics gab, deren Mitglieder erklärt hatten, vollkommen ohne elektronische Geräte leben zu wollen. Absoluter Unsinn, und für sie unvorstellbar. Sie selbst konnte sich Elektronik nicht mehr aus ihrem Leben wegdenken. Weder in ihrem Beruf noch im Privatleben. Kein Arm-Device, oder abgekürzt AD, das sich wie ein hauchdünner Computer vom Handgelenk angefangen an den Großteil ihres Unterarms schmiegte. Das AD plante für sie ihre privaten und beruflichen Termine, sorgte dafür, dass sie sich im Münchner Transportsystem ohne Wartezeiten schnellstmöglich fortbewegen konnte, und kümmerte sich sogar noch um ihre Gesundheit. Einfach grandios, diese elektronischen Helfer. Da konnte man über kleinere Instandhaltungsprobleme hinwegsehen.

Wieder spürte sie das leichte Vibrieren an ihrem Handgelenk. Sie sah auf das Display: Ihr Lift wartete schon. Sie klemmte sich ihre Tasche unter den Arm und rannte die Treppe hinunter. Eine freundliche Stimme flötete aus ihrem Armband: „Melanie, immer mit der Ruhe. Du könntest stürzen. Ich werde deinem Lift Bescheid geben, dass du unterwegs bist." Sie hielt kurz inne und atmete tief durch.

Die Haustür öffnete sich wie von Geisterhand, als sie im Erdgeschoss ankam, und direkt vor dem Eingang stand ihr Lift. So wie es aussah, diesmal ein Fahrzeug der neuesten Generation der autonomen Autoflotte von FlexDrive. Ökonomisch von den Ausmaßen her, im Inneren komfortabel eingerichtet und mit der neuesten Elektronik ausgestattet. Sie konnte sich auf dem Weg ins Büro über ihre heutigen Termine informieren oder auch noch eine halbe Stunde zur Entspannung einen Kurzfilm ansehen oder die News des Tages. Manchmal war das Letztere allerdings nicht sehr erbaulich, da Politik selten einen guten Start in den Tag bedeutete. Sie entschied sich dafür, noch kurz die Augen zuzumachen und sich so mental auf einen anstrengenden Tag vorzubereiten. Auf ihr elektronisches Gefährt konnte sie sich verlassen, denn die Unfallrate in München war seit der Einführung der autonomen Fahrzeugflotte drastisch gesunken. Ein fantastisches Ergebnis, wenn man den Medien glauben konnte. Immer weniger Autos wurden hier noch von Menschen gesteuert, denn es war eine Genehmigung notwendig, um von der Stadt München die Erlaubnis für nicht-autonomes Fahren innerhalb der Stadtgrenzen zu bekommen. Das konnte ihr nur recht sein, denn Autofahren gehörte noch nie zu ihren Hobbys. Ihrem Ex-Mann gab schnelles Fahren und eigenständiges Lenken den Kick. Ihr nicht. Ihrer beider Interessen waren nicht nur bei diesem Thema zu unterschiedlich, was wohl letztendlich auch zu ihrer Trennung geführt hatte. Sonja, ihre beste Freundin, hatte ihr empfohlen, eine der Virtual Reality Dating-Plattformen zu nutzen, um wieder jemanden kennenzulernen. Sie sei mit ihren zweiundfünfzig Jahren noch nicht zu alt und auch gesundheitlich eigentlich noch recht fit. Gesundheit, ja. Ein prominentes Thema. Gerade vor ein paar Tagen hatte sie den vorgeschriebenen Gesundheitscheck ihrer Krankenkasse durchführen lassen. Das Ergebnis hatte sie noch nicht erhalten, aber sie hatte sich ja immer gesund ernährt und fühlte sich gut. Dennoch, man wusste nie, was im eigenen Körper vorging, Kontrolle war besser. Außerdem kam die Krankenkasse dafür auf.

Ihr Lift, also das autonome Fahrzeug, in dem sie saß, hatte bereits auf ihre Playlisten zugegriffen, und leise ertönte Musik aus ihrer Jugend. Sie hatte die Augen geschlossen und döste zu den Songs von Ariana Grande vor sich hin.

Sie wusste nicht, wie viel Fahrtzeit vergangen war, als sie plötzlich eine ungewohnte Erschütterung spürte. Sie schlug die Augen auf und sah zu ihrem großen Entsetzen, dass sich das Auto nicht mehr in dem üblichen morgendlichen Verkehr einreihte, sondern im Begriff war, in die Straßenabgrenzung zu krachen.

Es vergingen nur noch Zehntelsekunden, bis ihr Lift die Brüstung der Brücke durchbrach und sie durch den harten Aufschlag auf der Wasseroberfläche die Besinnung verlor. Die automatischen Sicherheitsvorkehrungen des Lifts hatten versagt, und jegliche Rettung kam zu spät, um sie vor dem Ertrinken zu retten, als das Fahrzeug langsam auf den Grund der Isar sank.

1

Life sucks! Oder auf gut Deutsch: Das Leben ist hart. Und meines, das bereits sechzehn lange Jahre währende Leben der Nora Achtziger, ist eins der härtesten.

Eigentlich hatte der heutige Tag mit der Aussicht auf lebensverändernde Umstände begonnen.

Zum einen schien die Sonne, was Ende Juli in München schon mal nicht zwingend der Fall ist. Sommer ist der Name für eine Jahreszeit und steht nicht immer in Korrelation mit gutem Wetter. Zum anderen war heute der erste Tag meines Praktikums bei AutoDat, einer der beiden führenden Firmen im Bereich der Datenmobilität. Zu ihren Subunternehmen zählte unter anderem FlexDrive, das mit seiner autonomen Fahrzeugflotte das Rückgrat des Münchner Transportsystems bildete. Ich hatte mich so richtig auf diesen Tag gefreut, weil der ganze Bereich des autonomen Fahrens auf mich eine Faszination ausübte, die ich nicht erklären konnte.

Hierzu muss man vielleicht noch sagen: Ich bin ein Geek. Ein Computerfreak. Ein Hacker. Oder wie auch immer man das nennen möchte. Programmieren ist meine Leidenschaft. Algorithmen für autonomes Fahren zu entwickeln, sind mein absoluter Traum. Meine besten Freunde sind mein Laptop und mein AD, das ich letztes Jahr zu Weihnachten bekommen habe. Der einzige Mensch, der mich annähernd versteht, ist mein Informatiklehrer, der mir auch diesen Ferienjob durch seine Connection verschafft hat. Ich liebe ihn! Also nicht im körperlichen Sinne, sondern ich meine damit eher, dass wir wirklich auf einer Wellenlänge sind.

Früher war ich ganz eng mit meiner Nachbarin Lilly befreundet.

Wir wohnen im Süden von München in einem Kaff namens Sauerbrunn, und Lilly und ich haben zusammen die ganze Umgegend unsicher gemacht, sind auf Scheunendächer und Bäume geklettert, von dem ein oder anderen Dach oder Baum auch wieder hinuntergefallen, haben Obst aus den Gärten geklaut und den Jungs den Kopf verdreht. Dann ist irgendetwas passiert, und Lilly hing nur noch mit einer anderen Clique und in der Disco ab, und ich vor meinem Computer. Am wohlsten fühle ich mich in den vier Wänden meines Zimmers, das einer skurrilen Mischung aus einem Hightech-Elektronik-Laden und einer Schrotthalde gleicht. Meine Mutter hat kategorisch erklärt, dass sie mein Zimmer nie wieder betreten würde und dass ich auf mich alleine gestellt sei, was die Instandhaltung meines Habitats betrifft. Mein Vater ist eigentlich nur am Arbeiten, von daher hat er eh keine Zeit, sich mit mir oder meinem Zimmer näher zu beschäftigen, und meinen vier jüngeren Geschwistern habe ich kategorisch und unter Androhung drakonischer Strafen den Zutritt zu meinem Reich verboten.

Die einzige Gefahr droht somit vonseiten der Achtziger-Oma, denn sie ist das verrückteste Mitglied der gesamten Achtziger-Familie und stellt sogar mich in den Schatten. Mit ihren zweiundachtzig Jahren ist sie noch ungemein rüstig und hat vor Kurzem ihr großes Interesse an Computern entdeckt. Man muss sich mal vorstellen, dass sie letzte Woche, während ich in der Schule war, Dungeons & Dragons auf meinem Laptop installiert hat. Das Spiel, ich glaube, es hat wirklich schon ein paar Jahrzehnte auf dem Buckel, hatte sie von einem ihrer Stammtischfreunde empfohlen bekommen, seines Zeichens auch Rentner und in der gleichen Altersklasse. Als ich heimkam, war sie gerade am Ende des zweiten Levels angekommen und so in das Spiel vertieft, dass sie mich fast mit ihrem Joghurtlöffel erschlagen hätte, weil sie mich für den Dunkelelfen hielt, der ihr einen Beutel Gold entwendet hatte.

Nur mit der Hilfe meiner Mutter und einer Ladung hervorragend duftender Pfannkuchen konnte ich mein Zimmer evakuieren, meinen Computer zurückerobern und die Achtziger-Oma wieder in die reale Welt befördern.

Zurück zum heutigen Tag und dazu, wie er nach einem vielversprechenden Start so enttäuschend verlaufen konnte. Der Downturn begann schon beim Frühstück. Meine Geschwister schliefen noch, was in Anbetracht des Beginns der Sommerferien auch durchaus berechtigt war, und mein Vater war bereits in der Arbeit. Meine Großmutter wippte vergnügt auf ihrem Stuhl zu einem Metallica-Song, den man trotz ihrer Kopfhörer vermutlich bis zu den Friesischen Inseln hören konnte. Meine Mutter schnippelte Obst für unser Müsli.

„Nora, hast du eigentlich schon einmal etwas von NoElectronics gehört?"

„Ne, keine Ahnung", grummelte ich meine Mutter an. Ich hatte nicht besonders gut geschlafen und fühlte mich viel zu matschig, um einen guten Eindruck bei meinem neuen Chef und den Arbeitskollegen zu machen.

„Ich habe überlegt, ob wir uns dieser Bewegung nicht vielleicht anschließen sollten."

Ich horchte auf. Es klang so, als würde diese Bewegung möglicherweise eine Beeinträchtigung meines Daseins bedeuten. Jetzt hieß es: aufgepasst.

„NoElectronics-Anhänger verzichten auf alle elektronischen Geräte."

Oje. Downward Spiral!

„Dein Vater und ich wollten heute mal mit dem Verzicht auf das Auto anfangen. Es macht dir doch nichts aus, mit dem Fahrrad zum Bahnhof zu fahren?"

„Prima", die Achtziger-Oma sah hellauf begeistert aus, „da mache ich auch mit. Das ist ja wie früher, als es noch keine Kühlschränke gab." Als ob meine Oma das wirklich erlebt hätte. Sie wusste doch gar nicht, von was sie sprach.

„Oma, wie willst du denn dann Dungeons & Dragons spielen?", fragte ich sie und dachte, dass ich ein solides Argument gegen NoElectronics gefunden hatte.

„Der Huber hat vorgeschlagen, dass wir ab jetzt zu Rollenspielen übergehen. Das macht mehr Spaß, meint er."

Für einen kurzen Moment hatte ich einen Flash, in dem ich meine Oma in mittelalterlichen Klamotten durch den Wald springen und mit einer Armbrust auf harmlose Spaziergänger und Hundehalter zielen sah. Ungläubig musste ich blinzeln.

Nicht, dass ich daran zweifeln würde, dass die Achtziger-Oma dazu imstande wäre. Ich war mir nur nicht im Klaren darüber, wie die örtliche Polizei mit der Tatsache umgehen würde, dass eine Horde rüstiger Rentner den Sauerbrunner Forst in ein Eldorado für Mittelalter-Rollenspiele verwandeln wollte.

Aber jedes Problem zu seiner Zeit. Zunächst einmal musste ich dafür sorgen, mich rechtzeitig bei meiner Praktikumsstelle einzufinden. Ich wollte ja nicht gleich am ersten Tag zu spät kommen. Das käme sicher nicht gut an.

Ich verabschiedete mich schnell von meiner Mutter und der Achtziger-Oma und schnappte mir in der Diele meinen Rucksack inklusive Laptop sowie meine Jacke mit den in der Kapuze eingebauten Kopfhörern. Bei dem Wetter heute hätte ich beim besten Willen keine Jacke gebraucht, aber ich wollte vermeiden, dass meine Eltern sie in ihrem NoElectronics-Wahn vielleicht einer gemeinnützigen Organisation spenden würden - sie enthielt schließlich Elektronik. Also band ich sie mir sicherheitshalber um die Hüften. Dann schwang ich mich auf mein nicht mehr ganz taufrisches Fahrrad, um den Zug Richtung Stadtmitte zu erwischen.

Die meisten meiner Mitschüler, die auch im Münchner Umland lebten, hatten Jahreskarten für die autonomen Autos von FlexDrive. Da meine Eltern im letzten Jahr einiges an unserem Haus reparieren lassen mussten und wir darüber hinaus fünf Kinder waren, die Nahrung, Kleidung und Schulsachen brauchten, saß bei uns das Geld nicht ganz so locker. So kam es, dass ich immer noch auf mein Fahrrad angewiesen war oder auf unseren alten VW, der mit einem autonomen Fahrzeug so viel gemeinsam hatte wie eine Kerze mit einer LED-Lampe. Und natürlich auch auf einen Fahrer, denn Geld für meinen eigenen Führerschein musste ich mir erst noch verdienen. Und wenn man dem allgemeinen Trend folgte, war es sowieso fraglich, ob man überhaupt noch einen Führerschein brauchte.

Auf dem Weg in die Stadt bat ich mein AD, mir ein Zugticket zu besorgen und mir den schnellsten Weg zum Bürogebäude von AutoDat in die Kopfhörer zu spielen. Für jeden, der sich wundert, warum ich mein AD höflich bitte: Ich weiß, dass es sich nur um ein Stück Elektronik handelt, aber ich fühle mich einfach besser, wenn ich zuvorkommend mit den Sprachassistenten meiner Geräte umgehe. Ich bin felsenfest davon überzeugt, dass irgendwann unsere elektronischen Geräte intelligenter sind als die Menschheit und die Kontrolle über die Erde übernehmen werden. Ist es dann nicht vorteilhaft, wenn man sich provisorisch auf diese Eventualität vorbereitet und sich mit ihnen gut gestellt hat?

Eigentlich hatte ich genügend Zeit eingeplant, um wie vereinbart pünktlich um neun Uhr bei AutoDat einzutreffen. Womit ich allerdings nicht gerechnet hatte, waren ein riesiger Auflauf von Polizei, Feuerwehr und eine undurchdringliche Menschenmenge auf der Corneliusbrücke, die ich, um mein Ziel zu erreichen, noch überqueren musste. Also retour und über die nächste Brücke, was mich trotz Laufschritts wertvolle fünfzehn Minuten kostete. Die letzten hundert Meter legte ich in Rekordzeit hin, und nur knappe fünf Minuten zu spät hechtete ich schweißgebadet in die großzügige und mit Marmorfliesen ausgelegte Eingangshalle des modernen, achtstöckigen Bürogebäudes der Münchner AutoDat-Filiale.

Hinter einem eleganten Empfangstresen sah mich ein älterer, bebrillter Pförtner verwundert und etwas mitleidig an. Völlig außer

Atem schilderte ich ihm, warum ich hier war und dass ich mich bei Herrn Käfer von der Qualitätsabteilung melden sollte. Nur Sekunden später stand ich, einen Gästeausweis für den Zugang zum AutoDat-Bürogebäude in der Hand, in einem von drei gläsernen Wänden umgebenen Aufzug, der an der Außenwand des Gebäudes nach oben rauschen und mich im sechsten Stock abladen sollte. Wäre ich nicht so nervös gewesen, dann hätte ich sicher die Aussicht genießen können. So konzentrierte ich mich eher auf mein Aussehen in der verspiegelten Aufzugtür. Jeans, weiße Bluse und meine saubersten Sneakers. Passabel! Meine dunkelbraunen langen Haare hatte ich zu einem einigermaßen ordentlichen Pferdeschwanz gebunden. Ich gehörte nicht zu den Mädchen, die sich gerne schminken und aufstylen, aber was ich sah, stellte mich zufrieden. Der Aufzug gab ein dezentes Klingeln von sich, und die Tür schob sich zur Seite.

Ich hüpfte über die Schwelle und wollte eben um die nächste Ecke biegen, als mein Vorwärtsdrang jäh von einer Tasse Kaffee abgebremst wurde, deren Inhalt sich über meine weiße Bluse, Jeans und Sneakers ergoss.

„O nein! Verdammt!“, entfuhr es mir. „Warum muss so etwas immer nur mir passieren?“ Das konnte doch einfach nicht wahr sein.

Ich sah von mir und meinen kaffeegetränkten Klamotten hin zu der Kaffeetasse und demjenigen, der an ihrem Henkel hing: Etwa ein Meter neunzig, schlank, braune kurze Haare, Dreitagebart, auf den ersten Blick ungemein gut aussehend. Mein Mund stand offen, und mein Gehirn ging auf Stand-by-Modus.

„O Mann, Girlie, kannst du nicht aufpassen? Du kannst von Glück reden, wenn mein Anzug keine Flecken abbekommen hat. Die Reinigung ist nicht günstig. Der ist von Boss.“ Er hatte eine dunkle angenehme Stimme mit einem deutlichen englischen Akzent.

Langsam nahm ich auch den Inhalt seiner Worte in mich auf.

„Äh, Augenblick. Du …“ Ich verbesserte mich schnell, obwohl er höchstens ein paar Jahre älter war als ich. „… Sie sind mit Ihrer Tasse genauso schnell um die Ecke gebogen wie ich.“ Aus dem Augenwinkel suchte ich seine Klamotten nach Flecken ab.

„Und es sieht nicht so aus, als hätten Sie auch nur einen Spritzer abgekriegt. Ich sehe allerdings aus, als hätte ich in Ihrem Kaffee gebadet.“ Ich deutete auf den riesigen braunen Fleck auf meiner vormals weißen Bluse.

„Na, dann pass nächstes Mal einfach besser auf. Außerdem denke ich nicht, dass deine Kleidung sehr hochwertig ist.“ Abschätzig musterte er mich von Kopf bis Fuß. „Ach, und bring diese Tasse Cindy.“

Er drückte mir die leere Tasse in die Hand und ging einfach an mir vorbei, ohne mich auch nur eines weiteren Blickes zu würdigen.

Völlig verdutzt stand ich da, im wahrsten Sinne des Wortes wie ein begossener Pudel, und versuchte meine Sprache wieder zu finden.

„Was für ein arrogantes Ekel“, brach es aus mir heraus.

„Da hast du wirklich recht“, ertönte eine helle Stimme aus der Richtung, die ich ursprünglich eingeschlagen hatte.

„Ich bin Cindy, die Sekretärin von Herrn Käfer.“

Eine etwa dreißigjährige, kleine, dafür aber sehr runde Frau kugelte auf mich zu.

„Die, der du die Kaffeetasse geben sollst.“ Sie grinste.

„Du bist Nora, oder? Unseren guten Cole hast du ja schon kennengelernt, wie ich eben gesehen habe. Er ist der Sohn des Londoner Chefs unserer FlexDrive-Gruppe, und bringt gerade die DA, also unsere Data-Analytics-Abteilung im siebten Stock, zur Verzweiflung. Zum Kaffeetrinken kommt er immer zu uns, weil er behauptet, unser Kaffee würde besser schmecken. Wenn du mich fragst, völliger Blödsinn, denn wir haben auf jedem Stockwerk die gleichen Maschinen.“ Sie schnappte kurz nach Luft. „Das war leider nicht der Empfang, den du, denke ich, erwartet hast. Komm doch erst mal mit in die Kaffeeküche, damit wir dich zumindest ein bisschen wiederherstellen können. Danach bring ich dich zu Herrn Käfer."

Cindy schleppte mich in die Küche und bemühte sich redlich, die Kaffeeflecken zumindest von meiner Jeans und den Schuhen zu entfernen. Dabei plapperte sie munter immer weiter, und so erfuhr ich, dass sie schon fünf Jahre bei AutoDat war. Also quasi fast seit der Firmengründung. Eine prima Gelegenheit, etwas über das Unternehmen zu lernen, also unterbrach ich sie auch nicht.

„Herr Käfer ist erst mein zweiter Chef hier. Und ich arbeite seit zwei Jahren für ihn. Vorher war ich bei Legal, also unserer Patent- und Rechtsabteilung. Der Käfer ist sehr korrekt und manchmal ein bisschen steif, aber das sind wohl Voraussetzungen für den Leiter einer Qualitätsabteilung." Cindy lächelte mich strahlend an und begutachtete das Ergebnis ihrer Reinigungsversuche.

„Besser geht's, glaube ich, nicht", konstatierte sie schließlich.

Ich sah an mir hinunter. Die Schuhe und Jeans sahen wieder ziemlich okay aus. Die Bluse war für den heutigen Tag wirklich nicht mehr zu retten, aber das war klar gewesen.

„Um den Fleck auf der Bluse zu verdecken, bekommst du von mir ein Tuch. Ich habe eins in meinem Cube."

Und schon zog mich Cindy aus der Küche, die ich jetzt schon recht gut kannte, und in den Bürobereich hinein, den ich erst mal mit Staunen betrachtete.

Das Büro der Qualitätsabteilung nahm etwa die Hälfte des sechsten Stockwerks ein. Im hinteren Bereich befanden sich zwei Räume. Bei einem war die Tür geschlossen – vermutlich das Büro von Herrn Käfer, dem Chef. Bei dem zweiten Raum stand die Tür weit offen, und ich konnte einen langen Tisch erkennen, der von Stühlen gesäumt war. Ein Besprechungsraum. Das restliche Büro sah wirklich genial aus und war ein, wie ich von Cindy lernte, Großraumbüro mit einzelnen Cubicles, auch Cubes genannt, die für die Mitarbeiter bestimmt waren. Das coolste war eine supergemütliche Sitzecke mit kunterbunten Sofas, Sesseln und kleinen Beistelltischchen, die an drei Seiten von riesigen Bildschirmen umgeben war, auf denen verschiedene Sendungen oder Filme zu sehen waren.

Cindy zeigte auf die Bildschirme. „Auf jedem der Screens laufen parallel drei verschiedene Programme oder Filme. Je nachdem aus welcher Richtung du auf den Screen siehst, kannst du dich für eines der Programme entscheiden. Und alle Mitarbeiter haben Kopfhörer, über die wir den Ton auswählen können. Das ist wirklich super für die Pausen."

Und dann fügte sie hinzu: „Und wenn du mal keine Lust hast, in deinem Cube zu arbeiten, dann kannst du deine eigenen Programme oder Arbeitsmaterialien auch über die großen Screens laufen lassen. Wobei, eigentlich ist das selten notwendig, denn unsere Cubes sind quasi Screens für sich und ziemlich modern."

Mit diesem Worten führte sie mich in das nächst gelegene Cubicle. Cubicles kenne ich schon lange, denn in jedem amerikanischen Film sieht man sie immer, wenn Büroszenen vorkommen. Rechteckige, enge Schachteln mit circa einen Meter vierzig hohen Seitenwänden, in denen jeweils ein Mitarbeiter vor seinem Computer sitzt. Das sah für mich immer eher nach Massentierhaltung aus. Die Cubes hier waren damit gar nicht zu vergleichen, sondern richtig klasse.

Cindys Cube bestand aus bestimmt einen Meter achtzig hohen Seitenwänden, die eigentlich keine Wände waren, sondern Bildschirme. Auf einem der Bildschirme prangten Strand und Palmen, auf dem zweiten war ein kleines Kind zu sehen, das gerade durch eine Wohnung hüpfte und einer älteren Frau das Leben schwer machte, und auf dem dritten Screen war eine E-Mail und daneben ein geschriebener Text abgebildet. Offensichtlich nutzte Cindy den ersten Screen für Urlaubsfotos, den zweiten, um zu sehen, was ihr Kind trieb, während sie arbeitete, und den dritten Bildschirm für ihre Arbeit. In der Mitte ihres Cubes stand kein Schreibtisch mit Computer drauf, wie ich es erwartet hätte, sondern ein bequemer Stuhl mit integrierter, wegklappbarer Tastatur und einer Hightech-Maus.

Das war alles. Na, wenn das nicht der Arbeitsplatz der Zukunft war. Das ließ mich ja fast meinen Kaffeefleck vergessen.

Apropos Kaffeefleck. Cindy zog eine Schublade aus einem modernen Tischchen, das neben dem Stuhl stand, und drückte mir einen Schal in die Hand. Pink. Absolut nicht meine Farbe. Aber in Anbetracht dessen, dass sie mich strahlend anlächelte und es ja wirklich gut mit mir meinte, konnte ich mich kaum darüber beschweren. Mit einem heimlichen Seufzer schlang ich mir das Farbmonster um die Schultern und deckte so gut es ging das unerwünschte bräunliche Muster auf meiner Bluse ab.

Dann brachte mich Cindy zum Chef der Abteilung. Herr Käfer war schätzungsweise so um die vierzig, also ein bisschen jünger als meine Eltern, mittelgroß, kräftig gebaut, mit bereits lichtem Haar über der Stirn, und sah sehr seriös aus. Er trug schwarze Schuhe, eine graue Anzughose und ein definitiv sauberes weißes Hemd. Offensichtlich hatte er heute noch keinen Zusammenstoß mit diesem Cole aus der DA.

Auch sein Büro war ... wow! Supermodern und richtig geschmackvoll eingerichtet. Hier ließ es sich wirklich aushalten. Außerdem hatte es Fenster bis zum Boden, die eine wirklich tolle Aussicht über die Dächer der Münchner Altstadt boten. Herr Käfer kam mir entgegen und schüttelte mir freundlich die Hand. Fester Händedruck. Der Mann war mir sympathisch. Allerdings warf er einen etwas verwirrten Blick auf meinen leuchtfarbenen Umhang.

„Nora Achtziger", stellte ich mich vor. Er nickte.

„Mein Name ist Klaus. Klaus Käfer. Aber bei AutoDat duzen wir uns alle. Dein Informatiklehrer, Josef Bauer, hat in den höchsten Tönen von dir gesprochen. Wir kennen uns schon lange. Josef war mein Student, als ich an der TU am Informatik-Lehrstuhl habilitiert habe. Ich gebe ziemlich viel auf seine Meinung."

Ich wurde ein bisschen rot, denn ich war es nicht gewohnt, dass sich jemand euphorisch über meine schulischen oder sonstigen Leistungen äußerte.

„Leider habe ich heute wenig Zeit für dich, denn wir haben gerade einen Unfall von unserer FlexDrive-Fahrzeugflotte reinbekommen, zu dem wir mit höchster Priorität den Algorithmus auf Fehlfunktionen untersuchen müssen."

„Oh. Hat es etwas mit der Polizei und Feuerwehr auf der Corneliusbrücke zu tun? Da war heute früh ein ziemlicher Menschenauflauf", platzte es aus mir heraus. O nein, erst mal denken, dann sprechen. Ich hatte jetzt vermutlich einen ziemlich neugierigen und sensationslüsternen Eindruck bei ihm hinterlassen. Sofort zeichnete sich auch eine Falte auf seiner Stirn ab, und er nickte kurz.

„Also, willkommen im Team, Nora. Cindy wird dir die anderen Kollegen vorstellen", beendete er das Gespräch mit mir. Dann wandte er sich an Cindy: „Cindy, kannst du bitte dafür sorgen, dass Eric Nora einarbeitet und ihr ein paar einfache Test-Algorithmen zum Starten gibt."

Dann beschäftigte er sich auch schon wieder mit einer hereinkommenden Nachricht auf einem seiner Bildschirme, und Cindy zog mich aus seinem Büro.

Nun ging der Vorstellungsmarathon erst so richtig los. Die Qualitätsabteilung bestand neben Klaus Käfer und Cindy noch aus sieben weiteren Mitarbeitern, wovon sich mehr als die Hälfte um Ausgangskontrolle, also die Algorithmen kümmerte, die neu releast, also neu eingesetzt wurden. Nur zwei Leute waren für die Fehleranalyse von Field Returns, den im Einsatz auftretenden Fehlern, verantwortlich. Eric Miller war einer der beiden Field-Returns-Spezialisten, und – o Jesus! – dem Aussehen nach, ein absoluter Nerd. Er sah mit seinen zerfransten Jeans und der mit verschiedenen Logos bestickten schwarzen Lederjacke aus wie ein Hells-Angels-Rocker. Allerdings fragte ich mich, ob es ein Motorrad gab, das seinen Ausmaßen standhalten würde. Er war nicht groß, dafür fast ebenso breit und in seinem Cube waren etwa zehn Plastikeimer mit verschiedensten Süßigkeiten übereinandergestapelt. Sein Alter war undefinierbar und lag irgendwo zwischen dem meinen und dem von Klaus Käfer. Seine schwarzen Haare hatte er mit einer verspiegelten Sonnenbrille zurückgeschoben und im Nacken zu einem Pferdeschwanz gebunden.

„Hey, Babe!“, tönte es mir mit unverkennbarem amerikanischen Akzent entgegen. „Great, dass ich hier endlich Unterstützung bekomme. Ich arbeite ja schon wie ein Pferd, aber es ist einfach viel zu viel zu tun. Wir sind völlig unterbesetzt.“

„Pferd?“, dachte ich mir, „wohl eher Nilpferd.“ Er sah so schrill aus, dass ich mir ein Lachen verkneifen musste, aber irgendwie war er auf seine ganz eigene Art auch richtig sympathisch. Er kam mir fast vor wie ein Hacker aus einem dieser amerikanischen Blockbuster. Und schon hatte ich seine Patschhand in der meinen und wurde in eine Umarmung gequetscht, dass ich nicht mehr wusste, ob ich ihr, ohne zu ersticken, entkommen konnte. Unsere Zusammenarbeit begann vielversprechend.

Cindy strahlte übers ganze Gesicht und schob mich zu Eric ins Cube. Nicht das neben Eric viel Platz gewesen wäre, aber ich versuchte, mich so schlank wie möglich zu machen.

„Eric ist seit einem Jahr bei uns und hat vorher für AutoDat in Kalifornien programmiert. Er ist einer der Entwickler unserer ersten autonomen Algorithmen. Wir nennen ihn auch The Brain. Er ist ein richtiger Schatz.“ Und damit tätschelte sie seinen Arm, der dem Rüssel eines Elefanten ähnelte.

„Es ist wirklich Wahnsinn, dass so ein intelligenter Typ wie Eric es so lange in der Qualitätsabteilung aushält.“

Eric wurde leicht rosa. „Na bei den Kollegen.“ Dabei sah er Cindy mit einem schmachtenden Blick an.

Aha, wenn da nicht gerade eine gehörige Anzahl an Hormonen zwischen den beiden hin und her flitzten, dann fresse ich einen Besen.

Sollte mir recht sein. Ich war zum Arbeiten hier, nicht mehr und nicht weniger. Und wenn Eric wirklich Algorithmen für autonomes

Fahren entwickelt hatte, dann konnte ich 'ne ganze Menge von ihm lernen, solange ich schlank genug blieb, um mich mit ihm in einem Raum aufzuhalten. Und er war nett. Mit ihm zusammenzuarbeiten, würde sicher viel Spaß machen.

Eric versprach mir, dass er mir für morgen schon einen einfachen Algorithmus aus den aktuellen Returns heraussuchen würde, mit dem ich üben konnte.

Den verbleibenden Tag verbrachte ich damit, noch einige Kollegen kennenzulernen und von jedem einen kurzen Überblick über ihre Aufgabenfelder und aktuellen Themen zu bekommen.

Die technische Datenassistentin hieß Rihanna, und sah aus als hätte sie ihre Karriere als Model knapp verfehlt. Über Mode lässt sich bekanntlich streiten, und ihr Gesicht musste sie abends sicherlich mit einer Spachtel abschminken.

Der zweite Kollege, der sich neben Eric um die Returns kümmerte, hieß Ronald. Er war mir auf den ersten Blick unsympathisch, aber ich konnte nicht wirklich herausfinden, woran es lag. Ronald war Ende zwanzig, hatte blonde gegelte Haare und stechende stahlblaue Augen, die ein wenig zu nahe beieinanderstanden, um gut auszusehen. Er erinnerte mich an einen Hai im Anzug, denn neben Klaus Käfer war er der Einzige im Team, der businesslike gekleidet war. Okay, er fühlte sich vermutlich als der Nächste in der Reihe, um den Chefposten zu übernehmen. Da war mir Rocker Eric doch deutlich lieber, und ich dankte Gott für diese kleine Gabe, ihn als Betreuer und Ansprechpartner zugewiesen bekommen zu haben.

Der Nachmittag verging wie im Flug. Fast hätte ich den Tag trotz der Kaffee-Misere als Erfolg gewertet, wenn ich nicht auf dem Heimweg im gleichen Zugabteil wie Lilly und ihre Clique gesessen hätte, die mich zunächst wie Luft behandelten. Das konnte mir eigentlich egal sein.

Als ich aber dann Gesprächsfetzen wie „Nerd“, „… und du warst wirklich mal mit der befreundet …“ aufschnappte, traf es mich schon. Denn eigentlich hatte ich mich mit Lilly früher wirklich gut verstanden, und wir waren zusammengehangen wie Pech und Schwefel. Während sie sich aber vor einem Jahr ihren meiner Meinung nach sehr oberflächlichen neuen Freunden zugewandt hatte, war ich meinem Frust erlegen und hatte mich verkrochen. Wie bereits erwähnt: Life sucks!

2

Ich schlug die Augen auf.

Heute war mein zweiter Tag bei AutoDat. Der heutige Tag konnte eigentlich nur besser laufen als der gestrige. Diesen Gedanken hegte ich genau bis zu dem Zeitpunkt, als ich meine Mutter und Oma beim gemeinsamen Frühstück antraf, oder vielmehr bei dem Versuch, ein Frühstück herzurichten, und zwar ohne Verwendung elektronischer Geräte. Dass ich mit dem Fahrrad zum Bahnhof würde fahren müssen, war mir eh klar gewesen und konnte mich nicht weiter erschüttern.

Eben wollte ich noch mit ziemlich vom Schlaf verklebten Augen meine Kaffeetasse unter unseren Kaffeeautomaten stellen, als meine Oma sie mir aus der Hand riss. Verdattert sah ich sie an und blinzelte.

„Die Kaffeemaschine kannst du nicht verwenden“, krächzte sie. „Wir sind doch jetzt voll bei Notorisch dabei.“

„NoElectronics“, verbesserte meine Mutter sie.

„Na, auch egal. Also deinen Kaffee übergießt du mit kochendem Wasser und seihst ihn dann mit dem Handsieb ab.“ Ungläubig starrte ich sie an.

„Und wie komme ich an das kochende Wasser? Unser Herd hat doch auch zig elektronische Funktionen, wie zum Beispiel Selbstreinigung und Programmierung der einzelnen Kochplatten.“

„Oh. Daran habe ich gar nicht gedacht. Ach ja, ich hab’s. Wir zünden draußen ein Feuer an und hängen einen Kessel mit Wasser drüber. In null Komma nix haben wir kochendes Wasser.“ Die Achtziger-Oma strahlte mich siegesbewusst an.

Fassungslos stand ich da - der Kaffeevollautomat so nahe, aber dennoch unerreichbar.

„Wisst ihr was? Ich habe es eh ein bisschen eilig heute, ins Büro zu kommen. Ich bin ja neu dort und will einen guten Eindruck machen. Ich trinke dann meinen Kaffee dort."

Ich drückte beiden einen Kuss auf die Wange, krallte mir meinen Rucksack und machte mich auf den Weg. Als meine Oma mir noch hinterherrief, dass sie für heute Nachmittag mit ihren Stammtischrentnern das erste Fantasie-Rollenspiel geplant hätte und wann ich denn in etwa heimkommen würde, dachte ich nur noch: „Nichts wie weg!"

Auf dem Weg in die Stadt ging mir der gestrige Unfall durch den Kopf. Eine Frau war ertrunken, als ihr Lift auf der Corneliusbrücke durch die Brüstung gebrochen und in die Isar gestürzt war. Es musste alles so plötzlich passiert sein, dass sie sich nicht selbst befreien konnte, und die Rettungskräfte waren zu spät zum Unfallort gekommen, um sie noch lebend zu bergen. Als ich es in den News gesehen hatte, konnte ich es fast nicht glauben, weil die Mauer der Brücke so richtig massiv aussah. Die Frau tat mir sehr leid. Es musste schlimm sein, in einem Fahrzeug ins Wasser zu fallen und dann darin gefangen zu sein, bis einem langsam die Luft ausging. Aber vielleicht war sie ja gar nicht bei Bewusstsein gewesen. Auf jeden Fall – schrecklich, sich das auch nur auszumalen.

In den letzten Monaten hatte es ein paar Unfälle in München gegeben, in die autonome Fahrzeuge von FlexDrive verwickelt waren. Erst im Mai war eines der FlexDrive-Autos mit einem achtundfünfzigjährigen Fahrgast gegen einen vor ihm fahrenden Lastwagen geprallt. Der Mann war kurze Zeit später im Krankenhaus seinen schweren Verletzungen erlegen. Ich war in den News darauf aufmerksam geworden, weil ich gerade erst meinen Praktikumsvertrag bei AutoDat unterschrieben hatte. FlexDrive, das Subunternehmen von AutoDat, hatte seinen Hauptsitz in London - wo auch dieser dämliche Cole mit seiner noch dämlicheren Kaffeetasse herkam. Wobei, die Kaffeetasse konnte ja eigentlich nichts dafür und stammte vermutlich auch nicht aus London.

FlexDrive hatte die Marktführung im Bereich der autonomen Fahrzeuge im urbanen Bereich und nutzte zu hundert Prozent die Programm-Algorithmen von AutoDat. Das Geschäftsmodell von FlexDrive war MaaS, also Mobility-as-a-Service, und beinhaltete somit auch Robo-Taxis, eigenständig fahrende Taxis ohne Fahrer.

Trotz dieser beiden wirklich schrecklichen Unfälle war ich überzeugt, dass autonomes Fahren eine der faszinierendsten Erfindungen des 21. Jahrhunderts war. In den letzten zehn Jahren hatte sich hier so viel getan, und selbst wenn es gelegentlich zu Unfällen mit den Lifts kam, es war kein Vergleich zu früher. Noch vor zwanzig Jahren gab es über dreitausend Verkehrstote in Deutschland pro Jahr und fast vierhunderttausend Verletzte. Kaum vorstellbar. Nach neuesten Statistiken war die Zahl der Verkehrsunfälle seitdem um circa dreißig Prozent zurückgegangen. Und in einer Studie hatte ich gelesen, dass bis 2050 sogar ein Rückgang von fünfzig Prozent erreicht werden könnte. Das war wirklich eine der Innovationen, bei der ich mich engagieren wollte. Dann kam mir wieder die NoElectronics-Bewegung in den Sinn, und ich schüttelte unwillkürlich den Kopf. Die wollten wirklich in die Steinzeit zurück. Zugegeben, nicht alle technischen Errungenschaften waren gut für die Menschheit, aber komplett auf Elektronik zu verzichten, war ja ein absoluter Blödsinn und würde sich nie durchsetzen.

Ich sinnierte ein wenig vor mich hin und hätte fast verpasst, rechtzeitig aus der Bahn auszusteigen. Doch heute lief alles glatt, und ich stand um Viertel vor neun in der Eingangshalle von AutoDat. Der Pförtner hatte sogar einen Mitarbeiterausweis für mich bereitliegen, mit dem ich für die nächsten Wochen Zutritt zum Aufzug und den Büros bekam. Das hatte Cindy gestern noch alles für mich organisiert.

Stolz stieg ich in den Aufzug, sah aber zu meinem Entsetzen, dass schon jemand drinstand. Und zwar Cole.

Ich stammelte ein zögerliches „Guten Morgen".

„Na, noch ganz saubere Klamotten heute?"

„Äh, ja, klar. Ich bin ja heute noch mit niemanden zusammengestoßen, der seine Kollegen mit Kaffee übergießt." Und um von dem gestrigen Missgeschick abzulenken, fügte ich hinzu: „Du kommst von unten? Was ist denn im Untergeschoss?"

„Na die Garage, für diejenigen die noch mit dem eigenen Auto in die Stadt kommen. Ich habe da unten meinen Ferrari geparkt. Den habe ich aus London mitgebracht. Ist quasi ein Oldtimer und hat noch nen richtigen Verbrennungsmotor. Vielleicht nehme ich dich ja mal auf 'ne Spritztour mit. Du glaubst nicht, was der für einen Sound hat." Er musterte mich kurz von oben bis unten. „Dafür musst du dich aber ein bisschen schicker anziehen."

Uhhh. Nein danke. Was für ein Angeber. Dieses hochnäsige Getue war ja unerträglich. Sehr schade eigentlich, denn vom Aussehen her war er wirklich mein Typ. Nervös kontrollierte ich die Nummern der Stockwerke, die an uns vorbeiflitzten.

„Ich muss jetzt raus. Sechster Stock. Bis demnächst dann."

Und schon katapultierte ich mich so schnell wie möglich aus dem Aufzug, um auch nur keine Minute länger neben diesem Londoner Schnösel zu stehen.

Als die Türen des Aufzugs sich wieder geschlossen hatten, drehte ich mich kurz zu der verspiegelten Fläche um. Wieso sollte ich mich schicker anziehen? Ich trug meinen schwarzen Rock, der bis knapp über die Knie ging, und schwarze Sandalen. Schwarz ist wirklich meine Farbe. Damit kann man eigentlich nichts verkehrt machen. Allerdings beschwerte sich meine Mutter immer, wenn ich nur Schwarz und Grau trug. Meist mit den Worten: „Gehst du denn zu einer Beerdigung?" Daher hatte ich meine schwarzen Klamotten mit einer beigen Kurzarmbluse kombiniert. Dann noch meine Haare gut gekämmt und ein bisschen Kajal um die

Augen. Natürlich nicht zu viel, damit ich nicht gothic-like rüberkam.

Ich riss mich zusammen. Warum zweifelte ich an mir wegen eines Kommentars dieses Typen? Der Kerl interessierte mich doch überhaupt nicht, und zum großen Glück arbeitete er ja auch nicht in der Qualitätsabteilung. Ich würde ihn also nur selten sehen. Und er hatte sicher einen Münchner Fanclub, der Schlange stand, um in seinem Ferrari mitzufahren. Ein Gedanke zuckte durch meinen Kopf: Wie war er überhaupt an die Fahrerlaubnis für München herangekommen? Sein Ferrari war schließlich ein Verbrenner-Fahrezug. Ich hatte gehört, dass das extrem schwierig war. Natürlich gab es Ausnahmegenehmigungen, aber eine Erlaubnis für Spritztouren mit einem Ferrari zu bekommen, war mehr als außerhalb der Norm. Vielleicht hatte er auch nur angegeben, und in der Garage stand gar kein Ferrari. Das konnte ich ja ziemlich leicht in einer meiner Pausen überprüfen. Ihm auf den Kopf zuzusagen, dass er ein Aufschneider sei, würde mir eine gewisse Genugtuung geben, und er würde in Zukunft seine blöden Kommentare für sich behalten.

Nun wieder gut gelaunt und mit dieser Idee schwanger startete ich meinen ersten richtigen Arbeitstag bei AutoDat.

Die Zusammenarbeit mit Eric lief richtig gut und noch viel besser als ich erwartet hatte. Eric sah schnell, dass ich wirklich eine Leidenschaft fürs Programmieren mitbrachte und erklärte mir zunächst wichtige Details zu den einfacheren Algorithmen.

Es kam sehr viel auf AI, also Artificial Intelligence, an. Auf Deutsch: künstliche Intelligenz. Die Programmierer nutzten selbst lernende Algorithmen, die durch praktische Übung stetig besser wurden. Bei AutoDat und FlexDrive wurden viele komplexe Verkehrssituationen eingeübt, um sicherzustellen, dass die Steuer-Algorithmen diese Situationen in Zukunft erkennen konnten und die autonomen Fahrzeuge dementsprechend richtig reagieren würden.

Bei den Returns, also wenn es zu Fehlern während des Betriebs der autonomen Fahrzeuge kam, musste AutoDat herausfinden, warum der jeweilige Algorithmus das Fahrzeug falsch geleitet hatte.

Eric gab mir einen einfachen Fall, bei dem es darum ging, warum einer der FlexDrive-Lifts letzte Woche beim Einparken einen Begrenzungspfosten leicht gestreift hatte. Von Cindy hatte ich auch ein eigenes Cubicle zugewiesen bekommen, gleich neben dem von Eric, in dem ich den Algorithmus und die Computersimulation der Verkehrssituation auf den Bildschirmen parallel bearbeiten konnte. Ich war nach kurzer Zeit schon derart in den Algorithmus vertieft, dass ich fast das Mittagessen verpasst hätte, wäre Cindy nicht irgendwann neben mir gestanden, um mich zu fragen, ob ich mit ihr und Eric zum Pizza-essen gehen wolle.

Ich freute mich, dass sie an mich gedacht hatten, und spürte jetzt auch ein leichtes Grummeln in der Magengegend. Also schnappte ich meinen Rucksack, und wir verließen gemeinsam das Büro. Vor dem Aufzug überlegte ich kurz, ob es ratsam war, zusammen mit den beiden vollschlanken Kollegen einzusteigen oder ob ich vielleicht doch die Treppe nehmen sollte. Nachdem ich allerdings am Morgen eine Aufzugfahrt mit dem ziemlich ausladenden Ego von Cole überstanden hatte, konnte mich eigentlich nichts mehr schrecken. Ich presste mich zu Cindy und Eric in die Kabine, hielt die Luft an und dankte meinem Schicksal, dass der moderne Aufzug die sechs Stockwerke schnell bewältigte. Im Erdgeschoss angekommen, atmete ich tief aus.

AutoDat hatte auch eine kleine Cafeteria im Erdgeschoss des Gebäudes, die schon zum Bersten voll mit Mitarbeitern aus den verschiedenen Abteilungen war. Das Unternehmen war erfolgreich und hatte in den letzten Jahren die Mitarbeiterzahl deutlich erhöht. Die Cafeteria war dem nicht mehr gewachsen und hätte dringend vergrößert werden müssen. Cindy erklärte mir, während wir auf den Ausgang zusteuerten, dass sich im zweiten Stock des Gebäudes auch ein kleines Schwimmbad und ein Fitnessraum befänden, die ich jederzeit während meiner Pausen nutzen könnte. Das war wirklich toll, denn ich liebte es, Schwimmen zu gehen, und ich beschloss auch gleich morgen meine Badesachen mitzubringen, um den Pool zu testen. Fitnessstudios mied ich wie die Pest. Die waren nicht so mein Ding.

Nachdem das Wetter auch heute noch wunderbar sonnig und warm war – offensichtlich dauerte der Münchner Sommer dieses Jahr doch länger als zwei Tage an, was eine positive Überraschung war – setzten wir uns unter einen großen Sonnenschirm auf der Terrasse einer kleinen Pizzeria, die zwei Straßen vom AutoDat-Gebäude entfernt lag.

Ich war in Hochstimmung. Ich saß mit zwei sehr netten Kollegen bei Sonnenschein in einem gemütlichen Restaurant, und der Geruch nach Holzofen-Pizza umschmeichelte meine Nase. Außerdem hatte ich eine tolle und interessante Praktikumsstelle, würde ein bisschen Geld verdienen und eine Menge lernen.

Meine Hochstimmung hielt etwa fünf Minuten an, denn dann hörte ich ein kehliges Lachen, das mir bekannt vorkam. Natürlich. Cole saß mit Rihanna an einem der kleineren Tische am anderen Ende der Terrasse. Warum tauchte dieser Typ immer wieder auf? Ich konnte Cole nur von hinten sehen, aber Rihanna hatte ich direkt im Blick. Sie himmelte ihn regelrecht an. Na die beiden hatten sich wirklich gegenseitig verdient. Mir fiel ein, dass ich nach dem Essen noch kurz in der Garage vorbeischauen könnte, um zu sehen, ob es diesen Ferrari auch wirklich gab. Ich schlürfte an meiner eisgekühlten Limonade und fühlte mich schon wieder ein bisschen selbstbewusster. Irgendwie hatte dieser Kerl etwas, was mich reizte, ich konnte es aber nicht so richtig deuten.

Cindy war meinem Blick gefolgt und runzelte die Stirn.

„Das erklärt, warum Cole immer zu uns zum Kaffeetrinken kommt. Die beiden Turteltäubchen passen ja blendend zusammen."

Ich konnte ihr da nur zustimmen.

„Übrigens ist Cole ab morgen für ein paar Wochen bei uns in

der Abteilung, denn es ist mit seinem Vater vereinbart, dass er alle Bereiche der Unternehmensgruppe kennenlernt. Er bekommt das Cubicle neben dir."

Nur durch absolute Selbstbeherrschung konnte ich gerade noch vermeiden, dass die Limonade, die ich gerade genussvoll durch einen Strohhalm in meinen Mund gesogen hatte, während meines plötzlich auftretenden Hustenanfalls auf dem Shirt von Eric landete. Leider war es für das Glas, das ich in der Hand hielt, zu spät, und es klatschte, in tausend Scherben zerberstend, auf die Fliesen.

Eric sah mich erschrocken an und patschte mir hilfreich mit seiner tellergroßen Hand auf den Rücken, während ich mich meinem Hustenanfall hingab. Aus den Augenwinkeln konnte ich auch erkennen, dass Cole und Rihanna zu uns herübersahen und Cole lässig seine verspiegelte Sonnenbrille hochschob, um das Geschehen an unserem Tisch besser verfolgen zu können. Dann drehte er sich wieder Rihanna zu und kommentierte vermutlich das Gesehene mit einer sicherlich abschätzigen Bemerkung. Die Bestätigung kam auch sofort durch Rihannas entenähnliches Kichern, bei dem sie eindeutig in meine Richtung sah.

Der Ober kam unglaublich schnell aus dem Lokal geschossen. In kürzester Zeit hatte er die Lage im Griff und ich eine neue Limonade in der Hand.

„Was ich vorhin noch sagen wollte", offensichtlich hatte ich Cindys Erklärungen zu abrupt unterbrochen. „Ich habe gehört, dass die aus der DA so richtig froh sind, dass Cole ab morgen bei uns ist. Er muss einige ziemlich genervt haben, und wirklich was gearbeitet hat er scheinbar auch nicht. Na ja, wir werden das schon durchstehen, solange er Rihanna nicht zu sehr von der Arbeit abhält." Sie grinste vielsagend.

Cole und Rihanna waren nun wieder in ihr intensives Gespräch vertieft, bei dem es fast verwunderlich war, dass Rihanna sich nicht vor die Füße Coles legte, um ihn regelrecht anzubeten.

Meine dampfende Pizza brachte mich wieder in die Realität

zurück, und das restliche Mittagessen verlief dann auch zum Glück ohne weitere Zwischenfälle.

Nach einem sagenhaften Espresso kehrten wir zurück zu AutoDat. Wieder fiel mir mein Plan ein, nach dem Ferrari von Cole zu sehen. Es war eine gute Idee, etwas gegen Cole in der Hand zu haben, denn ich war das jüngste Mitglied im Team und hegte die Befürchtung, von ihm in kürzester Zeit zum Kaffeeholen degradiert zu werden. Also gab ich vor, im zweiten Stock kurz das Schwimmbad inspizieren zu wollen und stieg dort aus. Dann schnappte ich mir den nächsten Aufzug, der zum Glück leer war, und fuhr in den Keller. Da bereits im Aufzug eine Identifizierung mittels des Mitarbeiterausweise notwendig war, gab es keine weiteren Türen, für die ich mich identifizieren musste. Trotzdem war ich ziemlich nervös und hoffte inständig, niemandem zu begegnen. Denn was würde ich sagen, wenn jemand wissen wollte, was eine Praktikantin in der Garage zu suchen hatte? Sollte ich vielleicht doch einfach wieder nach oben in den sechsten Stock fahren und Cole die nächsten Wochen so gut wie möglich ignorieren? Nein! Jetzt war ich schon hier unten, weit und breit kein Mensch zu sehen, und ich würde nur einen kurzen Blick in die Garage werfen.

Eine Tür mit der Aufschrift Tiefgarage befand sich nur wenige Meter vom Aufzug entfernt. Beherzt ging ich darauf zu und drückte die Klinke herunter. Während im Vorraum des Aufzugs die Beleuchtung gut war, empfing mich hinter der Tür ein riesiger halbdunkler Raum, der die gesamte Fläche des AutoDat-Gebäudes ausmachte. Tageslicht kam nur spärlich durch einige Gitterschächte in der Decke herein, und ich hielt es nicht für eine gute Idee, einen Lichtschalter ausfindig zu machen.

Ich blickte um mich. Rechts konnte ich einen großen Bereich erkennen, in dem mindestens dreißig FlexDrive-Fahrzeuge standen. Eigentlich nicht verwunderlich.

Links waren einige große Autos geparkt: zwei Limousinen, fünf größere BMWs. Vermutlich auch sie mit der autonomen Elektronik von FlexDrive ausgestattet, da ich das Logo an einigen Türen erkennen konnte.

Kein Ferrari! Ha! Aber sicher konnte ich nicht sein, denn die Garage ging hinter der Trennwand weiter. Was sollte ich tun? Von hier aus war ich schnell beim Aufzug. Sollte ich mich wirklich in die Garage hineinwagen, auf das Risiko hin, dass jemand kam?

Allerdings, jetzt wieder umzudrehen, war nicht gerade sehr mutig. Ich lief zügig an den Luxusschlitten vorbei, und bog um die Trennwand. Was ich hier sah, gefiel mir nicht. Shit! Ein Ferrari, rot, und auch noch ein Cabriolet. Dieser Schnösel hatte wirklich ein Ferrari-Cabrio.

Ich huschte näher und riskierte einen Blick ins Innere. Okay, da lag auch eine Jacke, die so aussah wie die, die er gestern über dem Arm hängen hatte, als wir zusammengestoßen waren. Ich knirschte wütend mit den Zähnen.

Gerade wollte ich mich auf den Rückweg machen, als ich Stimmen hörte. O nein! Ich wollte nicht, dass mich hier unten jemand antraf. Mir war immer noch kein guter Grund eingefallen, den ich im Falle meiner Entdeckung für meinen Aufenthalt hier angeben konnte. Das wäre wirklich zu peinlich. Gab es hier irgendwo die Möglichkeit sich zu verstecken, bis sie weg waren? Ich sah mich hektisch um. Zwischen der Trennwand und den parkenden Autos. Wenn niemand genau hinsah, dann war es hier dunkel genug, um nicht entdeckt zu werden.

Ich hörte, wie sich die schwere Garagentür öffnete und zwei Männer eintraten. Ich schielte um die Ecke der Trennwand. Der eine konnte von Größe und Statur her Klaus Käfer sein, der andere kam mir gänzlich unbekannt vor, war aber groß und schlank. Die Gesichter waren nicht zu erkennen. Die beiden steuerten auf einen der großen BMWs zu. Schnell huschte ich wieder hinter die Trennwand und machte mich bereit, hinter dem Ferrari zu verschwinden, falls sie hier vorbeifahren würden. Soweit ich sehen konnte, war die Ausfahrt auf dieser Seite der Tiefgarage.

„Das ist doch kein Zufall, dass er gerade jetzt hier auftaucht. Wir müssen vorsichtiger sein und sicherstellen, dass er keinen Zugriff auf die sensiblen Algorithmen erhält."

„Ja da stimme ich dir zu. Wir müssen vorsichtiger sein. Und gerade deshalb halte ich den nächsten Schritt für zu früh und übereilt. Das fällt zu sehr auf."

„Keine Panik. In dem speziellen Fall sind wir unter Zeitdruck. Ich habe nicht den Eindruck, dass er selbst was damit anfangen kann, aber vielleicht gibt er sie weiter. Es war zumindest eine gute Idee von dir, einen Wechsel ..." Die restliche Antwort des zweiten Mannes war nun nur noch undeutlich zu verstehen und ging im Schlagen der Autotüren und dem Starten des Motors unter.

Ich tauchte hinter dem Ferrari ab, und duckte mich unter dem Scheinwerferlicht des BMWs weg. Das war knapp! Ein Stückchen weiter vorne öffnete sich ein riesiges Tor, und Tageslicht flutete in die dunkle Garage. Ich blinzelte und musste die Augen zusammenkneifen, um nicht geblendet zu werden. Dann schloss sich das Tor wieder, und ich saß erneut im Dunklen. Mein Herz schlug hörbar. Vermutlich hatte ich wirklich Glück gehabt, und keiner hatte mich bemerkt. Also nichts wie raus hier!

Vorsichtig lugte ich um die Trennwand. Niemand zu sehen! Ich nahm allen Mut zusammen und ging auf die Tür zu, durch die ich nur wenige Minuten vorher in die Garage gekommen war. Bevor ich sie öffnete, lauschte ich, ob irgendwelche Stimmen zu hören waren. Aber alles war ruhig. Ganz langsam drückte ich die Tür auf, und als ich keine Menschenseele im Flur vor dem Aufzug sah, sprintete ich die letzten Meter zur Aufzugstür und drückte auf den Knopf.

Die Sekunden, bis ich das surrende Geräusch der Aufzugskabine hörte, fühlten sich wie Stunden an. Endlich. Ich stieg ein und drückte den Knopf für den sechsten Stock. Ein Stein fiel mir vom Herzen.

Dann ging allerdings im Erdgeschoss der Aufzug wieder auf, und drei AutoDat-Mitarbeiter, die gerade vom Essen kamen, stiegen ein. Unter ihnen auch Cole. Er schob sich auch gleich zu mir durch.

„Na, wolltest du den Ferrari in der Garage mal abchecken und mein Angebot annehmen?" Genauso wie gestern schon scannte er mich vom Scheitel bis zur Sohle.

Ich gab mir Mühe, ihn verwundert anzusehen, damit er nicht ahnte, wie nah seine Frage der Wahrheit kam.

„Äh ..." Wie immer war ich sehr eloquent unterwegs. „Was soll ich denn in der Garage?" Ich musste mich bemühen, meine Stimme nicht schrill klingen zu lassen. „Eigentlich. Äh ..."

Er sah mich erwartungsvoll an. Los jetzt Nora. Dir muss was Plausibles einfallen.

„Ich wollte mir das Schwimmbad ansehen und dachte, es ist im Keller. Da war es aber nicht." Ich war selbst überrascht von meinem Erfindungsreichtum. Eigentlich eine ganz gute Ausrede.

„Ich kann's dir gerne zeigen." Ein breites Lächeln zog sich über sein Gesicht. Es hätte mich sofort von ihm eingenommen, wenn er nicht so überaus überzeugt von sich selbst gewesen wäre. Doch keine so gute Ausrede. Ich überlegte noch, wie ich jetzt aus dieser Nummer wieder rauskommen konnte, als wir auch schon im zweiten Stock waren, und Cole mich aus dem Aufzug bugsierte. Mist! Nun musste ich gute Miene machen und mir dieses Schwimmbad ansehen.

„Ich habe aber nicht lange Zeit. Eric will mir einen neuen Testcase zeigen."

„So, so, Eric will dir einen Testcase zeigen." Aus Coles Mund klang das Gesagte irgendwie anzüglich, vor allem, weil er dabei noch seine Augenbrauen süffisant nach oben zog. Jetzt legte er mir zu allem Überfluss noch die Hand auf die Schulter und lotste mich in Richtung Schwimmbad. Alle Nackenhaare stellten sich mir auf, und ich wäre fast gestürzt, hätte er mich nicht aufgefangen.

„Ein bisschen rutschig hier", kommentierte ich meine Unbeholfenheit.

„Kein Problem, Girlie. Wie heißt du eigentlich, und was für einen Job hast du hier? Neben dem Jonglieren mit Tassen."

„Grrr!", dachte ich. „Nora", antwortete ich. „Praktikantin in der Qualitätsabteilung."

„Mhm, Nora. Das ist ja wunderbar, dann sehen wir uns ja jetzt jeden Tag. Ich bin ab morgen auch in der QA."

Und hast zu meinem großen Elend auch noch das Cubicle neben mir, ging es mir durch den Kopf. Wie bekam ich dieses Ekel denn nur wieder los?

Wir waren beim Schwimmbad angekommen, und ich nahm mir ein paar Sekunden, um die Räumlichkeiten auf mich wirken zu lassen. Zwei Bahnen, geschätzte zwanzig Meter, die fast die ganze Länge des Hauses entlangliefen. Daneben eine Reihe tief angesetzter großer Fenster. Drum herum einige Liegen. Eine Dusche und zwei Türen, die zu den Frauen- und Männerumkleiden führten. Wow, da konnte ich sicherlich in meiner Pause oder nach der Arbeit mal ein paar Runden drehen. Wirklich super. Und zu meiner großen Beruhigung waren auch ein paar Schwimmer zu sehen. Wir waren also nicht alleine hier.

Ich spielte gerade mit dem Gedanken, Cole mit einem eleganten Fauststoß aus meinem Taekwondo-Repertoire ins Becken zu befördern, als ich bemerkte, dass er durch irgendetwas oder jemanden auf der Straße abgelenkt wurde. Bevor er reagieren konnte, wand ich mich aus seinem Griff und war auch schon mit den Worten „Bis morgen dann" am Aufzug, der wie durch ein Wunder gerade aufging und mich in den zumindest heute noch sicheren sechsten Stock brachte.

Der Nachmittag verlief ruhig. Ich probierte einige Änderungen und Varianten in dem Algorithmus, den ich von Eric bekommen hatte. Er nahm sich auch unendlich viel Zeit für meine Fragen, was ich schnell an ihm zu schätzen lernte. Eric schien ein unendliches Ausmaß an Geduld und Expertise zu haben.

Eigentlich hatte ich geplant, bis fünf zu arbeiten, aber ein dringender Anruf meiner Mutter durchkreuzte meine Pläne. Die Achtziger-Oma saß auf der Polizeistation, wegen unerlaubter Verwendung von hoch gefährlichen Waffen, und meine Mutter wollte keinesfalls alleine hinfahren, um sie abzuholen. Mein Vater war noch in der Arbeit. Ich zwar auch, aber das zählte nicht halb so viel.

Ich seufzte, fragte kurz bei Cindy nach, ob es ein Problem wäre, aus familiären Gründen heute eine Stunde früher zu gehen, und machte mich auf den Weg nach Hause. Dort angekommen fragte ich meine Mutter, warum sie nicht mit meiner Schwester Ria fahren wollte. Ria war nach mir die Zweitälteste von uns Geschwistern und eine ziemliche Nervensäge, denn sie war gerade mitten in der Pubertät.

„Deine Schwester ist erst vierzehn. Die kann ich doch unmöglich mit zur Polizei nehmen. Wo denkst du hin. Außerdem ist sie gerade mit deinen Geschwistern im Schwimmbad, und ich bin froh, dass sie dort alle gut aufgehoben sind."

Es blieb mir nichts anderes übrig, als mich in mein Schicksal zu ergeben.

Überraschenderweise steuerte meine Mutter auf unser Auto zu.

„Ich dachte, ihr wollt das Auto momentan nicht hernehmen. Wegen dieser NoElectronics-Sache?", wandte ich ein.

„Notfall", war die knappe, vielsagende Antwort.

Kurze Zeit später rollten wir bei der Polizei vor.

„Sie kommen, um Helena Achtziger abzuholen?" Der Beamte sah uns hoffnungsvoll an.

„Was ist denn genau passiert?", erkundigte sich meine Mutter besorgt. „Hat sie irgendjemanden verletzt?"

„Wenn man davon absieht, dass dem Hund von Herrn Schön die Schwanzspitze fehlt – Nein!"

Meiner Mutter fiel sichtlich ein Stein vom Herzen. Aber was hatte sie denn erwartet? Dass sich meine Oma in The Rock verwandelt hatte? Wie sich ein paar Minuten später herausstellte, war diese Vermutung allerdings nicht allzu weit von der Wahrheit entfernt.

Ein zweiter Beamter brachte die vor sich hin zeternde Achtziger-Oma zu uns in den Vorraum. Vorsichtig versuchte er sie am Arm in unsere Richtung zu steuern. Wütend riss sie sich los und schlurfte stolz auf uns zu, denn richtig laufen konnte sie in den mindestens drei Nummern zu großen Kampfstiefeln nicht. Auch sonst bot Oma ein furchterregendes Bild. Ich verstand den inständigen Wunsch der Polizisten, sie so schnell wie möglich loszuwerden.

Vor uns stand eine wüste Mischung aus einem Waldelf, Conan der Barbar und ein klein bisschen Überbleibsel von der Achtziger-Oma. Besonders beachtenswert waren die zwei dicken Patronengürtel, die sie kreuzweise über die Brust geschnallt hatte, als wollte sie es mit den Glorreichen Sieben alleine aufnehmen. Dazu spitze Elfenohren, ein geschwärztes Gesicht und ihre kurzen grauen Haare mit in Regenbogenfarben schillerndem Gel zu punkigen Spitzen aufgestylt. Sie hatte meine kühnsten Erwartungen bei Weitem übertroffen.

„Warum habt ihr mich eingesperrt? Ist es denn Rentnern jetzt nicht mal mehr erlaubt, im Wald spazieren zu gehen?"

„Frau Achtziger", der Polizeibeamte versuchte wirklich, sich zu beherrschen. „Wie wir Ihnen bereits erklärt haben, ist der Gebrauch nicht registrierter Waffen in der Öffentlichkeit nicht gestattet."

„Ich habe doch gar keine Waffen dabei", kreischte Oma. „Ja der Huber Erich schon, und wo ist der? Nicht auf der Polizeistation, sondern vermutlich zu Hause bei Kaffee und Kuchen. Eine himmelschreiende Ungerechtigkeit ist das!"

Der Polizist rang sichtlich darum, die Fassung zu bewahren. „Frau Achtziger, auch Schwerter, Dolche und Wurfsterne zählen zu Waffen, und davon führten Sie etwa zwanzig mit sich."

„Jetzt übertreiben Sie doch nicht so maßlos! Ich hatte zwei Schwerter. Vom Josef. Echte Samurai-Schwerter, die hat er von einer Japanreise mitgebracht. Dann acht Dolche, aus der Antiquitätensammlung vom Erich. Und die fünf Wurfsterne, hm, ich weiß nicht mehr von wem ich mir die ausgeliehen habe."

Beide Polizisten sahen meine Mutter hilfesuchend an.

„Wir konnten Herrn Schön überreden wegen seines Hundes auf eine Anzeige zu verzichten. Aber für den unerlaubten Waffenbesitz müssen wir ein Bußgeld von hundertfünfzig Euro verlangen. Sie können es auch bei Gelegenheit überweisen, nicht nötig gleich zu zahlen. Nehmen Sie bitte nur so schnell wie möglich Ihre Mutter mit."

„Was ist denn mit den Freunden meiner Oma passiert? Wurden sie auch festgenommen?", erkundigte ich mich.

„Sie sind Hals über Kopf in den Wald geflüchtet. Scheinbar waren sie noch besser zu Fuß als Ihre Großmutter."

Ein Grummeln war zu hören, das verdächtig nach „Feiglinge" klang.

Der Polizist fuhr unbeirrt fort: „Wir werden aber heute noch bei den Verdächtigen vorbeifahren, um die restlichen Waffen zu beschlagnahmen. Eine Horde mit Pfeilen um sich schießender Rentner können wir uns hier nicht leisten. Die Mitglieder vom Jagdverein werden uns eh die Hölle heißmachen, wenn sie von der Sache erfahren."

Ich beschloss, die Game of Thrones-Serie von unserem Account zu löschen. Nicht auszudenken, wenn sie der Achtziger-Oma in die Hände fiel. Aber ein Schmunzeln konnte ich mir trotzdem nicht verkneifen, während wir auf die Tür zusteuerten. Meine Mutter, zum Glück groß und kräftig, hatte die zappelnde Oma unter den Arm geklemmt. Mit vereinten Kräften stopften wir sie ins Auto.

„Was ist mit Notorisch? Wir wollten doch kein Auto mehr nutzen."

„NoElectronics!" Meine Mutter wirkte jetzt sehr genervt. „Wie hätte ich dich sonst wieder nach Hause bringen sollen? Auf 'nem Pferd?"

„Ja, nächstes Mal …" Die Achtziger-Oma war gleich Feuer und Flamme.

„Es gibt kein nächstes Mal!" Dann verfiel meine Mutter in ein Schweigen, das noch bis in den späten Abend hinein anhalten sollte.

3

Mein dritter Tag bei AutoDat.

Heute ließ sich meine Oma nicht blicken, als ich zum Frühstücken in die Küche kam. Ich sah meine Mutter verwundert an.

„Sie ist immer noch beleidigt, weil sie ihr Waffenarsenal noch nicht zurückbekommen hat. Und“, fügte sie hinzu, „ich werde dafür sorgen, dass das auch nie der Fall sein wird.“

Meine Mutter drückte mir eine dampfende Tasse Cappuccino in die Hand. Ich zog die Augenbrauen fragend nach oben.

„Ich für meinen Teil habe den NoElectronics-Blödsinn aufgegeben. Man muss sich viel zu sehr einschränken. Und in dem Irrenhaus hier ist das wirklich nicht zumutbar.“

Vernünftige Einstellung, dachte ich mir, und nahm genüsslich einen Schluck Kaffee. Stimmt! Bei Kaffee hörte der Spaß wirklich auf.

Als mein kleinster Bruder mit lautem Indianergeschrei die Oase der Ruhe enterte, war es Zeit für mich aufzubrechen. Ich war mir sicher, sein Zwilling konnte nicht weit sein, und beide gemeinsam waren nur schwer zu ertragen.

Eric war schon in seinem Cube, als ich eintraf. So schnell konnte ich gar nicht schauen, da hatte er mich schon auf den Platz neben sich gezogen, und ich saß eingequetscht vor seinem Screen.

„Ich habe ’nen richtig coolen Fall für dich. Ist gerade reingekommen. Wäre prima, wenn du dir das heute früh vornimmst. Das würde mir echt helfen, denn ich denke, dass ich heute von Käfer noch den Unfall von vorgestern zur Bearbeitung bekomme

– da halt ich mir den Tag mal lieber frei. Das ist ein High-Priority-Thema."

Ich freute mich, so schnell einen realen Fall anvertraut zu bekommen. Das hieß ja, dass ich mich gestern mit den Testcases nicht allzu dumm angestellt hatte. Wir überspielten die Software auf mein Cube, und ich machte mich daran, den Algorithmus zu analysieren.

Es war ziemlich schwierig, die Logik eines anderen Programmierers nachzuvollziehen, aber gewisse Blöcke kannte ich bereits von den gestrigen Testcases und konnte ausschließen, dass der Fehler in diesem Bereich des Programmes lag.

Ich war so richtig im Fluss und sicher kurz davor, den Fehler zu finden, als Cole in mein Cube spähte. Er lehnte sich lässig an den Rahmen des Eingangs, eine leere Kaffeetasse in der Hand.

„Morgen Nora. Du kannst dich glücklich schätzen, das Cube neben mir zu haben. Wenn du meine Hilfe brauchen solltest, kannst du jederzeit auf mich zukommen."

Bei jedem anderen hätte das eben wie ein freundliches Angebot geklungen, aber Cole schaffte es, seine Hilfe so überheblich anzubieten, das mir fast übel wurde.

„Danke, sehr nett von dir." Ich wandte mich wieder meinem Algorithmus zu und hoffte inständig, er würde gleich wieder verschwinden.

Vergebens gehofft. Ich hörte ein lautes Räuspern und drehte mich widerwillig noch einmal zu ihm um.

„Ich bin gerade erst ins Büro gekommen und könnte wirklich einen Kaffee brauchen."

Verdattert starrte ich ihn an. Es war schon zehn Uhr. Was wollte er von mir? Wohl um mir auf die Sprünge zu helfen, drückte er mir seine leere Tasse in die Hand.

„Du weißt ja, wo die Kaffeemaschine ist. Wie schon gesagt, ich sitze im Cube neben dir." Er grinste mich auf seine unerträglich arrogante Art an und verschwand um die Ecke.

Ich saß da, die Tasse vor mir und kochte vor Wut. I'am the boss stand darauf. Sehr bezeichnend. Sollte ich diesem Angeber tatsächlich einen Kaffee holen? Wenn ich jetzt einknickte, dann würde das für die nächsten Wochen eine Endlosschleife werden. Nur weil er der Sohn von einem hohen Tier in der Firma war, konnte er sich doch nicht alles erlauben und den Rest des Teams herumkommandieren. Ich musste mir was einfallen lassen.

Langsam stand ich auf und ging in Richtung Küche. Ich war mir sicher, dass er aus seinem Cubicle lugte, um zu sehen, ob ich seinen Auftrag ausführen würde. Na warte!

In der Küche füllte ich die Tasse randvoll – wie gewünscht mit dampfend heißem Kaffee – und balancierte sie vorsichtig zu unseren Cubes zurück. Dort angekommen setzte ich mein freundlichstes Lächeln auf und betrat schwungvoll sein Cube. Und zwar so schwungvoll, dass die Hälfte des Kaffees auf seiner Jeans landete. Volltreffer!

„Oh, tut mir wirklich total leid." Ich versuchte so betroffen wie möglich rüberzukommen.

Cole war wie von der Tarantel gestochen aufgesprungen und bemühte sich vergeblich, mit Papiertaschentüchern den heißen Kaffee von seiner Hose zu bekommen. Ich stellte ihm die Tasse mit dem restlichen Kaffee auf den Tisch.

„Na ja, ist ja noch fast halb voll", stellte ich beschwichtigend fest. „Sag mir einfach Bescheid, wenn ich dir mal wieder einen Kaffee holen soll." Ich klimperte verführerisch mit den Augen und machte mich schnellstmöglich vom Acker.

Ja! Super, Nora. Ein Punkt für mich. Der würde mich nie wieder zum Kaffeeholen schicken, da war ich mir sicher. Ich machte noch einen kurzen Umweg über die Toilette, bevor ich wieder auf mein Cube zusteuerte. Dort erwartete mich eine Überraschung. Cole. Lässig wie eh und je, allerdings nicht mehr in Jeans, sondern in schwarzen kurzen Sportshorts, die seine gebräunten muskulösen Beine so richtig betonten. Mr. Cool empfing mich mit einem Grinsen und drückte mir seine kaffeetriefende Jeans in die Hand.

„Im zweiten Stock ist ’ne Reinigung. Kannst du sie runterbringen? Wäre super, wenn sie bis heute gegen sechzehn Uhr fertig wäre, denn ich habe eine Verabredung im Englischen Garten.“ Und weg war er.

Cindy bog um die Ecke, und es war offensichtlich, dass sie einen Teil des Gesprächs mitverfolgt hatte. Sie hatte einen mitleidigen Blick aufgesetzt.

„Mach dir keinen Kopf. Gegen den kommst du nicht an. Ich geh eh gerade runter, weil ich für Käfer was besorgen muss. Gib mir die Jeans, dann geb ich sie ab, und das Thema ist erledigt.“

Dankbar überreichte ich ihr die Hose, war mir aber sicher, dass damit nichts erledigt war. Stattdessen war der Ball wieder sprichwörtlich auf meiner Seite des Courts.

Den restlichen Vormittag hatte ich Ruhe von Cole und konnte konzentriert an der Fehlersuche im Algorithmus arbeiten. Kurz vor dem Mittagessen hatte ich den Fehler gefunden und mit Eric durchgesprochen. Er war recht angetan davon, wie schnell ich meinen ersten Auftrag erfüllt hatte.

„Jetzt haben wir uns ’ne Pizza verdient“, dröhnte er gut gelaunt. „Nora, du warst so fix heute mit dem Algorithmus. Die Pizza geht auf mich.“ Ich wurde feuerrot. So viel Lob war ich nicht gewohnt. Doch Eric klatschte mir seine Pranke wohlwollend auf die Schulter. Gegebenenfalls sollte ich heute Abend nachkontrollieren, ob die Funktionsweise meiner Oberarmmuskulatur dadurch in irgendeiner Art und Weise bleibend geschädigt worden war.

Wir wollten eben zur Mittagspause aufbrechen, als Ronald Eric ansprach.

„Käfer hat mir den neuen Fall gegeben, du weißt schon, die Corneliusbrücke.“ Er grinste hämisch. „Ich dachte, ich gebe dir einen kollegialen Hinweis. Nur falls du erwartet hast, den Case zur Bearbeitung zu bekommen.“ So schnell wie er erschienen war, um Eric die Nachricht zu übermitteln, so schnell war er auch wieder verschwunden. Eric sah Ronald überrascht nach. Dann verzog sich sein gutmütiges Gesicht zu einer verletzten Miene. Offensichtlich gab es eine gewisse Konkurrenz zwischen den beiden. Er sah so enttäuscht aus, dass es mir, obwohl ich die genauen Umstände nicht kannte, wirklich für ihn leidtat.

„Wollte Cindy nicht auch mitkommen?“, fragte ich, um Erics Gedanken von seinem unangenehmen Kollegen abzulenken. Ich war wohl erfolgreich, denn schon leuchteten seine Augen auf, und wir steuerten gemeinsam Cindys Cube an.

Sie war gerade in ein Gespräch mit einem weiteren Mitglied des QA-Teams verwickelt. Luca, seinem Namen entsprechend Italiener. Er hatte klassische südeuropäische Gesichtszüge, sah gut aus und war sich dessen auch sichtlich bewusst. Ich schätzte ihn auf Mitte zwanzig.

„Bellissima!“ Luca strahlte mich an, und schon bekam ich ein Küsschen links und ein Küsschen rechts. Fehlte gerade noch der Klaps auf den Po, und ich hätte ihm dezent gegen sein Schienbein getreten.

„Endlich ein bisschen frischer Wind hier in dieser Abteilung.“

„Luca, so lange bist du doch noch gar nicht dabei, dass du dich beschweren darfst.“ Cindy sah ihn gespielt empört an. „Gerade mal drei Wochen.“

„Cindy, amore mio. Ich freue mich einfach darüber, noch eine hübsche junge Kollegin zu bekommen. Eine schöne Frau genügt mir nicht.“

Luca hatte einen angeborenen italienischen Charme, sodass man ihm fast nicht böse sein konnte. Nach seinem Begrüßungsritual hatte man das Gefühl, die schönste Frau der Welt zu sein, aber mir war klar, dass er die Achtziger-Oma auf die gleiche Art begrüßt hätte. Cindy schmolz trotzdem dahin, und Eric sah gleich wieder ein bisschen verknittert aus, was sich aber schlagartig änderte, als wir uns – jetzt zu viert – zu dem italienischen Restaurant aufmachten, in dem wir gestern bereits gegessen hatten.

Ich war hellhörig geworden, als Cindy erwähnt hatte, dass Luca erst drei Wochen im Team war. Die gestrige Unterhaltung der beiden Männer in der Garage kam mir wieder in den Sinn: Das ist doch kein Zufall, dass er gerade jetzt hier auftaucht. Wir müssen vorsichtiger sein und sicherstellen, dass er keinen Zugriff auf die sensiblen Algorithmen erhält.

War Luca ein Spion, der Firmengeheimnisse stehlen wollte? Meine Neugier war geweckt. Es konnte nicht schaden, wenn ich ein bisschen mehr über ihn herausbekommen würde.

Beim Mittagessen musste Cindy Eric zunächst einmal wegen der Sache mit Ronald beruhigen.

„Ich bin doch der viel erfahrenere Programmentwickler. Warum hat Käfer mir den Case nicht gegeben? Der Unfall ist ja schon überall in den Medien, und es ist bestimmt äußerst dringend, dass wir den Fehler so bald als möglich finden. Hält er Ronald für besser als mich?“ Eric war sichtlich empört.

Cindy gab ihr Bestes, um ihn zu beschwichtigen, und bald waren die beiden in ein Gespräch über die kommende Hundeausstellung des Pudelzüchtervereins vertieft, bei dem Cindy Mitglied war.

Luca interessierte sich wenig für die Pudelzucht, daher blieb ihm nichts anderes übrig, als sich mit mir oder seiner Lasagne zu unterhalten. Nichts zu sagen, gehörte nicht zu seinen Stärken, und nachdem Lasagne nicht sehr kommunikativ war, wandte er sich mir zu. Er quetschte mich über meine Familie und meine Hobbys aus. Zumindest erfuhr ich auch ein paar Dinge über ihn. Er kam aus Rom und hatte erst vor Kurzem sein Informatikstudium mit einem Doktortitel abgeschlossen. Das klang jetzt nicht nach einem Spion. Aber man konnte nie wissen, und warum hatte er so viel über mich wissen wollen? Ich nahm mir vor, Luca im Auge zu behalten.

Zurück im Büro bekam ich einen neuen Auftrag von Eric. Den größten Teil des Nachmittags verbrachte ich damit, an der Fehlfunktion des Programms herumzuknobeln. Kaum hatte ich die Lösung gefunden, wurde ich schon wieder von Cole heimgesucht. Er hatte seine Jeans bereits zurückbekommen, und es waren keinerlei Kaffeeflecken mehr zu sehen.

Bestimmt hatte Cindy sie für ihn aus der Reinigung geholt, denn ich konnte mir nicht vorstellen, dass er selbst sich die Mühe gemacht hatte.

„Nora, ich hätte noch einen neuen Algorithmus, von dem Käfer wollte, dass wir ihn bis heute Abend kontrollieren. Ich muss aber jetzt weg – habe 'nen Termin. Du bist doch bestimmt noch ein bisschen da."

„Ja, schon." Ich wusste nicht so recht, auf was er hinauswollte.

„Ich spiel dir den Algorithmus rüber in dein Cube. Wäre cool, wenn du den heute noch überprüfen könntest und mir den Bericht dazu schicken würdest, damit ich ihn gleich morgen früh dem Käfer geben kann."

„Aber Käfer hatte mich gebeten, Eric zu helfen."

„Der schafft das schon alleine. Ich kann aber meinen privaten Termin heute nicht verschieben."

Ich konnte mir ziemlich gut vorstellen, wie sein privater Termin aussah: blonde lange Haare, kurzer Rock und geschminkt bis zum Abwinken.

Bevor ich aber ablehnen und ihn in die Wüste schicken konnte, war der Algorithmus schon auf meinem Screen. Cole winkte demonstrativ mit seinen Autoschlüsseln, schob eine verspiegelte Sonnenbrille auf die Nase und war verschwunden.

Ich sah auf meine Uhr: kurz nach vier. Der Typ war ja wirklich so freizeitoptimiert, wie Cindy erzählt hatte. Es war einfach unglaublich. Eben von Beruf Sohn. Aber nichts im Kopf, zumindest nichts, was die Firma betraf.

Ziemlich angefressen sah ich mir das Programm an, und begann, mich durch die Beschreibung der Funktion zu scrollen. Leise fluchte ich vor mich hin, denn ich wollte mir nicht den Abend im Büro um die Ohren schlagen. Es ging um den vollständigen Ausfall des elektronischen Systems eines Fahrzeugs durch eine Fehlfunktion der Batterie. Ich hangelte mich durch den mir unbekannten Algorithmus, aber wieder konnte ich relativ schnell einen Bug finden. So wie die Programmierung aufgesetzt war, würden die Sicherheitsfunktionen, wie das kontrollierte Anhalten des Fahrzeugs oder das Auslösen von Airbags, nicht eingeschaltet werden. Das könnte zu folgenschweren Unfällen führen.

Ich wunderte mich ein wenig, dass Programme mit derartigen Fehlern aus der Entwicklung kamen, aber vielleicht war das nur ein Testcase für Cole.

Sie konnten ihn hier ja nicht zu sehr fordern und mussten ihn bei Laune halten, sonst würde er sich mit Sicherheit bei seinem Papa beklagen. Ich musste lächeln. So ein Versager. Was Cole seinem Vater erzählte, konnte mir zum Glück egal sein, aber ich wollte die anderen Kollegen nicht hängen lassen.

Es war sieben, als ich endlich mit dem Bericht fertig war und nach Hause fuhr. Eric hatte mitleidig nachgefragt, ob er mir helfen könne. Aber da war ich schon mit dem Bericht beschäftigt, und seine Hilfe wäre keine große Zeitersparnis mehr für mich gewesen.

Als ich kurz vor acht Uhr endlich zu Hause eintraf, waren die Zwillinge gerade vor dem Haus damit beschäftigt, den Schäferhund der Nachbarn vor vier alte Bobbycars zu spannen.

„Willst du mitfahren?", krähte Tom. „Wir sind billiger als FlexDrive", fügte Max stolz hinzu.

„Nein danke." Ich grinste sie an und dachte mir, dass es doch super war, dass meine zehnjährigen Brüder versuchten, die Unzulänglichkeiten im öffentlichen Nahverkehr des Münchner Umlands zu beseitigen.

Meine Eltern saßen gemeinsam mit meiner Großmutter im Wohnzimmer und sahen sich einen alten Film an. Während meine Eltern ihn auch anhörten, hatte die Achtziger-Oma wieder ihre Kopfhörer auf, aus denen laute Heavy-Metal-Geräusche dröhnten. Nein, das musste man nicht verstehen. Außerdem war sie alt genug, dass sie tun und lassen konnte, was sie wollte. Na ja, solange sie dabei nicht sich selbst oder andere in Gefahr brachte. Auch hier gab es Grenzen.

Ich machte mir schnell ein Brot, dann verzog ich mich in mein Zimmer und setzte mich an meinen Screen. Durch die Arbeit hatte ich die letzten Tage über gar keine Gelegenheit gehabt, mich mit meinen Web-Freunden in Verbindung zu setzen.

Hey Iron Man, was geht ab?

Spice Girl, long time no chat.

Hab einen coolen Job. AutoDat. Macht voll Laune.

Muss 'ne krasse Firma sein. Viele Hits im Web.

Was schreibt man sich so?

Sensible Algorithmen. Gerade wegen dieses Ethik-Zeugs. Du weißt schon: Wie soll das Programm entscheiden, wenn mehrere Personen im Fahrzeug oder außerhalb davon verletzt werden können?

Ja klar. Meinst du, sie sichern ihre Algorithmen gut genug, wenn sie so sensibel sind?

Ich frag mal rum, ich wüsste ein paar Kontakte, die sich damit krass auskennen.

Das wäre cool. Ich hab' ein Gespräch gehört, in dem es vielleicht um einen Spion ging.

Ich mach 'nen Check.

Danke, Mann

Selbstverständlich, Spice Girl. Ich brauch sicher mal wieder deine Hilfe. TTYL.

Iron Man war richtig gut drauf. Er war einer der wenigen Hacker in der Szene, den ich auch persönlich kannte. Die meisten anderen kannte ich nur virtuell, also übers Netz, und konnte sie so auch nicht mit ihrer realen Persona verknüpfen. Das war gut so, denn es ermöglichte der Hacker-Community eine Anonymität, die auch Sicherheit gab.

Mit Iron Man war es anders. Er hieß im richtigen Leben Jan Müller und wohnte im Norden Münchens. Er war zwei Jahre älter als ich und machte eine IT-Ausbildung bei Siemens. Natürlich wusste er mehr über Programmierung und Computersysteme als jeder seiner Kollegen, aber seine Ausbildung musste er trotzdem durchziehen. Wir hatten uns vor etwas mehr als einem Jahr kennengelernt, als die Polizei einigen in der Hackerszene auf die Spur gekommen war. Er brauchte Hilfe, und meine Spezialität ist es, anderen eine neue Identität im Web zu beschaffen. Er war echt dankbar, wir haben uns verabredet, und seitdem sind wir befreundet. Also wie gute Kumpels. Nicht mehr. Wir hatten es mal versucht, aber da ist nichts draus geworden. Er ist nicht mein Typ, und ich bin nicht seiner. Da kann man nichts machen. Web-technisch sind wir aber absolut kompatibel und ein unschlagbares Team. Ich war also wirklich gespannt, was er mittels seiner Kontakte über meinen neuen Arbeitgeber herausbekommen konnte. Morgen würde ich sicher schon mehr erfahren. Und dann kam mir noch eine blendende Idee. Vielleicht könnte er auch Cole überprüfen. Wenn ich etwas Peinliches von Cole wüsste, dann könnte ich ihn in Schach halten, und er mich nicht mehr piesacken.

Mit diesem wohligen Gedanken fiel ich in einen wohlverdienten, tiefen Schlaf.

4

Natürlich war Cole noch nicht da, als ich am nächsten Morgen ins Büro kam.

Er erschien gegen zehn und erfreute das gesamte Team mit seinen Berichten von der heißen Party, die er gestern Abend besucht hatte. Dass er dunkle Ringe unter den Augen hatte, war ein eindeutiger Beweis für eine ausschweifende Nacht.

Er nahm meinen Bericht von gestern zur Kenntnis, fragte ein paar Dinge nach und stellte mir dann ohne Worte seine leere Kaffeetasse auf den Tisch. Ich verdrehte die Augen. Ein „Danke" hätte schon drin sein müssen. Aber nicht einmal das hatte er sich entlocken können.

Ich fühlte mich wie ein Opfer. Warum immer ich? „Na warte, ich krieg dich schon noch", dachte ich mir.

Ein wenig resigniert holte ich mir aus der Küche einen Kaffee und brachte auch Cole einen mit. Ich hatte mit dem Gedanken gespielt, ihm ein wenig Spülmittel im Kaffee zu gönnen, ihn dann aber doch verworfen, um meinen Kollegen keine Probleme zu bereiten.

Eric hatte heute kein Thema, das er für mich geeignet hielt, versprach mir aber, sich bis zum Mittagessen etwas einfallen zu lassen. Gerade wollte ich zu Lucas Cube hinüber schlendern, um ihn zu fragen, ob ich ihm bei irgendetwas helfen könne, als Cole meinen Weg blockierte.

„Ich habe was für dich. Ich geh für 'ne Stunde schwimmen, und in der Zeit kannst du dir den Fall mal ansehen, den ich dir ins Cube geschickt habe." Ich konnte nicht verhindern, dass meine Gesichtszüge merklich entgleisten.

„Alternativ kannst du auch mit mir schwimmen gehen." Er zog die Augenbrauen zweideutig nach oben.

Schwimmen mit Cole? Meine Nasenflügel fingen an zu beben. „Nein, danke." Meine Antwort kam eine Spur zu unfreundlich. Als ob ich meine Arbeitszeit im Schwimmbad verbringen würde. Das Arbeiten hatte der nicht erfunden. Genervt steuerte ich, ohne mich umzudrehen, auf mein Cube zu, was hoffentlich ein eindeutiges Zeichen meiner Abneigung war. Aus den Augenwinkeln sah ich, wie er mit den Schultern zuckte, und kurz darauf war er verschwunden. Hat man da noch Töne?

Der Code erwartete mich natürlich schon in meinem Cube und war etwas kniffliger als die Fälle, die ich bisher bearbeitet hatte. Aber ich liebte Herausforderungen, solange sie mit Programmierung zu tun hatten. Mich mit unreifen englischen Machos herumzuschlagen, war im Gegensatz dazu nicht so meins. Ich hatte mindestens eine halbe Stunde getüftelt, als ich bei einer Codesequenz nicht mehr weiterkam. Die Funktion war nicht ausreichend erklärt, und ich wollte sehen, ob Cole auch nur den blassesten Schimmer von dem hatte, was er mir als Aufgabe aufs Auge gedrückt hatte.

Er war immer noch nicht in sein Cubicle zurückgekehrt, also machte ich mich auf die Suche nach ihm. Ich ging bei Cindy vorbei, und fragte sie, ob Cole vielleicht in einer Besprechung war. Cindy hatte die Kalender und Termine des kompletten Teams.

„Nein, er hat sich von elf bis dreizehn Uhr den Kalender für Privat geblockt. Das heißt, er hat keine Bürotermine."

Gut, dann war er noch im Schwimmbad. Das würde ich ihm doch gerne vermiesen. Ich fuhr in den zweiten Stock hinunter und betrat die Schwimmhalle. Drei Schwimmer waren im Wasser. Zwei Frauen und ein Mann, der aber von der Statur her sicherlich nicht Cole war. Eine der beiden Frauen stieg gerade aus dem Wasser.

„Haben Sie zufällig Cole Chatwick hier im Schwimmbad gesehen?"

Sie schaute mich verdutzt an.

„Cole Chatwick? Den kenne ich. Er war bis vor Kurzem bei uns in der DA. Nein, hier habe ich ihn nicht gesehen. Ich bin seit circa einer Stunde hier. In der Zeit war er definitiv nicht beim Schwimmen."

Dann fügte sie verschwörerisch dazu: „Würde mich nicht wundern, wenn er im Englischen Garten herumhängt. Um alles, was Arbeit heißt, macht der einen großen Bogen. Du bist die neue Praktikantin aus der QA, oder? Das habt ihr doch sicher auch schon bemerkt."

Ich seufzte und nickte zustimmend.

Da ich mich inzwischen schon viel mehr zur Firma zugehörig fühlte als noch am ersten Tag, wagte ich noch einen Vorstoß und fuhr mit dem Aufzug zur Garage hinunter. Ein letzter Check, um zu sehen, ob Cole mit dem Auto unterwegs war. Der Ferrari, von dem ich vermutete, dass es seiner war, stand geparkt auf demselben Stellplatz wie vorgestern. Hm. Das war seltsam. Jetzt war es zwölf. Um elf war er ja sicher noch nicht zum Mittagessen gegangen. Was auch immer. Er würde schon wiederauftauchen, und vielleicht waren Cindy und Eric schon so weit, dass sie eine Pause vertragen konnten.

Heute gingen wir nicht in die Pizzeria, sondern suchten uns einen Tisch in der ziemlich überfüllten AutoDat-Cafeteria. Rihanna saß bereits mit einer Kollegin an einem der Tische. Die beiden waren schon beim Espresso angekommen. Ich machte einen kurzen Umweg und steuerte auf sie zu.

„Rihanna, hast du zufällig Cole gesehen?"

„Zuletzt heute Vormittag, als er ins Büro gekommen ist. Seitdem nicht mehr. Was brauchst du denn von ihm?" Misstrauisch sah sie mich an.

„Er hat mir einen Auftrag gegeben, und ich habe eine Frage dazu, bevor ich weitermachen kann."

Rihanna war sichtlich erleichtert. „Keine Angst", dachte ich mir.

„Den spann ich dir nicht für ’ne Million aus. Kannste behalten.“

Während des Essens diskutierten Eric, Cindy und ich über den Unfall auf der Corneliusbrücke. Eric war immer noch ziemlich beleidigt, weil Käfer den Fall Ronald gegeben hatte. Cindy, die ja Käfers Assistentin war, hatte gehört, dass die Polizei schon in engem Kontakt mit AutoDat war und Käfer den Auftrag von der Firmenleitung bekommen hatte, den Algorithmus schnellstmöglich zu überprüfen. Parallel dazu würden Mechaniker der Polizei in der Sache bezüglich nicht-elektronischer Fehlerquellen ermitteln.

Als Eric für ein paar Minuten auf der Toilette war, flüsterte Cindy mir zu, dass sie in einem Bericht gelesen hatte, dass Käfer angeblich seinen besten Mann mit der Aufgabe betraut hatte.

„Das ist wirklich komisch“, sagte sie mir im Vertrauen. „Der beste Experte im Team ist und bleibt Eric. Er ist ein Genie. Ich bin kein Fachmann, aber wie ich mitbekommen habe, kann Ronald ihm bei Weitem nicht das Wasser reichen. Aber ich will Eric das besser gar nicht erzählen, sonst spricht er eine Woche mit niemanden mehr. Das hatten wir letztes Jahr schon mal. Also sag ihm bitte nichts. Er ist so sensibel. Aber auch wirklich süß. Findest du nicht auch?“ Schwärmerisch sah sie zur Tür der Toilette, die sich eben öffnete.

„Bist du eigentlich verheiratet?“, fragte ich sie und dachte an das kleine Kind, das ich auf ihrem Screen gesehen hatte. Nora, tadelte ich mich, das war eben nicht gerade sehr taktvoll. Ich biss mir auf die Zunge. Manchmal konnte ich so ein richtiger Trampel sein. Aber Cindy schien sich nicht an meiner Frage zu stören, sondern antwortete, ohne mit der Wimper zu zucken.

„Ich war verheiratet, aber wir haben uns vor einem Jahr getrennt.“ Sie seufzte laut. „Mein kleiner Mirko war erst zwei Jahre alt. Mein Ex hatte ein Verhältnis mit einer Kollegin. Ich hab’s herausbekommen und ihn rausgeworfen. Wenn er sich so richtig entschuldigt hätte, dann wäre ich sicher eingeknickt. Aber er hat es nicht mal versucht. Ich glaube, er war froh, aus dieser Familiensache rauszukommen.“

Sie seufzte wieder. „Zumindest zahlt er Unterhalt, und alle zwei Wochen nimmt er den Kleinen übers Wochenende zu sich. Was will ich mehr. Meine Mutter wohnt jetzt bei uns und kümmert sich um Mirko."

Eric war wieder im Anrollen, und Cindy verstummte.

Wow! Jetzt kannte ich Cindy erst drei Tage, aber es schien, als hätte sie schon richtig Vertrauen zu mir gefasst. Ich hatte schon häufiger bemerkt, dass Leute mir gegenüber schnell aufgeschlossen waren und Dinge erzählten, die sie anderen verschwiegen. Vielleicht lag es daran, dass ich diskret war und nicht dazu neigte, mir Anvertrautes auszuplaudern. Sicher aber war mit ein Grund für Cindys Offenheit, dass sie spürte, wie sympathisch mir sie und Eric waren.

Wieder im Büro fand ich Cole im Nachbar-Cube sitzend vor, den Blick auf seinen Screen gerichtet. Als er mich bemerkte, wechselte er das Programm, aber ich hatte einen englischen Chat gesehen, in dem einzelne Worte herausstachen. Darunter Corneliusbrücke und murder investigation. Jemand ermittelte in einem Mordfall. War das ein Newsticker gewesen, oder war am Ende Cole von Käfer in die Untersuchungen der Polizei mit einbezogen worden? Nein. Das konnte ich mir nicht vorstellen. Er hatte doch überhaupt keinen Ehrgeiz, sich bei irgendetwas zu engagieren. Das sah ich doch daran, dass er mir seine Aufgaben in die Hand drückte und dann einfach verschwand.

Ich war so in Gedanken, dass ich wohl einige Sekunden im Eingang von Coles Cube stand, ohne ihn anzusprechen.

Cole sah mich erwartungsvoll an und meinte schließlich: „Möchtest du mir einen Kaffee holen?"

„Äh, eigentlich nicht." Ich erwachte aus meiner Starre. „Ich habe eine Frage zu dem Algorithmus, den du mir heute Morgen gegeben hast. Bei einer Subroutine muss ich die Funktion besser verstehen, um weiterarbeiten zu können. Die Beschreibung der Routine passt nicht wirklich zum Algorithmus."

Cole sah mich erstaunt an. „Kannst du mir die Stelle zeigen? Bitte lade mir doch den Code auf den Screen hier."

Sieh an. Er war wohl so überrascht, dass ich so schnell etwas geliefert hatte, dass er sogar „bitte" zu mir gesagt hatte.

Ich zeigte ihm die besagte Stelle, und Cole vertiefte sich ernsthaft in den Algorithmus, so als würde er wirklich etwas von der Sache verstehen. Das überraschte mich jetzt wirklich. Sicherlich gab er nur vor sich auszukennen und wollte mich beeindrucken. Nach einer Weile, in der er völlig konzentriert und ohne ein Wort zu sagen in der Programmsequenz hoch und runter scrollte, meinte er, immer noch völlig von dem Code gefangen: „Das ist gut, hatte ich nicht gesehen und werde ich genauer kontrollieren."

„Soll ich einen Bericht dazu verfassen?"

„Lass gut sein. Diesmal kümmere ich mich um den Bericht."

Na, das war ja ein zweiter „Cole-Fehltritt" innerhalb von ein paar Minuten. Er hatte nicht einmal die Gunst der Stunde genutzt, um mir Arbeit aufzubrummen, sondern wollte sich selbst darum kümmern? Das roch irgendwie faul. Ich holte mir noch einen Kaffee, brachte freiwillig auch Cole einen vorbei.

„Ich danke dir", brummelte er, völlig abwesend. Nicht zu fassen!

Ich hatte das Gefühl, dass er etwas gefunden hatte, mit dem er mächtig Eindruck bei Käfer schinden konnte. Na klar, das war es! Da wollte er mich natürlich nicht mit dabeihaben, sondern lieber die Lorbeeren alleine ernten. Konnte mir auch egal sein.

Ich ging zurück in mein Cubicle. Es konnte ja nicht schaden, sich die Sequenz noch mal anzusehen, wenn Cole sie für so interessant hielt. Wieder wollte ich das Programm auf meinen Screen laden, als ich zu meiner Enttäuschung feststellen musste, dass Cole es gelockt hatte. Er hatte die Berechtigung für die Zugangsdaten so eingestellt, dass er mir den Zugriff verwehren konnte. Und genau dafür schien er die letzten fünf Minuten genutzt zu haben. Mist!

Während des Nachmittags hatte ich aber kaum Gelegenheit, mich weiter mit dem Thema zu befassen. Eric brauchte Hilfe bei einem seiner Testcases, und das konnte ich natürlich nicht ablehnen. Ein Lichtblick war dann, dass Luca bei mir vorbeikam, um mich in der Cafeteria zu einem Eis einzuladen. Sehr nett von ihm. Das war ich überhaupt nicht gewohnt. In der Schule war ich für alle nur der Nerd, und keiner fragte mich mehr, ob ich etwas unternehmen wollte, nachdem ich mindestens ein Jahr lang niemanden an mich herangelassen hatte.

Luca war lustig, und ich amüsierte mich so gut wie schon lange nicht mehr. Doch ich fragte mich auch immer wieder, ob er derjenige war, über den die beiden Männer in der Tiefgarage gesprochen hatten, und ob er möglicherweise sogar ein Spion war. Er konnte leicht als der nächste James-Bond-Darsteller durchgehen: durchtrainiert, gut aussehend, allerdings ein bisschen zu italienisch und zu wenig britisch. Ich versuchte ihn unauffällig auszufragen, aber allzu viel bekam ich nicht aus ihm heraus. Er war die letzten Jahre in Rom an der Universität gewesen und hatte dort auf dem Gebiet autonomer Algorithmen promoviert. Ich nahm mir vor, das von Iron Man einfach mal überprüfen zu lassen. Konnte nicht schaden.

Der Nachmittag verlief ansonsten unspektakulär. Warum auch nicht? Was hatte ich erwartet? Eine weitere Kaffee-Attacke von Cole? Heute sicher nicht mehr, denn er war derart in seinem Spezialthema versunken, dass er für nichts anderes mehr Zeit hatte. Selbst als ich um fünf das Büro verließ, saß er noch da. Bizarr!

Ich freute mich auf einen gemütlichen Abend, aber das war natürlich mal wieder zu viel verlangt. Zu Hause erwartete mich meine gesamte Familie wie ein Aufgebot. Die Achtziger-Oma schrie mir fast entgegen: „Meine Enkelin hat Iron Man zum Brieffreund. Wow! Das ist ja der Wahnsinn. Ich muss sofort den Huber Erich anrufen und ihm das erzählen."

Der Huber Erich, ein Freund Omas, war eine noch größere Tratschtante als meine Großmutter und quasi das Internet des Dorfs.

Meine jüngste Schwester Ida sah mich mit großen Augen an. „Nora, das ist ja sooo cool. Iron Man finde ich absolut sexy."

„Ida, der Schauspieler Robert Downey Jr. ist über siebzig. Der ist jetzt wirklich nicht mehr sexy, sondern einfach nur alt." Ria war auf diesem Gebiet Expertin.

„Was heißt hier alt?", empörte sich Oma. „Er ist bestimmt zehn Jahre jünger als ich, und ich bin nicht alt."

„Nora, dir ist hoffentlich klar, wie gefährlich Internet-Freundschaften sind. Man weiß nie, hinter welcher Identität sich dubiose Leute verstecken. Ich denke da an Kinderpornos und andere kriminelle Machenschaften." Meine Mutter war ja total von der Rolle.

Ich warf meinen Rucksack in eine Ecke neben dem Eingang und stellte mich dem Empfangskomitee, das schlimmer war als ein Trupp Orks.

„Wer hat meinen Computer benutzt?", fragte ich in die Runde.

„Die Spice Girls. Das war doch so 'ne Mädchen-Band, die gibt es doch gar nicht mehr, oder?" Max musste offensichtlich auch noch seinen Senf dazugeben. Tom setzte gerade zu einer mehr oder weniger qualifizierten Bemerkung an, als ich ihn rüde unterbrach.

„Und noch mal, wer hat sich meinen Computer genommen?"

„Was heißt genommen? Ich wollte weiter Dungeons & Dragons spielen. Und da poppte Iron Mans Brief auf. Und jemand, der so nette Briefe schreibt, der wartet auch auf eine prompte Antwort, nicht wahr?", verteidigte sich Oma.

„Wir hatten doch vereinbart, dass du den Rechner nur für D & D verwenden darfst. Absolut für nichts anderes."

„Ja, aber das war doch Iron Man, nicht irgendjemand."

So langsam stieg Ärger in mir auf. Ich erwog ernsthaft die Option, ob Oma im Gefängnis nicht besser aufgehoben wäre.

„Das ist nicht wahr, oder? Du hast doch nicht etwa mit Iron Man gechattet? Sag bitte, dass du nur D & D gespielt hast."

„Ich habe das Programm nicht gefunden. D & D, sagst du, heißt es? Na, dann schau ich gleich noch mal." Und schon wollte sie sich in mein Zimmer verdrücken.

„Oma, du bleibst hier, und fasst meinen Computer unter gar keinen Umständen mehr an."

Zu meiner Mutter gewandt sagte ich: „Könnt ihr Oma nicht endlich das Spiel im Wohnzimmer auf dem großen Screen installieren? Schlimm genug, dass sie meinen Computer nutzt, aber dass sie auch noch meine privaten Nachrichten liest, ist nicht mehr tragbar. Als Nächstes kontaktiert sie eine Dating-Plattform über meinen Account."

Aus dem Nebenzimmer hörte ich Oma, die den unbeobachteten Moment genutzt hatte, um sich vom Acker zu machen, antworten: „Gute Idee, wollte ich schon immer mal ausprobieren."

Ich schlug mir die Hand auf die Stirn und richtete die Augen himmelwärts.

In meinem Zimmer angekommen, setzte ich mich sofort an meinen Screen und startete einen Chat mit Iron Man. Chat war für uns beide der sicherste Kommunikationsweg. AudioCall konnte mitgehört werden – entweder von meiner verrückten Familie oder von Iron Mans Mitbewohner. Wir hatten noch eine weitere Regel: Keine Kommunikation über die ADs, wenn es nicht absolut notwendig war. Die mobile Datensicherheit war nicht so gut wie unser System zu Hause, und im öffentlichen Nahverkehr konnte immer jemand mitlesen. Das war viel zu riskant.

Hey, ich bin's. Spice Girl.

Wen hast du denn an deinen Computer gelassen? Ich habe ziemlich schnell gerafft, dass das nicht du warst.

Meine Großmutter. Tut mir leid, dass sie dazwischengefunkt hat. So schnell lass ich sie nicht mehr an meine Maschine. Das kannst du mir glauben.

Och warum. Ist recht unterhaltsam die alte Dame. Hat mich gefragt, ob wir schon Sex hatten.

Ich war sprachlos. Zum Glück funktionierten meine Finger auf der Tastatur noch.

Das glaub ich jetzt nicht. Was hast du denn geantwortet?

Dass wir eine platonische Beziehung haben. Das fand sie sehr romantisch. Dann hat sie mich gefragt, ob ich ihr einen Kontakt mit Captain America herstellen könnte. Der hätte einen so knackigen Po.

O no!

Ich fand's lustig. Du kannst mich ihr ruhig mal vorstellen.

Ich glaube, das ist das Letzte, was ich mir vorstellen kann.

Ich hab ein paar News für dich über deine Company.

O super. Ich hoffe, die hast du nicht meiner Oma gegeben.

Wo denkst du denn hin. Natürlich nicht.

Und verabredet hast du dich hoffentlich auch nicht mit ihr.

LOL.

Dann schieß los.

Der Unfall auf der Brücke geht gerade durch ein paar Foren.

Warum das denn? Unfälle gibt's immer, auch mit autonomen Fahrzeugen. Sind aber viel weniger geworden. Was ist hier besonders?

Ein Forum namens Roadkill hat das thematisiert.
Klingt eher nach einer Verschwörungstheorie.
Spionage und so.

Gib mir mehr.

Die Frau, die gestorben ist, war im Aufsichtsrat von einer großen IT-Firma.

Okay. Und?

Wie du wahrscheinlich weißt, ist auch die Polizei dran. Gerüchten zufolge handelt es sich um ein Verbrechen.

Ja. Die Polizei ist mit AutoDat in Verbindung, und jemand in meinem Team soll checken, ob im Code was falsch programmiert war.

Ich versuche, mich in das Polizeisystem zu hacken.

Mega.

Angeblich sind drei Dinge im Fokus der Untersuchungen: Irgendetwas lief mit der Navigation schief, und die Abstandsmessung mit LIDAR und Radar muss ausgefallen sein. Zudem wurde keine der Sicherheitsfunktionen ausgelöst.

Das mit den Airbags hab ich auch in den News mitbekommen. Ist denn die komplette Elektronik ausgefallen?

Wie ich gehört habe, nur Teile davon.

Strange.

Willst du Detektiv spielen?

Na ja. Interessiert mich eben.

Dachte ich mir. Ich bleib dran.

Ich hab noch eine Bitte: Könntest du zwei Leute für mich checken lassen?

Logisch!

Cole Chatwick. Aus London. Sohn von dem Leiter des FlexDrive-Hauptsitzes dort. Geht mir total auf den Keks.

Geht klar. Wen noch?

Luca Monti. Hat an der Uni in Rom Informatik studiert und promoviert. Sieht aus wie ein Spion.

Spannend!

Ich muss aufhören. Abendessen.

CU.

YMMD.

I know!

5

Freitag.

Nicht, dass ich das Wochenende herbeigesehnt hätte, denn der Job bei AutoDat machte mir wirklich Spaß.

Ich schaffte tatsächlich einen frühen Start, weil ich heute bereits um vier gehen wollte, um rechtzeitig beim Taekwondo-Training zu sein. Normalerweise trainierte ich dreimal die Woche, aber ich hatte mir schon gedacht, dass das während meines Praktikums nicht klappen würde. Für heute hatte ich es mir aber fest vorgenommen, da ich gerade für den ersten Dan, also den schwarzen Gürtel, trainierte. Ich wollte noch vor Weihnachten die Dan-Prüfung machen, und es gab noch einige Formen, die noch nicht ganz saßen. Gelegentlich übte ich auch in unserem Garten. Als sich aber das letzte Mal die Achtziger-Oma, nur mit ihrem Bademantel bekleidet, weil es ihr einziges Kleidungsstück mit Gürtel war, angeschlossen hatte, ließ ich mein Unterfangen ganz schnell wieder bleiben.

Ich erreichte das Bürogebäude kurz vor acht und war mir sicher, dass noch nicht viele der Kollegen die Arbeit aufgenommen hatten. Das stimmte auch, allerdings war das einzige bereits besetzte Cube das von Cole.

Ungläubig rieb ich meine Augen, aber er saß wirklich da. Litt er unter Schlaflosigkeit? Er war völlig auf seinen Bildschirm konzentriert und hatte mich gar nicht gehört. Ich räusperte mich leise und sagte dann vorsichtig: „Morgen, Cole.“

Er zuckte unmerklich zusammen und drehte sich zu mir. Sofort erschien sein übliches überhebliches Grinsen auf seinem Gesicht.

„Nelly, schön dich zu sehen. Guten Morgen."

„Mein Name ist Nora, falls du es vergessen haben solltest."

„Ach, Nora. Ich muss deinen Namen, mit dem des attraktiven Mädchens verwechselt haben, das ich gestern kennengelernt habe. Ich weiß gar nicht, wie das passieren konnte. Ihr seht euch so ganz und gar nicht ähnlich. Tut mir ehrlich leid."

Cole sah nach allem andern aus, aber nicht danach, als täte ihm die Verwechslung leid. Außerdem war mir nicht klar, ob er mich soeben absichtlich beleidigt hatte, oder ob er nur so sehr von sich selbst angetan war, dass ihm die Beleidigung überhaupt nicht auffiel. Vermutlich war Letzteres der Fall. Das Gerücht über seine Frauengeschichten war also allem Anschein nach auch korrekt. Beides konnte mir allerdings so was von gleich sein. Was interessierte mich dieser Schnösel schon.

Ich zuckte mit den Schultern und wollte mich eben in mein Cube setzen, als Cole hinzufügte: „Bring mir doch einen Kaffee mit, wenn du am Kaffeeautomaten vorbeikommst, und dann hätte ich noch einen Testcase, bei dem du mir helfen kannst." Und mit diesen Worten streckte er mir seine Tasse hin.

„Nelly würde dir jetzt am liebsten Kaffee mit Salz servieren", grummelte ich beim Weggehen. Aber er nahm mich schon gar nicht mehr wahr, so sehr war er schon wieder in sein Programm vertieft.

Missmutig füllte ich unsere zwei Tassen mit heißem dampfenden Cappuccino, der mein Gemüt wieder ein wenig beruhigte. Möglichst langsam kehrte ich zu den Cubicles zurück, denn nichts zog mich wirklich zu einer Besprechung mit Cole, abgesehen von seinem guten Aussehen, und das versuchte ich zu ignorieren.

Dort angekommen, händigte ich ihm den Kaffee aus und erhielt dafür ein wohlwollendes Lächeln. „Kannst du dir sonst wohin stecken", dachte ich, sagte es aber sicherheitshalber nicht. Stattdessen rang ich mir ein künstliches Lächeln ab, als er auf den Platz neben sich wies. Ich setzte mich, und er rückte seinen Stuhl ran. Viel zu nahe für meine Begriffe. Aber völlig ungefährlich, da ich ihn nicht ausstehen konnte und er mich ganz offensichtlich unattraktiv fand.

„Hier, Nelly, o sorry, Nora. Das ist ein etwas komplexerer Algorithmus, den ich heute früh von der DA bekommen habe."

Interessant. Von der DA. Normalerweise sollte er doch seine Aufträge von Käfer direkt erhalten. Vielleicht war das ja noch ein Fall aus der letzten Woche, den er nicht hinbekommen hatte, und jetzt versuchte er mich einzuspannen? Alles möglich.

„Also wenn's dir zu schwierig ist, dann sag's mir lieber gleich, denn dann verschwenden wir hier keine Zeit."

Was für ein arroganter Typ. „Ich versuche es gerne, gestern habe ich ja auch den Fehler schnell gefunden."

„Diesmal geht es nicht unbedingt darum, einen Fehler zu finden, sondern die Aufgabe ist, zu überprüfen, ob das Programm fehlerfrei funktioniert. Es ist eine noch nicht freigegebene Routine, die, wie ich schon sagte, etwas komplexer ist. Ein Hauptprogramm mit vielen Subroutinen, das heißt Unterprogrammen. Die Subroutinen müssen einwandfrei mit dem Hauptprogramm verlinkt sein. Deine Aufgabe besteht darin, herauszufinden, wie die Unterprogramme strukturell mit dem Hauptprogramm zusammenhängen und auch eine Dokumentation des Gesamt-Algorithmus zu erstellen."

„Gibt es denn keine Dokumentation? Ich meine, normalerweise erstellt doch jeder Entwickler für seine Algorithmen eine Dokumentation?", fragte ich erstaunt.

„Für den hier nicht", antwortete Cole nur knapp, drückte auf ein paar Tasten und setzte hinzu: „Ich habe dir alles, was du brauchst, in dein Cube gespielt. Sobald du die erste Grobstrukturierung des Programms fertig hast, können wir uns noch mal zusammensetzen." Er wedelte mit der Hand, als wäre ich ein Lakai, den er eben mit einem Befehl entlassen hatte. Diese Arroganz war wirklich schwer zu ertragen. Ich seufzte insgeheim. Was half es schon. Ich war die Praktikantin und er der Sohn eines Firmenteilhabers. Ober sticht Unter.

Ich war gerade mit einem Bein aus seinem Cube, als er mir hinterherrief: „Nora!“ Ah, der Herr kannte meinen Namen also doch, wenn es wichtig war. „Eins noch. Zeig keinem den Algorithmus. Das ist ein Spezialauftrag aus der DA mit streng vertraulichem Inhalt. Die Qualitätsabteilung bekommt solche Programme erst, wenn sie weiterentwickelt sind. Du kannst das Programm auch nicht kopieren, versteht sich. Es funktioniert nur hier auf dem AutoDat-System. Als Alias für den Algorithmus nehmen wir einfach Zeta. Ist fast wie in einem James-Bond-Film, oder?“

Ach du grüne Neune. Jetzt hielt er sich auch noch für James Bond. Seinem Ego waren ja keinerlei Grenzen gesetzt.

„Geht klar. Ist ja naheliegend, Zeta.“

Und glasklar war mir vor allem, was hinter der ganzen Geschichte steckte. Es war ziemlich sicher so, wie ich vermutet hatte. Er musste letzte Woche einen Auftrag von der DA bekommen haben, den er nicht fertiggestellt hatte. Sicherlich sollte er, vielleicht als Abschlusstest vor seinem Wechsel in die nächste Abteilung, eine Dokumentation zu einem neu entwickelten Programm schreiben. Also hatten sie ihm nichts, was im Handel war, gegeben, sodass er auch nicht an die bereits existierende Doku herankam. Entweder hatte er es nicht hinbekommen, denn ich hatte bisher nicht den Eindruck gewonnen, dass er der begnadete Programmierer war, oder er hatte keine Lust dazu gehabt, weil es in München einfach zu viele Partys gab. Und jetzt drückte er mir seinen Job aufs Auge, um bei seinem Vater nicht ganz so blöd dazustehen. Ja, das passte alles ziemlich gut zusammen. Deshalb sollte ich auch niemanden von dem Programm erzählen. Und ich durfte es auch nicht kopieren, bla, bla, bla … von wegen streng vertraulicher Inhalt. Veräppeln konnte ich mich selber. Ich krieg dich schon noch, Cole Chatwick. Wäre doch gelacht. Mich nutzt du nicht aus. Wie heißt es so schön: Hochmut kommt vor dem Fall.

Mit einem zufriedenen Gesicht machte ich es mir mit der noch fast vollen Kaffeetasse in meinem Cube bequem, und begann die mühsame Analyse des Programmes. Ich war vollkommen in meine Aufgabe vertieft, sodass ich nur am Rande wahrnahm, wie Cindy vorbeikam und mir einen frischen, dampfenden Kaffee auf den Tisch stellte. Ich muss schon sagen, mein Kaffeekonsum war in den letzten Tagen um mindestens zweihundert Prozent angestiegen. Meine Mutter wäre nicht glücklich, denn sie war der Meinung, dass man mit sechzehn eh noch keinen Kaffee braucht. Sie saß in ihrer Jugend allerdings nie am Computer. Und nachdem die Wissenschaftler gefühlt jedes halbe Jahr mit einer neuen Studie um die Ecke kamen, nach der Kaffee entweder gesundheitsschädlich oder gesundheitsfördernd war, machte ich mir auch wirklich keinen Kopf darüber.

Eric hatte wieder einen Testcase für mich herausgesucht, aber ich musste ihn auf Montag vertrösten, da ich mir Cole gegenüber keine Blöße geben wollte.

„Musste für den verwöhnten Bubi die Arbeit machen, was?"

Ich grinste Eric zustimmend an und hoffte inständig, dass der verwöhnte Bubi im Nachbar-Cube Erics Kommentar gehört hatte.

Gegen Mittag hatte ich das Hauptprogramm größtenteils verstanden und dokumentiert. Der Algorithmus deckte die Navigation der autonomen Fahrzeuge ab, das heißt, wie das Auto den Zielwunsch des Fahrgastes erhielt und dann über Satelliten oder alternativ eine 10G-Netzanbindung die ideale Route zum Ziel suchte. Das Ende des Hauptprogramms war die Ankunft am Zielort, mit weiteren Unterprogrammen zum Auffinden des besten Stellplatzes beziehungsweise einer geeigneten Warteposition, falls der Fahrgast innerhalb der nächsten Viertelstunde bereits die Weiter- oder Rückfahrt antrat.

Meine Mutter hatte mir erzählt, dass sie früher kleine Geräte, sogenannte Navis, im Auto hatten oder sich über ihre Handys mittels eines Navigationsprogramms von Google die schnellste

Strecke beschreiben ließen. Heute lief dies alles über WaySearch, einer Sparte des amerikanischen Technik-Giganten AXXO.

Ich war zufrieden mit dem Status meiner Analyse von Zeta und konnte beruhigt mit Eric und Cindy zum Mittagessen gehen. Cole war nirgends zu sehen, so viel zu seinem großspurigen Kommentar: Sobald du die erste Grobstrukturierung des Programms fertig hast, können wir uns noch mal zusammensetzen. Pah! Zusammensetzen mit wem bitte schön? Sicherlich hatte ich am heutigen Vormittag mehr geleistet als er in der gesamten letzten Woche.

Cindy riss mich jedoch schnell aus meinen Gedanken, die noch immer um das Programm schwirrten, denn sie wollte mit Eric und mir ausdiskutieren, wo wir essen wollten. Am Ende entschieden wir uns heute für die Cafeteria im Erdgeschoss. Es war bereits eins, und daher nicht mehr ganz so voll, sodass wir auch wirklich einen Tisch für drei Personen ergattern konnten. Ich holte mir an der Theke eine dampfende Schüssel Chili con carne, eines meiner Lieblingsgerichte, und kam eben an den Tisch zurück, als ich sah, wie Cole sich meinen Stuhl schnappte. Selbstverständlich musste ich mir einen neuen suchen. War ja klar.

Als ich endlich vor meiner nicht mehr ganz heißen Schüssel Chili saß, stellte ich fest, dass sich Eric und Cole auf Englisch unterhielten. Cindy stand noch in der Essensschlange an der zweiten Theke an. Es war sehr lustig, das Oxford-Englisch Coles und Erics amerikanischen Slang innerhalb eines Gesprächs zu belauschen, also brauchte ich eine Weile, bis ich auch auf den Inhalt achtete. Und man sollte es nicht glauben, die beiden diskutierten tatsächlich über den Vergleich englischer und amerikanischer Dating-Plattformen. Warum auch immer das für Cole ein Thema sein sollte, verstand ich nicht wirklich. Wobei, wenn seine Freundinnen nicht ganz dumm waren, dann stellten sie ziemlich schnell fest, was für ein Blödmann er war, und gaben ihm den Laufpass. Das Gespräch verstummte augenblicklich, als Cindy ihr Essen zu uns herüberbalancierte und sich zwischen Eric und mich an den kleinen Tisch quetschte.

Die Unterhaltung wechselte auf Deutsch, streifte Sportwagen und Kampfhunde, und beim Nachtisch waren wir dann bei kalifornischen Rotweinen angekommen. Nicht unbedingt Themen, bei denen ich durch profunde Expertise glänzen konnte. Erstaunlicherweise hatte Cole zu allem eine Meinung, und Eric stand ihm in nichts nach. Von daher musste ich zugeben, dass das Mittagessen deutlich unterhaltsamer war, als ich befürchtet hatte. Interessant fand ich, dass wir sehr schnell von den Kampfhunden abkamen, und Cole erklärte auf Schäferhunde zu stehen - ich hätte ihn eher auf der gleichen Wellenlänge mit einer faulen Perserkatze gesehen. Eric erzählte, dass er in Kalifornien einen Basset hatte, der vor ein paar Jahren im sagenumwobenen Alter von fünfzehn Jahren verstorben war. Bei Cindy stand von vornherein der Pudel fest, und mein Lieblingshund war der Australische Schäferhund, ein etwas kleinerer, aber überaus quirliger Verwandter des Deutschen Schäferhundes. Relativ nahe an Coles Vorlieben. Reiner Zufall natürlich.

Bei dem Thema Wein musste ich komplett passen, und Sportwagen interessierten mich überhaupt nicht.

Einen Espresso später fuhren wir wieder in den sechsten Stock, um die Arbeit für den Nachmittag aufzunehmen.

Ich sprach kurz mit Cole den Entwurf für die Dokumentation des Hauptprogramms durch, und er schien zufrieden.

„Schaffst du wirklich heute noch die ganzen Unterprogramme?“, fragte er mich danach zweifelnd.

„Ich werde versuchen, was bis um sechzehn Uhr geht, denn dann muss ich heute leider weg. Zum Sport“, setzte ich hinzu.

„Hm, lass mich raten.“ Er setzte eine gespielt grübelnde Miene auf. „Yoga oder Schach?“

Ich zog die Augenbrauen nach oben.

„Taekwondo.“

„Oje, da muss ich ja aufpassen, was ich sage.“

Er kam sich ungeheuer witzig vor. Es war immer die gleiche Leier, wenn ich irgendjemanden von meinem Hobby erzählte. Der stereotype, dumme Spruch: Da muss ich ja aufpassen. Als ob ich durch die Gegend laufen würde und auf Leute einschlage, wie es mir gerade passt. Kompletter Blödsinn. Von daher ignorierte ich seinen Kommentar einfach.

„Jetzt dachte ich, du hättest Lust heute Abend mit mir eine Runde im Ferrari zu drehen. Obwohl, der Abend ist lange. Ich hol dich einfach nach dem Taekwondo ab."

„Ist das dein Ernst?" Ich sah ihn erstaunt an.

„Mal sehen." Okay, mal wieder eine Kostprobe seines seltsamen Humors. Jetzt merkte ich ihm deutlich an, dass es das Letzte wäre, was er für den heutigen Abend in Erwägung zog. Eine weitere Bestätigung, sich auf keinen Fall mit diesem Typen einzulassen. Er spielte nur mit allen Leuten in seiner Umgebung. Geld konnte einen Menschen wirklich verderben.

Nach einem kurzen Schweigen stellte ich ihm noch ein paar Fragen zu der Programmstruktur, die er allesamt nicht beantworten konnte. Na gut. Ich würde auch selbst darauf kommen.

Der weitere Nachmittag verlief ereignislos, und ich arbeitete mich wie ein Maulwurf in die Tiefen der verschiedenen Subroutinen von Zeta vor. Die Programmierung war komplexer, als ich ursprünglich angenommen hatte, und einige der Subroutinen hatten weitere Unterprogramme.

Da ich mir Farben besser merken und visualisieren konnte, ordnete ich jeder Subroutine auf der ersten Ebene eine Farbe zu. Gelb war zum Beispiel ein Unterprogramm, das für die Verlinkung mit WaySearch verantwortlich war. Und Orange wiederum griff auf die Parkplatzdatenbank der Stadt München zu und verglich die Größe der freien Parkplätze mit den kritischen Maßen des Autos, was mir einleuchtete. Niemand wollte ja vor einer zu engen Parklücke stehen.

Als ich bei Türkis, etwa der neunten Subroutine, angekommen war, kam ich ins Stocken. Die Subroutine war verschlüsselt, und ich hatte kein Passwort, um auf sie zuzugreifen. Okay – das war erst mal nicht ungewöhnlich für Security-Anwendungen. Ich wunderte mich dennoch, weil keine der anderen Subroutinen mit einem Code geschützt war. Da ich hier nicht weiterkam, nahm ich mir vor, Cole nach dem Passwort zu fragen. Doch er war mal wieder nicht in seinem Cube – vermutlich schwimmen oder im Park einen Kaffee mit einer hübschen Blondine trinken –, deshalb übersprang ich Türkis.

Kurz vor vier war Cole immer noch nicht im Büro. Da ich gehen musste, um rechtzeitig beim Training zu sein, schrieb ich ihm eine kurze Notiz bezüglich des Status' und dass ich den Montagvormittag für die Fertigstellung der Dokumentation noch benötigen würde, und schickte sie in sein Cube. Weil ich etwas in Hektik war und zu lange auf seine Rückkehr gewartet hatte, vergaß ich völlig, ihn wegen des Security-Codes der einen Subroutine zu fragen. Das fiel mir erst im Zug auf dem Weg ins Training ein.

„Egal“, dachte ich. Ich musste ja eh am Montag früh an Zeta weiterarbeiten, und ehrlich gesagt, hatte ich keinen allzu großen Ehrgeiz, Cole dabei zu helfen, gut dazustehen.

Ich hatte eine Woche nicht trainiert, und Chris, mein Trainer, sah mich etwas vorwurfsvoll an, als ich unser Dojo betrat. Nachdem ich ihm kurz von meinem Praktikum erzählt hatte, zeigte er aber durchaus Verständnis und beglückwünschte mich zu der, wie er sie nannte „epischen“ Gelegenheit. Das Training heute war, wie meistens, ziemlich gut, und ich konnte mich so richtig auspowern und einiges der Anspannung wieder loswerden, die sich diese Woche aufgestaut hatte. Es war schließlich das erste Mal, dass ich mich nicht nur in der Schule, sondern in einem richtigen Job bewähren musste. Die meiste Zeit übte ich meine Dan-Formen mit Nico, der auch auf dieselbe Prüfung hintrainierte wie ich. Nico war vier Jahre älter als ich und ein richtig guter Kumpel. Wir machten zwar außerhalb des Trainings nicht viel zusammen, aber das ergab sich einfach nicht. Außerdem wusste ich, dass er seit drei Jahren eine feste Freundin hatte. Einer seiner Freunde hatte mir mal erzählt, dass sie sehr eifersüchtig war, und dass auch er viel weniger von Nico sah, seitdem die beiden zusammen waren. Aber wir trafen uns regelmäßig im Taekwondo, und ich genoss es, dass wir bei den meisten Themen so ziemlich auf einer Wellenlänge waren. Was es noch zu Nico zu sagen gab: Er war mein Typ, groß, schlank, trotzdem muskulös, trug seine pechschwarzen Haare zu einem Pferdeschwanz zusammengebunden, und er studierte im fünften Semester Medizin. Und er war auch noch ein super Sportler, was ich unendlich cool fand. Ich war zwar super in Taekwondo, aber bei einigen anderen Sportarten haperte es bei mir ein bisschen. Es machte allerdings keinen Sinn, sich der Fantasie hinzugeben, dass sich zwischen uns beiden mehr als eine Freundschaft entwickeln würde und er gar seine Freundin für mich sitzen ließ. Daher war ich pragmatisch genug zu akzeptieren, dass auch schon eine freundschaftliche Beziehung zu ihm ein wirklicher Gewinn war. Ich war für ihn wohl eher wie eine kleine Schwester. Und mit Nico zu trainieren, machte einfach einen Riesenspaß.

Nach zwei Stunden Training hüpfte ich noch schnell unter die Dusche, damit nicht der ganze öffentliche Nahverkehr Münchens mitbekam, dass ich gerade vom Training kam, verabschiedete mich von Chris und den anderen, und schlenderte dann gemeinsam mit Nico nach draußen.

Dort erwartete mich eine Mega-Überraschung: Ein roter Ferrari stand, natürlich völlig verkehrswidrig, mitten auf dem Gehsteig vor unserem Dojo. Eine kleine Traube Jugendlicher umringte das Fahrzeug bewundernd und inspizierte das Innere und Äußere des Fahrzeugs. Ein zum Bersten cooler Cole stand lässig an den Ferrari gelehnt da und grinste mir fröhlich entgegen.

Er trug verwaschene Jeans und Lederjacke und sah aus wie James Dean in einem dieser alten Filme aus den Fünfzigerjahren des letzten Jahrhunderts. Also echt irre. Ich dagegen hatte nasse ungekämmte Haare und steckte in einem schwarzen, ausgebeulten Jogginganzug.

Moment, warum ging mir durch den Kopf, wie ich aussah? Das war doch so was von irrelevant. Was wollte dieser Typ denn von mir? Noch eine Programmanalyse oder Hilfe bei der Arbeit in der Qualitätsabteilung?

„Hey, Nora. Brauchst du einen Lift? Wie wäre es noch mit ’nem Bier, bevor ich dich heimfahre?"

„Hast du einen Verehrer?", hörte ich es neben mir flüstern und wurde puterrot.

„Äh, ne", stotterte ich. „Er ist ein Kollege von mir, wir sind in der gleichen Abteilung. Und eigentlich kann ich ihn nicht besonders ausstehen. Da gibt es wirklich nettere Leute, mit denen ich zusammenarbeite."

„Na das sieht aber nach mehr als einem kollegialen Treffen aus. Wenn du nicht mit ihm mitfahren möchtest, dann brauchst du mir das nur zu sagen. Den habe ich in null Komma nichts aufs Kreuz gelegt", sagte Nico nun schon etwas lauter.

„Lass mal, ich kann mich schon selbst verteidigen. Und vielleicht ist das eine super Gelegenheit, ihn ein bisschen unter die Lupe zu nehmen, denn meistens nervt er in der Firma ziemlich. Wenn ich da etwas finden würde, damit ich nicht immer in der Opferrolle bin, wäre das genial."

„Okay, aber du rufst mich an, wenn du Hilfe brauchst. Versprichst du mir das?", erwiderte Nico. Dann sagte er zu Cole: „Wenn ich auch nur die kleinste Beschwerde von Nora höre, dann bekommst du es mit mir zu tun." Nico konnte sehr bedrohlich wirken, aber als sich Cole von seiner lässigen Position am Auto aufrichtete, sah ich, dass er Nico durchaus an Größe und Statur das Wasser reichen konnte.

„Mach mal langsam, Junge. Ich tu deiner Freundin nichts. Sie ist eine Kollegin, bei der ich mich revanchieren will, weil sie mich heute bei einem Job unterstützt hat.“ Er klang, als wäre er fünf Jahre älter als Nico, dabei konnten zwischen den beiden maximal ein bis zwei Jahre liegen.

Ich wollte es nicht auf einen Hahnenkampf ankommen lassen, deshalb umarmte ich Nico kurz und wandte mich dann Cole zu.

„Hey, ich hatte nicht damit gerechnet, dass du kommst. Ich hatte dir ja nicht einmal den Namen meiner Taekwondo-Schule gegeben.“

„Ich bin erschüttert.“ Er lächelte süffisant. „Wenn ich einem Mädchen anbiete, es abzuholen, dann halte ich Wort. Übrigens steht der Name der Schule auf deiner Sporttasche. Da braucht es keinen großen detektivischen Spürsinn, um die Adresse herauszufinden.“

Oh. Klar. Ich war ja dumm. Die Tasche hatte den ganzen Tag in meinem Cube gestanden. Was aber wiederum hieß, dass er am Nachmittag während meiner kurzen Kaffeepause mit Cindy in mein Cube geschaut hatte. Und ich hatte angenommen, er wäre den gesamten Nachmittag weg gewesen. Interessant. Wo um alles in der Welt hatte er dann die ganze Zeit gesteckt?

Cole öffnete mir ganz galant die Beifahrertür des Ferraris und setzte sich hinters Steuer. Wow! Ich hatte noch nie in einem Sportwagen gesessen. Ich musste zugeben, es war schon ein gutes Gefühl, vor allem mit dem offenen Verdeck des Ferraris. Es war noch hell, und Cole lenkte das Auto in Richtung Sendlinger Tor. Um uns herum der langsam abklingende Verkehr eines Freitagabends, fast ausschließlich FlexDrive-Fahrzeuge, die ihre Passagiere nach der Arbeit nach Hause, zur Kneipe oder zum Restaurant fuhren. Elektroautos summten um uns herum, und wir waren die Einzigen, die mit einem röhrenden Motor durch die Innenstadt brausten.

„Was kostet es denn, eine Fahrgenehmigung für einen Sportwagen in München zu bekommen? Dafür muss man ja bestimmt ein halbes Vermögen hinlegen, oder?“

„Klar. Einmal die eigene Fahrgenehmigung, also als Selbstfahrer, das sind schon mal zwischen fünfzig und hundert Euro in der Woche, je nach Fahrzeugtyp, und dann noch der Aufschlag für einen Benzinmotor. Zahlt alles mein Vater natürlich."

Da hatten wir es wieder. Hauptberuf: Sohn.

„Ich wollte dich auf ein Bier oder Radler und einen Snack einladen. Als Dankeschön für deine Unterstützung heute."

Na, jetzt erstaunte er mich wirklich. War er vielleicht doch kein so großes Ekel, wie ich bisher angenommen hatte? Das wäre ja mal eine positive Überraschung.

Ich fühlte mich großartig. Ein lauer Sommerabend. Ich saß in einem überaus coolen Gefährt, neben einem gut aussehenden Typen. Einige Passanten starrten uns unverhohlen an. Vermutlich wunderten sie sich darüber, was der tolle Mann mit einem Mädchen wie mir im Auto vorhatte. Das genau wunderte mich übrigens auch. Über was konnten wir uns denn überhaupt unterhalten?

Am unverfänglichsten war es wohl, über etwas zu reden, das nichts mit der Firma zu tun hatte. So fragte ich Cole, ob er in London geboren sei und immer dort gelebt habe. Er bejahte meine Frage, und da ich bisher noch nie in London gewesen war, dozierte er ein bisschen über die Stadt. Er war ein guter Redner, und es machte echt Spaß, ihm zuzuhören. Vor allem kannte er viele Anekdoten aus der Geschichte der Stadt. Je länger ich zuhörte, desto mehr Lust bekam ich, mich auf den Weg zu machen, um die britische Metropole zu besichtigen. Den Tower von London und den Big Ben vor Augen röhrten wir durch die Münchner Innenstadt.

Lautes Sirenengeheul riss mich aus meinen Träumereien. Ich sah mich erschrocken um. Wir fuhren eben den Altstadtring entlang, als uns ein riesiger Konvoi von drei oder vier Polizeiautos und mindestens zwei Krankenwagen entgegenkam.

„Was ist denn da los?", fragte ich, ohne wirklich eine befriedigende Antwort zu erwarten.

„Hm“, kam es vom Fahrersitz. „Sieht nach einem größeren Unfall aus. Ich hoffe sehr, dass unsere Autos nicht darin verwickelt sind.“

Ich sah ihn entsetzt an. „Also, ich hoffe eher, dass niemand schwer verletzt ist. Allerdings zwei Krankenwagen. Das sieht nicht so gut aus.“

Immer noch waren die Sirenen lautstark zu vernehmen, weshalb ich es kaum mitbekam, als Coles AD klingelte. Schnell steckte er sich seinen Kopfhörer ins Ohr, sodass ich nicht mithören konnte, was der Anrufer sagte. Warum sollte ich auch?

„Hallo Nelly. Schön von dir zu hören. … Was meinst du? … Heute Abend? … Natürlich habe ich für dich Zeit. Ich muss nur noch was erledigen. Wir können uns so in einer halben Stunde treffen. … Wie meinst du? … Ja klar, üblicher Treffpunkt. … Bis gleich!“

Ich saß wie erstarrt in meinem Sitz. Hatte ich eben richtig gehört? Er hatte sich mit einer Freundin verabredet? Cole wollte doch mit mir ausgehen? Nein, ich hatte sicher irgendetwas falsch verstanden.

„Nora. Tut mir leid, mir ist was dazwischengekommen. Ich setz dich an der nächsten Haltestelle ab.“ Und schon steuerte er sein Auto in eine Parkbucht und sprang heraus. Ziemlich verdattert befreite auch ich mich aus dem tief liegenden Beifahrersitz des Sportwagens. Ich war gerade mal halb aus dem Auto, als er mir schon meine Sporttasche in die Hand drückte und mich in Richtung Haltestelle schob.

„Wir finden sicher noch einen anderen Termin für unser Date. Schönes Wochenende.“

Bevor ich überhaupt antworten konnte, war er schon wieder in seinen Wagen gehechtet und fuhr los. Allerdings in die entgegengesetzte Richtung, in die auch die Polizeiautos und Krankenwagen verschwunden waren.

So ein Vollidiot! Ich konnte mir einen lauten Fluch nicht verkneifen. Jetzt hatte ich wirklich gedacht, er wäre ein kleines bisschen nett. Weit gefehlt. Seine vermutlich blonde, perfekt aussehende Tussi ruft an, und schon war ich abgeschrieben. Na, die passte sicherlich auch besser in den Ferrari als ich. Nicht dass mich Cole in irgendeiner Art und Weise interessieren würde, und es war ja auch nicht meine Idee gewesen, zusammen was trinken zu gehen. Aber mich einfach stehen zu lassen. Das war wirklich der Abschuss. Er konnte sich sein Date sonst wo hinstecken. Ich hatte das Gefühl, schon lange nicht mehr so wütend gewesen zu sein. Oberdepp! Mir fielen gar nicht genug Ausdrücke ein, um ihn ausreichend zu beschimpfen. Gut, von nun an würde ich mich mit ihm nur noch auf rein professioneller Basis unterhalten. Er konnte mir so was von gestohlen bleiben. Ich biss die Zähne zusammen, schnaufte tief durch, wich einer alten Frau aus, die mich aufgrund meines vermutlich recht finsteren Gesichts ängstlich ansah, und stieg letztlich, immer noch vor mich hin grummelnd, die Treppe zum Bahnsteig hinunter.

6

Endlich Wochenende!

Der Samstag war einer meiner Lieblingstage. Ich konnte ausschlafen; es waren noch zwei Tage bis zur Schule oder im jetzigen Falle, zur Arbeit. Noch dazu zwei Tage ohne Cole – die reinste Erholung. Nicht, dass mir mein Praktikum bei AutoDat nicht gefallen würde. Ganz im Gegenteil. Aber Cole ... Ich musste ihn irgendwie aus meinem Kopf bekommen. Hier hatte er nun mal absolut nichts zu suchen.

Meine Mutter machte samstags zum Frühstück immer Pfannkuchen. Ich liebe Pfannkuchen! Pfannkuchen mit Zucker oder Marmelade, manchmal auch mit Speck und Käse. Auch mit eingelegten Sauerkirschen oder Apfelmus sind Varianten, zu denen ich nicht Nein sage. Egal wie. Meine Leidenschaft teile ich mit dem Rest der Familie, und daher begann meine Mutter, wie fast jeden Samstag, die Pfannkuchenproduktion schon um acht Uhr, damit sich so gegen neun Uhr ein kleiner Berg gebildet hatte, der auf seine Konsumierung wartete. An den anderen Tagen war mein Vater der Koch in der Familie. Ich muss gestehen, in der Regel schmeckte mir sein Essen deutlich besser als das meiner Mutter. Allerdings würde ich mir eher auf die Zunge beißen, als das laut zu äußern. Was Pfannkuchen anging, war meine Mutter allerdings unschlagbar.

Um Punkt neun saß ich also am Frühstückstisch, umringt vom Großteil meiner Geschwister und der Achtziger-Oma. Mein Vater war heute ausnahmsweise schon früh weggefahren, um Max zu einem Fußballspiel zu bringen. Nicht, dass das Fußballtraining bei meinem Bruder irgendwelche Erfolge gezeigt hätte. Beim Fußball war er ein absolut hoffnungsloser Fall. Keiner in der Achtziger-Familie hatte eine Affinität zu Bällen. Während wir anderen mit unserm Defizit leben konnten und Bällen aus dem Weg gingen, hatte Max es sich aber aus einem für uns alle unbegreiflichen Grund in den Kopf gesetzt, das mit dem Fußball durchzuziehen. Sehr zum Leidwesen meines Vaters, der den heutigen Vormittag im Nieselregen am Rand des Fußballfeldes verbrachte.

Ich beneidete ihn keineswegs, als ich genussvoll in meinen dampfenden Pfannkuchen biss, zu dem es einen fantastisch riechenden Cappuccino gab.

„So ein Pech, dass es heute regnet." Auch die Achtziger-Oma schlürfte genüsslich an ihrer Tasse Kaffee, sah aber bedauernd aus dem Fenster.

„Eigentlich wollte ich mit dem Oberwieser Gregor Dinosaurier jagen." Ich verschluckte mich so heftig an meinem Cappuccino, dass er mir wieder aus der Nase lief, während meine Mutter sichtlich in eine Schockstarre verfallen war. Langsam versuchte ich, wieder zu Atem zu kommen.

„Können wir auch mitkommen, Oma?", fragten Tom und Ida wie aus einem Mund.

„Auf keinen Fall!" Meine Mutter war aus ihrer Versteinerung erwacht. „Mutti, wie kannst du nur. Könntest du dich nicht bitte benehmen wie andere Rentner in deinem Alter?"

„Dinosaurier finde ich total cool", krähte Tom. Und Ida nickte zustimmend. Seitdem ich mit den beiden im letzten Jahr in der Olympiahalle bei einer Dino-Virtual-Reality-Show war, sind sie absolute Dinosaurier-Fans. Was ich absolut verstehen konnte, uns aber im Moment nicht wirklich half.

„Der Gregor ist doch dabei. Der ist auch Rentner."

Womit die Achtziger-Oma tatsächlich einen Punkt hatte, zumindest einen halben: Gregor Oberwieser war ein paar Jahre älter als die Achtziger-Oma und verrückter als eine Schar wild gewordener Hühner. Seit er in Rente gegangen war, hatte er bei der hiesigen

Polizeistation ein beachtliches Vorstrafenregister aufgebaut. Einige Leute im Dorf, vor allem Angehörige der älteren Generation, munkelten, er hätte ein Verhältnis mit der Achtziger-Oma. Mir war das ziemlich egal, denn rein biologisch gesehen, drohte uns keine Gefahr, dass aus dieser Koalition des Wahnsinns irgendwelche genetisch belasteten Kinder entständen. Was ausgefallene Hobbys anging, waren sie auf jeden Fall ein Dream-Team. Ich kannte Gregor auch schon ziemlich lange, erstens weil unser Ort nicht allzu groß war, und zweitens war er Lillys Opa. Seit Lilly und ich getrennte Wege gingen, sah ich ihn allerdings nicht mehr so häufig wie früher.

„Du lieber Himmel!“, meine Mutter rang verzweifelt ihre Hände und sah an die Decke, als ob sie sich von dort Rettung erwarten würde. Die Deckenlampe gab jedoch keinen Mucks von sich, und auch sonst regte sich nichts Überirdisches, um ihr zu Hilfe zu kommen.

„Der Oberwieser mag Rentner sein, aber er ist doch alles andere als normal“, stieß sie schließlich hervor.

„Lina, nur weil er eines von diesen selbstfahrenden Autos mit der Gülle vom Krautmeier-Bauern gefüllt hat, ist er doch nicht unnormal.“ Oh, das war mir aber neu. Ich musste bei der Vorstellung kichern, und meine Mutter sah mich sofort strafend an. Dennoch - was wohl passiert war, als jemand das Fahrzeug bei der Rückkehr zur autonomen Fahrzeugflotte geöffnet hatte? Igitt! Ich war mir sicher, dass diese Aktion Gregor einen weiteren wohlverdienten Eintrag im Vorstrafenregister eingebracht hatte.

„Recht hat er! Keiner hat bis jetzt selbstfahrende Traktoren erfunden. Da muss man doch darauf aufmerksam machen. Für mich ist er ein Held, wie die Aktionisten von Greenpeace, die sich an Wale ketten.“

„Äh, Oma, erstens heißen die Leute Aktivisten, und ehrlich gesagt habe ich auch noch von keinem gehört, der sich an einen Wal gekettet hat, eher an Walfang-Boote oder Eisenbahnschienen.“

Meine Oma runzelte die Stirn und grübelte kurz. Dann aber klärte sich ihr Gesichtsausdruck gleich wieder auf.

„Das tut doch nichts zur Sache. Meine Unterstützung hat er, der Oberwieser!"

„Hat sich der Oberwieser echt an einen Traktor gekettet?", tönte es neugierig von Ida.

„Wir könnten doch auch Wale jagen gehen", schlug Tom jetzt vor. Ganz offensichtlich hatte sein bester Freund Kevin heute keine Zeit, und das Programm der Achtziger-Oma war eine willkommene Alternative.

„Tom, ihr solltet schon in der Schule gelernt haben, dass Wale nicht im Dorfweiher schwimmen und Dinosaurier seit zig Millionen Jahren ausgestorben sind." Meine Mutter versuchte doch tatsächlich, an die Vernunft dieser Familie zu appellieren. In meinen Augen war dieser Versuch eindeutig zum Scheitern verurteilt.

„Wo wollt ihr denn überhaupt Dinosaurier finden?" Ich bemühte mich zumindest, meiner Mutter zu helfen, und vielleicht konnte ich den ein oder anderen mit meiner Frage in die Realität zurückbringen. Weit gefehlt!

„Beim Gregor in der alten Scheune. Ist doch klar. Im Haus ist nicht genügend Platz. So ein Türanno-Saurier ist nun einmal ziemlich groß."

„Ah. Okay. Alles klar. Ein Tyrannosaurus rex bei Gregor in der Scheune." Ich schüttelte ungläubig den Kopf. „Und wo wollt ihr ihn jagen? In der Scheune?"

„Für wie dumm hältst du uns denn", entrüstete sich die Achtziger-Oma. „So ein Quatsch! Die ist doch nicht groß genug."

Ach ja?

„Wir lassen ihn raus, und dann nehmen wir die Ponys vom Gregor und verfolgen ihn mit Pfeil und Bogen. Zum Glück hat uns die Polizei das letzte Mal nicht alles abgenommen. Die zwei besten Bogen sind noch beim Gregor. Solche wie sie der Elf in Herr der Ringe trägt, Lavendel, oder so ähnlich heißt der doch, oder?"

Natürlich. Ich konnte mir beim besten Willen nicht erklären, was für ein Dinosaurier in dieser Scheune sein sollte und wie um alles in der Welt er dort hingekommen war. Aber die Vorstellung, dass Oma und Gregor auf Ponys reitend was auch immer mit Pfeilen beschossen, schlug dem Fass den Boden aus. Irgendwie mussten wir ihr das ausreden.

„Oma, schau mal, bei dem scheußlichen Wetter heute gehen die Ponys nicht gerne aus dem Stall raus. Sie sind dann ziemlich bockig, und es macht gar keinen Spaß, sie zu reiten."

Sie sah mich zweifelnd an. Okay. Regen war zwar nicht ideal für Omas Vorhaben, das Argument würde sie aber nicht von einer Dinosaurierjagd abhalten. Ich musste noch schwerere Geschütze auffahren.

„Oma, hast du schon einmal Jurassic World gespielt? Da kommen ziemlich viele Dinosaurier vor, nicht nur einer."

Die Achtziger-Oma stutzte und sah mich verhalten neugierig an.

„Bei dem Wetter heute wäre es doch ideal, wenn ich dir das Spiel auf die Game-Box runterlade. Papa hat letzte Woche ein tolles Projektor-System mit Leinwand besorgt. Echt super für Computerspiele. Da können zwei gegeneinander spielen und sogar gleichzeitig unterschiedliche Bilder des Spiels auf dem Schirm sehen. Echt hip! Papa hat alles günstig bekommen, weil gerade die nächste Generation für vier Spieler rausgekommen ist."

Meine Oma schaute interessiert. Gut! Ich hatte jetzt ihre ungeteilte Aufmerksamkeit.

„Und klar, es ist eine 3D-Leinwand. Quasi so, als wärst du live dabei."

Die Augen der Achtziger-Oma wurden immer größer.

„Dann kann ich den Gregor auch dazu einladen, oder? Wenn man das zu zweit spielen kann?"

Aus dem Augenwinkel schielte ich zu meiner Mutter hinüber, die aussah, als würde sie gleich in Ohnmacht fallen.

„Na klar!" Gleichzeitig machte ich hinter meinem Rücken ein Peace-Zeichen, das aber nur meine Mutter sehen konnte.

„Wir wollen auf jeden Fall auch mitspielen!", rief Tom begeistert. „Oma, du kannst ja ein Team mit Gregor bilden und ich eins mit Ida." Aufgeregt hüpften meine beiden jüngeren Geschwister auf und ab. Kein Wunder, eröffneten sich doch gerade spannende Beschäftigungsfelder für einen langweiligen und verregneten Samstagnachmittag. Meine ältere Schwester Ria hingegen fand die Zeit gegeben, um schleunigst und möglichst unbemerkt von der Bildfläche zu verschwinden.

Unglaublich, aber wahr! So schnell konnte ein einziger Dinosaurier – wenn auch zugegebenermaßen ein so riesiger wie der Tyrannosaurus - ein gemütliches Frühstück zerstören.

So ganz wollte ich aber noch nicht klein beigeben. Deshalb schnappte ich mir noch schnell einen zweiten Pfannkuchen. Nachdem ich ihn, dick mit Marmelade bestrichen, verdrückt hatte, machte ich mich daran, das Spiel zu laden – was eine Sache von Minuten war – und die Game-Box mit dem neuen Projektor-System zu verbinden – was deutlich mehr Zeit in Anspruch nahm. Eigentlich hatten meine Pläne für den heutigen Tag anders ausgesehen. Aber mir war messerscharf bewusst – es war für einen verdammt guten Zweck.

Meine Mutter hatte sich inzwischen beruhigt und in die Küche zurückgezogen, und die Achtziger-Oma war dabei, den Oberwieser Gregor am Telefon zu überreden, virtuelle Dinos zu jagen.

Und schon wenige Stunden später waren wir dann so weit: Die Achtziger-Oma und der Oberwieser Gregor standen vor der riesigen Leinwand, die fast eine komplette Wand unseres nicht kleinen Wohnzimmers einnahm, jeder von den beiden mit einer Spezial-3D-Brille ausgestattet. Sie sahen aus wie zwei viel zu groß geratene Fliegen. Meine Mutter hatte schnell noch sämtliche zerbrechlichen Gegenstände außer Reichweite geräumt, denn man konnte ja nie wissen, ob sich einer der beiden möglicherweise in Richtung der großen Glasbodenvase warf, um vor einem Dino in Deckung zu gehen. Sobald ich die optischen Sensoren an ihre

Arme und Beine angeschlossen hatte, fing meine Oma auch schon an, wie wild hin und her zu hopsen. Gregor lauerte hingegen in eher abwartender Haltung und duckte sich plötzlich.

„Das ist doch nur ein Brontosaurus – das sind doch Pflanzenfresser", hörte ich die aufgeregte Stimme der rechten Fliege, die sehr meiner Oma ähnelte.

„Ja schon, aber der ist riesig. Wenn der mich mit einem Busch verwechselt oder auf mich drauf pinkelt. Ich habe schließlich ein grünes Hemd an. Man kann ja nie wissen", vernahm ich Gregors Stimme.

Die Achtziger-Oma begann erst mit den Armen herumzufuchteln, dann hopste sie wieder hin und her, was mich schon ein bisschen verwunderte. Ich hatte Jurassic World bisher nie selbst gespielt, aber einmal auf YouTube mal eine Session angesehen. Es kam definitiv kein Gehopse drin vor.

Ich sah mich nochmals im Wohnzimmer um und scannte es auf potenzielle Gefahrenquellen ab. Als ich nichts Überkritisches erkennen konnte, machte ich mich langsam zum Rückzug bereit.

In meinem Zimmer angekommen, ließ ich dennoch die Tür offen, um bei eventuellen Hilferufen schnell zur Stelle zu sein. Dann warf ich mich erst mal auf mein Bett und schnaufte tief durch. Diese Familie war einfach der Wahnsinn!

Gemütlich kuschelte ich mich in die Decke und startete den Bildschirm über mir mittels meines ADs. Ich hatte den Monitor letztes Weihnachten bekommen, was schon lange überfällig war, aber meine Familie war nicht mit besonders viel Geld gesegnet, und andere Anschaffungen waren in der Vergangenheit einfach wichtiger gewesen.

Üblicherweise schaute ich mir zunächst die neuesten Nachrichten an, und ging dann oft zu ein paar meiner Lieblings-YouTuber über, oder ich sah mir einen Film an. Ich dachte an Jurassic Park, ersetzte in meiner Fantasie die Protagonisten des Films mit der Achtziger-Oma und dem Oberwieser Gregor und kicherte leise vor mich hin.

In diese Vorstellung vertieft, ließ ich den Newsflash an mir vorbeifließen und nahm ihn nur peripher auf. Plötzlich riss mich jedoch ein Bild aus meinen Gedanken: Zwei FlexDrive-Autos waren zu erkennen, die ineinander verkeilt in einem leuchtenden Inferno aus Flammen standen, während Polizei und Feuerwehr verzweifelt versuchten, die Lage in den Griff zu bekommen. Ich konzentrierte mich augenblicklich auf den Bericht des Nachrichtensprechers.

„Schreckliche Bilder wurden uns gestern aus der Münchner Innenstadt übermittelt. Zwei Fahrzeuge der Münchner FlexDrive-Flotte waren gegen einundzwanzig Uhr dreißig in den Unfall verwickelt, der zum Tod eines Mannes geführt hat. Während das eine Fahrzeug unbemannt unterwegs war, konnte der siebenundfünfzigjährige Fahrgast des zweiten Autos trotz schnellen Eingreifens der Feuerwehr nicht rechtzeitig aus seinem Lift gerettet werden. Die Polizei ist am Ermitteln, wie es zu dieser Tragödie kommen konnte. Immerhin ist dies schon der zweite tödliche Unfall innerhalb einer Woche, in den ein autonomes Fahrzeug verwickelt ist."

Also das war höchstwahrscheinlich der Grund für das große Polizei- und Rettungswagenaufgebot, dem Cole und ich gestern in der Stadt begegnet waren. Schrecklich!

„Lauter!", befahl ich meinem Screen, um mehr über den Unfall zu erfahren. Der Sprecher erklärte noch, dass die ersten Untersuchungen auf einen Fehler im Batteriesystem eines der Autos hinweisen würden. Über den Toten gab es keine weiteren Informationen, und ich wollte diese Details auch gar nicht wissen. Danach folgte ein Interview mit dem CEO von AutoDat, Jeff Krüger, der erschüttert aussah und der Familie sein ausdrückliches Beileid aussprach. Außerdem garantierte er der Polizei die uneingeschränkte Kooperation seines Unternehmens für die Aufklärung des Vorfalls. Er machte wirklich einen bestürzten Eindruck, aber natürlich konnte man nicht wissen, ob er den Aktienkurs seiner Firma oder die trauernde Familie im Kopf hatte.

Die Bilder wechselten zu den Geschehnissen auf der Corneliusbrücke vom Montag über, und der Sprecher verwies auf eine Sondersendung zur Sicherheit autonomer Fahrzeuge, die im Anschluss an die Zwanzig-Uhr-Nachrichten ausgestrahlt werden sollte. Normalerweise sah ich mir so was nie an, aber nachdem ich mich durch meine Arbeit in der QA von AutoDat irgendwie nahe dran fühlte, stand es für mich fest, dass ich ab zwanzig Uhr am Nachrichten-Screen kleben würde. Bis dahin wollte ich aber herausfinden, was Iron Mans Recherchen ergeben hatten. Also setzte ich mich an meinen Computer, um zu checken, ob Iron Man online war.

B2K. Hey Iron Man, hast du Zeit für mich?

Ich wartete ein paar Sekunden, und prompt kam schon seine Antwort.

Aber für dich doch immer.

Hast du die News gesehen?

Klar. Glaube, deine neue Firma hat da ein Problem.

Denke, die Polizei muss mit den Experten erst mal rausfinden, was die Unfallursache war. Es heißt nicht, dass FlexDrive-Hardware oder AutoDat-Software für die Unfälle verantwortlich sind.

Stimmt.

Ich würde trotzdem gern mehr wissen.

At your service :)

Hast du was für mich?

Klar.

Schieß los!

Cole Chatwick: Hab einige Presseberichte gefunden. Ich schick sie dir. Dein neuer Freund scheint wirklich der Sohn von Leon Chatwick, dem Londoner FlexDrive-Chef zu sein.

Ist nicht mein Freund. Ganz im Gegenteil.

Ich knirschte unbewusst mit den Zähnen.

Hätte mich auch gewundert. Er hält sich mit Vorliebe auf Partys auf und verprasst das Geld seines Vaters. Passt nicht zu dir.

Als ob mich das wundern würde.

Und auf jedem Foto in den Medien ist er mit einer anderen Frau. Entweder hat er einen Harem oder viel Geld, denn so gut sieht er nicht aus.

Vom Aussehen her wäre er schon mein Typ.

Hätte nicht gedacht, dass du auf Jungs mit Tattoos auf der Brust stehst.

Igitt! Tu ich auch nicht. Das hat er bisher gut versteckt.

Und einem Ring in der Nase.

Den hat er wohl für seinen Job hier rausgenommen. Ist mir echt nicht aufgefallen.

Hattest nur Augen für den roten Ferrari, oder?

Das ist er. Dachte schon, du hast den falschen Cole Chatwick überprüft.

Unmöglich. Ich kann dir sogar sagen, was sein Lieblingsessen ist, und welche Champagnersorten er am liebsten trinkt. Die gesamte Boulevardpresse in England ist voll von seinen Geschichten.

Und?

Austern und Dom Pérignon, den hochpreisigen für mindestens 300 Euro.

Und die Geschichten über ihn?

Ich schick dir was. Scheint bei einer Party zu viel erwischt zu haben und hat dann mit ein paar Freunden das Penthouse im Claridge's Hotel in London verwüstet. Hat ihm dort ein Hausverbot eingehandelt.

Das ist gut. Hast du mehr?

Führerscheinentzug für ein halbes Jahr. Mit hundert Stundenkilometer durch London, und als ihn die Polizei endlich angehalten hat, hatte er kaum was an. Seine Begleiterin noch weniger. Dann gab's ein Handgemenge mit den Polizisten, und er muss den Kürzeren gezogen haben.

Wow! Wenn der mir noch mal blöd kommt.

Dagegen ist dieser Luca ein unbeschriebenes Blatt.

Nichts gefunden?

Fast nichts. Über die Uni in Rom nur, dass dort ein Luca Monti Informatik studiert und letztes Jahr mit Promotion abgeschlossen hat. Dann gibt's noch sein Profil in einer sozialen Plattform, aber ohne Foto, beinhaltet kaum Informationen. Geboren und aufgewachsen in Neapel. Nach Rom zum Studium gegangen. Das war's.

Hat ja erst vor ein paar Wochen bei AutoDat angefangen.

Ist aber so wenig, dass es mir echt seltsam vorkommt. Wenn ich noch was finde, dann schick ich's.

Danke! Hast recht. Klingt verdächtig.

Musst ihn selber unter die Lupe nehmen.

Mach ich.

An dem Polizeicomputer bin ich dran. Musste meiner Mom bei einer Sache helfen. Seit sie sich von Dad getrennt hat, braucht sie mich öfter.

Kein Thema. Du bist der Beste.

Weiß ich.

TTYL.

Nach meinem Chat mit Iron Man begann ich aus Langeweile, selbst im Internet zu forschen. Allerdings konnte ich nicht viel mehr herausfinden; was mich, kannte ich doch Iron Man schon eine Weile, auch sehr erstaunt hätte. Unzufrieden mit dem Stand meiner Ermittlungen fing ich an, die Links durchzusehen, die er mir geschickt hatte. Wow. Also die Fotos von Cole in den alten Newsartikeln waren ja wirklich nicht vorteilhaft. Jetzt verstand ich, warum Iron Man sich darüber gewundert hatte, dass er mein Typ war. Entweder hatte sein neuer Haarschnitt Wunder bewirkt, oder, na ja Fotos von mir nahm ich auch nicht gerne in die Hand. Ich fand, ich sah jedes Mal schrecklich darauf aus. Vielleicht war er einfach ebenso wenig fotogen wie ich.

Aber Cole war ein harmloser Schnösel, der mir ziemlich auf die Nerven ging. Luca dagegen …

Meine Gedanken kreisten gerade um den letzten Bond-Film, der auf Jamaika spielte. Ich kannte auch die alten Filme, aber damals hieß die Hauptperson James Bond und war ein Mann. Die neuen Plots mit dem weiblichen Bond waren natürlich viel besser. War Luca ein Geheimagent, so wie der alte Bond? Bilder von coolen Agenten und fiesen Verbrechern flimmerten durch meinen Kopf. Ich konnte mich hervorragend in der Rolle der weiblichen Heldin sehen. Sie hätte ganz meinen Stil. Lange dunkle glänzende Haare, ungemein gut aussehend, südländischer Teint, in schwarzes Leder gekleidet. Natürlich beherrschte sie alle asiatischen Kampfkünste und konnte es mit jedem Gegner aufnehmen. Nicht zu vergessen, dass sie acht Sprachen fließend beherrschte, schrecklich gebildet war und beim Glücksspiel sämtliche Männer über den Tisch zog. Während ich so vor mich hin grübelte, ob und welche Rolle wohl Luca in der ganzen Sache spielen könnte, hörte ich plötzlich ein Rumpeln, gefolgt von einem lauten Klirren und einem gellenden Schrei. Tatort: Wohnzimmer.

Oje! Was hatten unsere zwei verrückten Alten angestellt? Ich hätte zwischendrin nach ihnen schauen müssen, aber das hatte ich über meinen Chat mit Iron Man völlig vergessen. Also ließ ich alles stehen und liegen und raste die Treppe hinunter, zwei Stufen auf einmal nehmend, um den Ort des Geschehens schnellstmöglich zu erreichen. Ich riss die Wohnzimmertür auf, und es eröffnete sich mir ein Bild des Grauens. Unglaublich, was zwei Rentner in kürzester Zeit in einem ursprünglich aufgeräumten Wohnzimmer bewirken konnten. Die Achtziger-Oma hing, mit einer Hand am obersten Brett unseres Bücherregals, das bereits gefährlich schwankte. Eine Blumenvase, die unschuldig auf dem obersten Regalbrett gestanden hatte, war ein Opfer ihrer hochalpinen Kletterversuche geworden. Und, vermutlich um ihr einen sicheren Halt für die Füße zu gewähren, waren alle Bücher aus der unteren Regalhälfte unsanft auf den Boden umgesiedelt worden. Das erklärte schon einmal das laute Rumpeln, das ich in meinem Zimmer gehört hatte. Ein weiterer Scan des Zimmers offenbarte auch gleich den Ursprung des Klirrens. Irgendetwas hatte unsere Terrassentür durchschlagen und ein etwa tellergroßes Loch hinterlassen. Am Boden lagen Hunderte kleiner Glassplitter, zertretene Zimmerpflanzen, zerrissene Kissen und zwei umgestürzte Sessel. Lautes Knurren, schmatzende Geräusche und die von berstenden Bäumen, oder vielleicht sogar Knochen, drangen aus den Lautsprechern.

Hinter mir hörte ich einen erstickten Schrei, der mich dazu bewog, mich aus meiner Schockstarre zu lösen und beherzt die strampelnde Oma vom Regal zu pflücken, bevor es den physikalischen Gesetzen der Schwerkraft nachgab. Meine Mutter stand im Türrahmen und hielt fassungslos die Hände vors Gesicht. Ich drückte ihr kommentarlos die Achtziger-Oma in die Arme und machte mich auf die Suche nach dem Oberwieser Gregor, was sich als kein einfaches Unterfangen herausstellte, obwohl unser Wohnzimmer nicht so riesig war. Hinter dem Sofa fand ich ihn schließlich. Er hatte sich weggeduckt, kauerte, die Hände über dem Hinterkopf gefaltet, unter einem der Teppiche und spielte Wenn ich euch nicht sehe, dann seht ihr mich auch nicht. Hatte ich es hier wirklich mit einem erwachsenen Mann zu tun?

„Was um alles in der Welt ist denn hier passiert?“ Meine Mutter beförderte die Oma unsanft aufs Sofa, während ich einen der Sessel wieder aufstellte und Gregor, der etwas verschreckt wirkte, hineinschob.

„Wir haben ein Dinosaurier-Ei gefunden“, erklärte die Oma aufgeregt.

„Und deine Oma wollte es unbedingt mitnehmen“, fügte Gregor hinzu. „Ich war ja dagegen, aber ich konnte sie nicht davon abhalten.“

Die Tatsache, dass man Dino-Eier oder -Babys nicht von deren Eltern stehlen sollte, ist seit Jurassic Park 2 ja wohl so ziemlich jedem bekannt, war an diesen beiden aber offensichtlich vorbeigegangen.

„Und dann kam der Tyrannosaurus und wollte es wiederhaben.“

O Wunder!

„Ich bin dann ganz schnell auf einen Baum geklettert.“

Also mit anderen Worten – auf unser Bücherregal.

„Und der Gregor hat Steine nach dem Tyrannosaurus geworfen, um uns zu verteidigen. Er ist ja so tapfer“, schwärmte die Oma.

Gregor wurde scharlachrot und versank noch tiefer im Sessel. Meine Mutter war zum Fenster gelaufen und spähte durch das Loch in der Scheibe in den Regen hinaus.

„Meine Deko-Schale!“, rief sie entsetzt. „Die habe ich letztes Jahr zum Hochzeitstag bekommen.“

„Hochzeitstage werden überbewertet. Viel wichtiger ist es, dass es noch wahre Helden gibt.“ Das kam natürlich von Oma.

Ich war mir sicher, dass Gregor spätestens jetzt am liebsten das Muster des Sessels angenommen hätte.

„Lina, tut mir echt leid. Ich habe das Erstbeste genommen, was mir in die Finger kam“, entschuldigte er sich zerknirscht.

„Raus, alle beide!“ Meine Mutter hatte inzwischen einen hochroten Kopf, so sehr regte sie sich auf. Ich schnappte mir die zwei Alten und beförderte sie auf dem schnellsten Weg nach draußen. Ein bisschen plagte mich schon das schlechte Gewissen, war es doch meine Idee gewesen, die beiden mit der Game-Box zu beschäftigen.

Auf der anderen Seite – wäre die Alternative besser gewesen? Trotzdem sah ich es als meine Aufgabe an, den Oberwieser Gregor unbeschadet nach Hause zu bringen, und zwar mit Oma im Schlepptau, weil ich meiner Mutter ein paar ruhige Minuten zum Verschnaufen gönnen wollte.

Ich rüstete alle beide mit einem Regenschirm aus, da es immer noch in Strömen goss. Allerdings achtete ich darauf, die ungefährlichsten Varianten an Schirmen zu wählen, damit Oma und Gregor nicht noch auf die Idee kamen, sich damit zu duellieren. Vor lauter Hektik zog ich mir nur die Kapuze meines Hoodies über den Kopf, was dazu führte, dass ich tropfnass beim Haus der Oberwiesers ankam.

Lillys Mutter öffnete die Tür und sah mich verwundert an.

„Hallo Nora, dich habe ich ja lange nicht gesehen. Hast du etwas mit Lilly ausgemacht?“

Ich zeigte auf meine beiden Begleiter. „Ich bring eigentlich nur den Gregor. Wollte sichergehen, dass er auch wirklich daheim ankommt, nachdem die zwei vorhin ein bisschen durch den Wind waren. Dinosaurier sind vielleicht doch nichts für alte Leute.“

„Ah!“ Der Gesichtsausdruck von Lillys Mutter wandelte sich von Verwunderung zu verständnisvollem Nicken. Ich hatte den Eindruck, dass sie nichts dagegen gehabt hätte, Gregor noch ein bisschen länger bei uns zu parken.

„Magst du reinkommen? Ich habe gerade einen Kaffee gemacht. Und ich habe auch noch einen Kuchen von gestern.“

Bevor ich antworten konnte, drängelte sich die Achtziger-Oma schon an mir vorbei.

„Lieb von dir, Elsie. Das war jetzt schon ein anstrengender Nachmittag. Der Gregor und ich können wirklich eine Stärkung gebrauchen.“

Verdattert sah ich der Oma hinterher, wie sie gemeinsam mit Gregor in der Küche der Oberwiesers verschwand. Dort saß bereits Lillys Vater, Tilman – oder auch kurz Til – Oberwieser, und winkte mir kurz zu. „Nora, schön dich zu sehen. Wie geht's dir?"

Lillys Vater mochte ich sehr gerne. Früher hatte er mit allen Nachbarskindern immer Fußball gespielt, und es war ihm egal gewesen, dass die Achtziger-Kinder allesamt keine Balltalente waren. Und ihm gehörte die Metzgerei im Ort. Obwohl ich beim besten Willen nicht gerne einkaufen ging, bei ihm im Laden fühlte ich mich immer wohl. In letzter Zeit war der Laden aber oft geschlossen, und ich hatte mitbekommen, wie meine Eltern darüber gesprochen hatten, dass es Til gesundheitlich nicht so gut ginge. Ich wusste auch nicht, ob das mit dem Laden nicht eher mit der NoElectronics-Bewegung zusammenhing. Die Achtziger-Oma hatte erzählt, dass Til da aktiv dabei war, und ich konnte mir beim besten Willen seine Metzgerei nicht ohne elektronische Geräte vorstellen. Meine Gedanken waren kurz abgeschweift, und als ich in die Realität zurückkam, sahen mich Lillys Eltern beide erwartungsvoll an.

„Danke, prima! Und, äh, tut mir leid wegen der Oma", stotterte ich. „Ich muss wieder zurück, meiner Mutter helfen. Ist es okay, wenn ich die Oma so in einer Stunde wieder abhole?"

Lillys Mutter grinste: „Na, ich will jetzt gar nicht wissen, was sie bei euch angestellt haben, so wie die zwei aussehen. Ich denke, eine Stunde sollte ich schon überstehen, ohne dass sie unser Haus in Schutt und Asche legen." Ich sah sie zweifelnd an.

Sie erwiderte meinen Blick und lachte herzhaft. Dann klopfte sie mir auf die Schulter. „Danke, dass du Gregor wieder heimgebracht hast. Ich weiß, wie anstrengend er alleine ist. Zu zweit sind die beiden der Supergau. Ich bin wirklich am Überlegen, ob wir uns wieder ein AD zulegen. Til und ich kommen jetzt schon seit einem Vierteljahr ganz gut ohne diesen Elektronikkram aus, aber manchmal denke ich, es wäre schon besser, wenn ich wegen Gregor immer erreichbar wäre."

Gerade setzte sie an, um mir die NoElectronics-Bewegung nahezubringen, als es auch schon in der Küche schepperte. Ich machte mich schleunigst auf den Heimweg.

Als ich um die Ecke bog, kamen mir auf der anderen Straßenseite zwei Gestalten entgegen, die so eng ineinander verschlungen waren, dass es mir ein Rätsel war, wie sie sich überhaupt fortbewegen konnten. Beim Näherkommen erkannte ich Lilly und ihren Freund Raffi, einen Typen aus der zwölften, den ich überhaupt nicht leiden konnte. Schleimig, arrogant und fies. Das war die Beschreibung, die mir für ihn einfiel. Aber Lilly war ihm offensichtlich verfallen. Sie hatte sich im letzten Jahr so sehr verändert, dass sie an einem wie Raffi Gefallen fand.

Raffi grinste überheblich zu mir hinüber: „Das ist doch die graue Maus, mit der du mal befreundet warst? Nora oder so? Jetzt sieht sie eher aus wie eine nasse Ratte. Weißt du, was man normalerweise mit Ratten macht?“

Er fand sich wohl sehr witzig. Raffi hatte mich vor circa einem halben Jahr gefragt, ob ich mit ihm ausgehen wolle. Ich hatte ihm damals einen Korb gegeben. Offensichtlich war das seine Art der Rache. Wirklich billig.

Was mich allerdings viel mehr traf war, dass Lilly seine dumme Bemerkung mit einem albernen Kichern kommentierte.

Ich schluckte und ging schnell weiter, damit die beiden die Tränen nicht sahen, die mir in die Augen traten. Die Genugtuung wollte ich ihnen nicht geben.

7

Es war Montag, und ich saß im Zug in die Innenstadt.

Ich wollte pünktlich um neun Uhr meine geballte Arbeitskraft der Firma AutoDat zur Verfügung stellen. Ich fühlte mich gut und energiegeladen und somit bereit für den heutigen Arbeitstag.

Nach dem desaströsen Samstag war der Sonntag eher ruhig verlaufen. Das Wohnzimmer war wieder leidlich hergestellt. Ich hatte eine Plastikfolie an die Fensterscheibe geklebt, um den Regen draußen zu halten, und meine Mutter hatte noch einige Zeit ihrer Deko-Schale nachgeweint. Sie hatte natürlich nicht wirklich geweint, aber das Unverständnis darüber, dass Gregor ihre schöne Schale als Wurfobjekt missbraucht hatte, konnte man ihr noch das restliche Wochenende anmerken. Die Achtziger-Oma hatte ich später am Samstagabend bei den Oberwiesers abgeholt. Lillys Mutter war sichtlich erleichtert, sich nicht länger um zwei Verrückte kümmern zu müssen, und Lilly selbst bekam ich nicht zu Gesicht, was gut war. Ob ich wollte oder nicht, die kaputte Freundschaft mit Lilly nagte an mir. Aber immer wieder trichterte ich mir ein: Ich brauche sie nicht. Meine Familie war gesund, wenn auch meine Oma verrückt war, aber damit konnte ich leben. Ich hatte einen coolen Job und war einem geheimnisvollen Rätsel auf der Spur, das mich so richtig fesselte. Was wollte ich mehr?

Die Sondersendung vom Samstagabend über die Sicherheit autonomer Fahrzeuge hatte ich mir dann doch erst am Sonntag angesehen. Das war einfach, da man alles, aber auch wirklich alles, was im Livestream gezeigt wurde, und alle Serien und Filme, die jemals gedreht und digitalisiert wurden, jederzeit abrufen konnte. Alles lief über Flat-Accounts, die sich nur darin unterschieden, wie viel man am Tag downloaden konnte. Fernsehen hieß das früher, und meine Oma hatte mir erzählt, dass es in ihrer Jugend nur drei Programme gab. Kaum vorstellbar.

In der Sendung wurde vorwiegend eine Debatte gezeigt, an der zwei mir eher unbekannte Spezialisten aus der Politik zu Rechts- und Ethikfragen, der Lehrstuhlinhaber von der TU München für autonome Systeme und – was mich aufhorchen ließ – Martin Engel, der Leiter der Data-Analytics-Abteilung von AutoDat, teilnahmen. Viel Neues lernte ich allerdings nicht bei der Diskussion. Es ging weitgehend darum, wie das autonome Fahren sich in den letzten Jahren weiterentwickelt hatte. Während auf den Autobahnen bereits ein Großteil der Fahrzeuge autonom unterwegs war, was erstens den Verkehrsfluss deutlich verbesserte, wodurch auch größere Staus eher zu einer Seltenheit geworden waren, und zweitens sich auch die Anzahl tödlicher Unfälle signifikant reduziert hatte, hinkten die Städte noch etwas hinterher. Der Citypilot war erst Anfang der Dreißigerjahre aufgekommen, und gemäß den Experten in der Debatte hatten wir in München, das als Vorzeige-Stadt des autonomen Fahrens galt, etwa eine Rate von fünfzig bis sechzig Prozent autonomer Fahrzeuge auf der Straße. Auf dem Land sah es hingegen noch ziemlich mau aus, sollte sich aber – angeblich - in den nächsten Jahren deutlich verbessern, was mir im Moment allerdings nicht wirklich weiterhalf. Ich hörte sehr gespannt zu, als Martin Engel zu Wort kam. Ich schätzte ihn auf Mitte dreißig, was ja irre jung für so einen wichtigen Job war, und er wirkte sehr kompetent und engagiert. Außerdem sah er auch noch ganz gut aus. Sein Hauptargument war, dass bis zur Einführung des autonomen Fahrens für etwa neunzig Prozent aller Crashs menschliches Versagen die Ursache war. Bereits die Einführung und Verbreitung leistungsfähiger Assistenzsysteme, wie der Notbremsassistent, hätten schon einiges bewirkt, da sie eingriffen, wenn der Mensch einen Fehler machte.

Besonders spannend und auch neu für mich war, dass offensichtlich viele Leute gedanklich nicht bereit waren, ihre Freiheit und Souveränität am Steuer abzugeben. Einer der Kommentare besagte sogar, dass mit dem Ende des von Menschen gesteuerten Autos der letzte große Alltagsbereich entfallen würde, in dem alle, unabhängig von ihrer Bildung, ihrer sozialen Stellung und ihrem Beruf, die gleichen Entscheidungen treffen dürfen und bei Missachtung der Regeln dieselben Strafen bekommen. Scheinbar wurde das in anderen Ländern sogar noch extremer empfunden als bei uns in Deutschland. Zum Beispiel in Saudi-Arabien. Dort sahen die Frauen ihr Recht, ein Auto selbst zu fahren als ein Synonym für den Aufbruch in die Moderne. Für sie bedeutete das Steuern eines Fahrzeugs eine Freiheit, die sie nicht gerne aufgeben wollten; denn mit jemanden mitfahren oder gefahren werden, das konnten sie nämlich schon lange, selbst fahren erst seit 2018, also gerade mal neunzehn Jahren.

In der Diskussion war Martin Engel sicherlich einer der Hauptverfechter des autonomen Fahrens. Er merkte aber auch an, dass die rechtliche Situation immer noch sehr vertrackt sei, und Firmen wie AutoDat und FlexDrive die Hauptbürde der Verantwortung tragen müssten. Er forderte von der Regierung bessere Unterstützung im Bereich der Schadensübernahme.

Er gefiel mir wirklich ziemlich gut, dieser Leiter der DA. Ich verfiel ins Schwärmen und hoffte inständig, dass ich bei AutoDat die Gelegenheit bekommen würde, ihn auch einmal persönlich zu treffen. Cole musste ihn von seiner letzten Tätigkeit her kennen. Ich konnte ihn ja mal unauffällig ausfragen. Oder vielleicht doch nicht. Eigentlich hatte ich mir ja vorgenommen, möglichst wenig mit ihm zu reden und ihm so gut wie möglich aus dem Weg zu gehen. Aber vielleicht kannte Cindy Martin Engel. Sie war schon lange bei der Firma und hatte sicher schon mit fast jedem zu tun gehabt.

Mit diesem Gedanken beschäftigt, stieg ich in den Aufzug und fuhr zur QA hinauf, und natürlich lief ich Cole direkt in die Arme.

„Na Nelly, wie war dein Wochenende?“ Er grinste mich so herablassend an, dass ich mir hundertprozentig sicher war, dass er mich absichtlich mit falschem Namen angesprochen hatte.

„War super!“, antwortete ich, ohne mit der Wimper zu zucken. Ich brauchte ihm ja nicht auf die Nase zu binden, dass es jetzt nicht als eines meiner schönsten Wochenenden in die Geschichte eingehen würde. Außerdem war er schließlich nicht ganz unschuldig daran. Und das würde ich mir erst recht nicht anmerken lassen.

Wie ich ihn so vor mir sah, dachte ich mir ein weiteres Mal, dass er schon viel besser aussah als auf den Promi-Fotos der Boulevardpresse. Eine coole Jeans und ein lässiges Hemd, Dreitagebart. Er konnte glatt als Model in einem Modemagazin durchgehen. Und das war das aller-, allerletzte, was ich ihm auf die Nase binden würde.

„Wo ich dich gerade sehe“, begann er unverfänglich. „Wegen Zeta. Wie weit bist du denn am Freitag gekommen? Wir hatten gar keine Gelegenheit, darüber zu sprechen.“

„An mir lag's nicht!“, dachte ich mir und sagte laut: „Ich habe das komplette Hauptprogramm und auch die gesamten Unterroutinen dokumentiert. Bis auf eine, denn die war gesperrt und Passwort-geschützt. Wenn du mir das Passwort gibst, dann kann ich das heute noch schnell erledigen. Hängt natürlich davon ab, wie komplex diese letzte Routine ist, und ob sie noch eine weitere Unterstruktur hat.“

Während er vorher eher gelangweilt gewirkt hatte, sah er mich jetzt neugierig an, was mich etwas überraschte. Wusste er nichts von dem gesperrten Teil des Programms?

„Na, dann komm doch gleich mit. Am besten du schickst mir die Dokumentation, und wir sehen sie gemeinsam in meinem Cube durch.“

Blieb mir etwas anderes übrig? Natürlich nicht. Er hätte ja auch fragen können, ob irgendeiner der anderen mich möglicherweise gerade brauchen würde. Aber er war so sehr auf sich bezogen, dass er diese Eventualität überhaupt nicht in Betracht zog. Somit zuckelte ich ihm hinterher zu unseren Cubes.

„Kann ich mir wenigstens noch einen Kaffee holen?“, fragte ich, fast ein wenig unwirsch.

„Selbstverständlich, ich könnte auch einen gebrauchen. Bring mir doch einen doppelten Espresso mit.“

Ich seufzte, warf meine Tasche im Vorbeigehen auf meinen Stuhl und machte mich auf den Weg in die Kaffeeküche, wo ich Cindy traf, die mich wie eine kleine Sonne anstrahlte, was mich wieder ein wenig mit meinem Schicksal versöhnte.

„Ich kann heute leider nicht mit euch Mittagessen gehen, denn ich muss über Mittag zu meinem Kleinen nach Hause. Meine Mutter hat einen Arzttermin und kann da nicht auf ihn aufpassen. Aber wenn du Zeit hast, können wir heute Nachmittag zusammen einen Kaffee trinken.“

„Total gerne. Ich wollte dich eh fragen, ob du Martin Engel kennst. Den Leiter der DA. Ich habe ihn gestern in einer Debatte zum autonomen Fahren im Livestream gesehen. Ich war echt beeindruckt.“

„Klar kenne ich ihn. Er hat viele Besprechungen mit Käfer. Die beiden Abteilungen arbeiten ja quasi Hand in Hand.“

„Ich freu mich schon auf unseren Kaffee, muss jetzt aber mit Cole die Dokumentation durchgehen, die ich für ihn am Freitag erstellt habe.“

Cindy sah mich etwas mitleidig an und schlenderte dann fröhlich summend mit ihrer Tasse in ihr Büro zurück. Es war schön mit jemandem zusammenzuarbeiten, der immer so guter Laune war wie Cindy.

Ich beeilte mich, allerdings nicht summend und nicht fröhlich, die beiden vollen Kaffeetassen zu Coles und meinem Cube zurück zu balancieren, was mir, bis auf ein paar Tropfen auf meiner Bluse, auch fast gelang. Cole sah die Flecken natürlich sofort und grinste mich breit an. „Sag ja nichts“, dachte ich, und zu seinem eigenen Wohl sagte er tatsächlich nichts.

In meinem Cube triggerte ich die Kopierroutine, atmete noch mal tief ein, schloss die Augen und begab mich für zwanzig Sekunden in eine meditationsartige Starre, um die nächste halbe Stunde mit Cole mental einigermaßen unbeschadet überstehen zu können.

Alles in allem war es weniger schlimm, als ich befürchtet hatte. Cole verstand erstaunlich schnell, wie und was ich in meiner Dokumentation zusammengestellt hatte. Er tat sehr professionell und geschäftsmäßig, aber meine Menschenkenntnis ist relativ gut ausgeprägt, und ich konnte an seinem Gesichtsausdruck ablesen, dass er ziemlich angetan von der Genauigkeit meiner Zusammenstellung und Beschreibung aller Unterroutinen war. Was mich allerdings ein wenig wurmte war, dass er vermutlich bei der Data-Analytics-Abteilung und vielleicht sogar von Martin Engel direkt die Lorbeeren einheimsen würde. Es wäre mir lieber gewesen, Martin Engel wüsste, dass es mich gibt und auch, dass ich einen guten Job hier in der QA ablieferte.

„Wie machen wir mit der gesperrten Unterroutine weiter?", fragte ich Cole, nachdem wir eine Weile zusammengesessen waren. „Hast du das Passwort, oder kannst du es von der DA bekommen?" Ich wollte nicht zugeben, dass ich erstens neugierig war, was hinter dem Passwortschutz verborgen lag, und zweitens eh nichts anderes zu tun hatte.

Cole sah mich prüfend an.

„Danke, Nora." Hatte ich mich eben verhört, und Cole war wirklich ein Danke herausgerutscht?

„Das ist gut so weit. Ich geb's an die DA weiter. Das Security-Feature wird schon einen guten Grund haben. Du hattest mir die Dokumentation komplett geschickt, oder? Ich lösche dann das Programm bei dir."

Und damit wandte er sich seinem Bildschirm zu, und ich war entlassen. Mist! Das hätte mich jetzt schon brennend interessiert. Aber vielleicht … mir kam da ein Gedanke, und ich verkrümelte mich sofort in mein Cube. Dort machte ich mich blitzschnell daran, das Programm zu kopieren und auf ein paralleles Laufwerk zu ziehen, auf dem ich einen privaten Ordner angelegt hatte. Wohl aus Sicherheitsgründen war in dem Programm ein Kopierschutz eingebaut, den ich aber in ein paar Sekunden deaktiviert hatte. Eine Minute später war das Programm mit all seinen Subroutinen in einem Ordner namens Tempalt gespeichert, der erstens keinen Hinweis auf mich preisgab und zudem relativ unauffällig wirkte. Keine Sekunde zu früh aktivierte ich den Kopierschutz wieder, und bereits kurze Zeit darauf war das Originalprogramm von meinem Laufwerk verschwunden.

„Ha! Cole, du bist zu langsam für mich!“, freute ich mich heimlich und blickte mit diebischem Vergnügen auf die Wand zum angrenzenden Cubicle, hinter der Cole saß und annahm, alles im Griff zu haben. „Leider geirrt, mein Lieber!“

Jetzt musste ich nur ein bisschen Zeit gewinnen, um das Passwort auch noch zu knacken. Daher ging ich zu Eric hinüber und fragte ihn, ob er etwas für mich zu tun hätte.

Eric strahlte mich gleich an: „Klar. Das trifft sich gut, denn ich habe gerade was Wichtiges zugeteilt bekommen.“ Und ganz leise flüsterte er: „Hat mit dem Unfall vom Freitag zu tun. Käfer hat diesen Fall mir übertragen und nicht Ronald. Der, also ich meine Ronald, ist eben doch nicht so gut, wie er vorgibt.“ Verschwörerisch fügte er hinzu: „Aber nicht weitersagen, bitte. Ich will da kein Fass aufmachen, sonst findet der Typ wieder einen Weg, mir den Job wegzunehmen.“

„Na klar. Du kannst dich auf mich verlassen.“

„Du könntest mir, während ich an dem neuen Thema hänge, bei den Standard-Qualitätschecks helfen, wenn das okay für dich ist. Dann spiele ich sie dir rüber, und du kommst einfach, wenn du irgendwo ein Problem hast. Denkst du, du bekommst das hin?“

„Keine Sorge. Ich melde mich, wenn ich nicht weiterweiß.“

„Oh, und ich habe heute wahrscheinlich keine Zeit zum

Mittagessen zu gehen. Du weißt schon, das ist 'ne ziemlich dringende und heiße Sache."

„Versteh ich, mach dir keine Sorgen um mich."

Jetzt hieß es, so schnell wie möglich die Arbeit für Eric zu erledigen, damit ich danach noch unbemerkt Zeit hatte, an der Passwort-Entschlüsselung von Zetas Unterprogramm zu arbeiten. Aber zuerst wollte ich mir noch einen zweiten Kaffee holen – nicht gesund, aber beim Programmieren unabdingbar – und machte einen Umweg in die Kaffeeküche.

Zu meiner großen Freude fand ich dort Luca vor, der sich eben eine dickflüssige schwarze Brühe in seine Tasse laufen ließ.

„Hast du das Wasser vergessen?"

Luca sah auf, und als er mich erkannte, lächelte er mich charmant an. Ich schmolz dahin.

„Ich trinke meinen Kaffee gerne stark, wie man das in Italien eben so tut." Luca hatte einen leichten italienischen Akzent und eine dunkle, samtweiche Stimme, die wie Musik in meinen Ohren klang.

„Wie läuft es so bei dir, nach der ersten Woche?", fragte er mich interessiert.

„Eigentlich recht gut", antwortete ich. „Ich finde alles hier super spannend."

War das jetzt vielleicht ein guter Zeitpunkt, um ihn vorsichtig auszufragen? Ich überlegte gerade, ob der Unfall vom Freitag ein guter Aufhänger für unser Gespräch wäre, als Cole die Küche betrat. Okay. Die gute Gelegenheit hatte sich somit erledigt, aber so ganz wollte ich noch nicht aufgeben.

„Hast du Lust, heute Mittag mit mir gemeinsam in der Cafeteria zum Essen zu gehen?"

Fast hätte ich mir selbst noch auf die Zunge gebissen, aber der Satz war schon draußen. Sonst war ich Männern gegenüber nicht so forsch, aber ich wollte unbedingt mehr über Luca herausbekommen.

Luca strahlte übers ganze Gesicht.

„Bella! Natürlich gehe ich mit dir zusammen zum Essen. Aber nicht in die Cafeteria. Ich lade dich ins Restaurant ein.“ Er warf Cole, der immer noch im Eingang der Küche stand, einen triumphierenden Blick zu. Cole guckte etwas kariert aus der Wäsche. Fast so, als würde es ihm gar nicht passen, dass ich gerade eben Luca gefragt hatte, und nicht ihn. Bevor er auch nur die kleinste Gelegenheit hatte, sich ungefragt einzuladen, winkte ich Luca zu und drängelte mich an Cole vorbei aus der Küche. Da dieser wie erstarrt dastand und mir nicht aus dem Weg ging, berührten sich unsere Hände, als ich mich an ihm vorbei quetschte. Es war, als hätte ich einen sanften elektrischen Schlag abbekommen, und ein komisches Gefühl machte sich in meinem ganzen Körper breit. Verlegen sah ich auf und ihm direkt in die Augen. Oops!

„Ich muss mich ein bisschen beeilen, weil ich Eric versprochen habe, ein paar Dinge für ihn zu erledigen“, stotterte ich und flitzte in Richtung meines Cubicles.

„Ciao, bella Nora! Bis später. Ich komme um zwölf Uhr an deinem Cube vorbei und hole dich ab“, hörte ich Luca mir hinterherrufen.

Was war das denn? Sicher nur eine elektrische Aufladung durch den Büroteppich. Bei meinen Gummisohlen kein Wunder. Na egal. Ich hatte meine Mission erfolgreich begonnen und war mit Luca zum Essen verabredet. Was wollte ich mehr?

Meinen Kaffee hatte ich prompt in der Küche vergessen, aber keine zehn Pferde hätten mich jetzt dazu gebracht, noch mal zurückzugehen, und somit vergrub ich mich in das Problem, das Eric mir aufgetragen hatte. Es war zwar einer seiner Standard-Qualitätschecks, aber dennoch fand ich die Aufgabe interessant und hatte schon nach kurzer Zeit alles um mich herum vergessen, sodass ich regelrecht zusammenzuckte, als Luca den Kopf in mein Cube steckte.

„Nora, mia bella. Wie sieht es aus? Hast du Hunger?“

„Oh, Luca, ich habe total die Zeit vergessen. Moment, lass mich das schnell noch abspeichern."

Luca nahm mich mit zu dem kleinen italienischen Restaurant, in dem ich bereits in der letzten Woche mit Cindy und Eric gegessen hatte. Das Essen dort war sehr lecker gewesen, und von daher machte mir eine Wiederholung ganz und gar nichts aus. Wir suchten uns einen kleinen Tisch am Fenster, und kaum hatten wir Platz genommen, sah ich auch schon Cole und Rihanna das Restaurant betreten. Sie nickten uns kurz zu, und setzten sich dann einige Tische von uns entfernt, offensichtlich in ein angeregtes Gespräch vertieft. Vielmehr Rihanna redete ohne Unterbrechung, und Cole hörte mehr oder weniger zu. Also hatte ich mir wahrscheinlich nur eingebildet, dass Cole mit mir zum Essen hätte gehen wollte. Na, was soll's. Überhaupt war ich hier, um Luca besser kennenzulernen. Was machte ich mir da Gedanken um Cole. Aber wie sollte ich es anstellen, herauszufinden, ob Luca nun ein Spion war oder gar mit der Polizei zusammenarbeitete? Zum Glück wartete er nicht darauf, bis ich mir eine Gesprächsstrategie zurechtgelegt hatte, denn sonst wäre unser Mittagessen sicherlich sehr eintönig verlaufen.

„Bella, ich empfehle dir eine Pizza capricciosa. Die schmeckt hier unwiderstehlich, fast wie in Italien." Und dann fügte er mit einem Augenzwinkern hinzu. „Die passt hervorragend zu dir."

Ich musste lachen. Luca hatte eine wirklich charmante Art, die mir gefiel. Und natürlich bestellte ich die Pizza capricciosa. Allerdings lehnte ich das Glas Hauswein ab, dass er mir auch noch empfahl.

„Ich habe heute noch viel zu tun. Und ich kann doch während der Arbeit keinen Alkohol trinken."

„In Italien macht das jeder. Da gehört ein kleines Glas Wein einfach zu einem guten Essen."

Wie konnte ich am besten etwas über ihn herausbekommen?

„Luca, wie bist du denn zu AutoDat gekommen?"

Eine Stunde, die im Flug verging, und eine exzellente Pizza später, wusste ich immer noch nicht viel mehr über Luca. Er hatte alles bestätigt, was ich von Iron Man über ihn erfahren hatte, was ja nicht viel gewesen war, und hatte mir von Neapel erzählt, wo er aufgewachsen war. Im Gegenzug musste ich ihm genauestens schildern, wie ich zu meiner Praktikumsstelle bei AutoDat gekommen war. Irgendwie hatte ich das Gefühl, dass er während unseres Mittagessens deutlich mehr über mich in Erfahrung brachte als umgekehrt. Was mich zusätzlich irritierte, war, dass Cole immer dann heimlich zu uns hinübersah, wenn er meinte, wir würden es nicht bemerken.

Schließlich schaffte ich es, unser Gespräch doch noch auf die beiden Unfälle zu lenken und fragte Luca nach seiner Meinung.

„Oh. Dazu weiß ich auch nur, was in den News kommt. Ich bin noch nicht so lange bei AutoDat, dass Käfer mich an einem der sensiblen Fälle arbeiten lässt."

„Wer bearbeitet denn solche Fälle typischerweise in unserer Abteilung?"

„Also was ich bisher mitbekommen habe, arbeiten wir hier eng mit der DA, also Martin Engels Team, zusammen. Bei uns ist Eric der Beste. Das kann ich neidlos sagen. Dadurch, dass er vorher als Entwickler gearbeitet hat, kann er die Programme bis ins Kleinste verstehen. Und er findet die verstecktesten und tückischsten Fehler. Ich habe schon an meiner Uni und in meinem Fachkreis einiges über sein exzellentes Expertenwissen gehört."

„Und er kann toll erklären. Er hat mich eingearbeitet", fügte ich stolz hinzu. Luca nickte zustimmend. Er schien große Stücke auf Eric zu halten.

„Aber weißt du, warum dann Ronald mit der Untersuchung des Unfalls auf der Corneliusbrücke beauftragt worden ist?"

Luca runzelte überrascht die Stirn. „Das höre ich zum ersten Mal."

„Eric war ziemlich enttäuscht."

„Ja", meinte er zögerlich, und ihm schien ein Gedanke durch den Kopf zu schießen, der ihn kurz ablenkte. Ich sah ihn irritiert an, und sofort hatte er sich wieder im Griff. Hätte ich ihm vielleicht nicht erzählen sollen, wie Eric reagiert hatte? Aber warum nicht? Luca konnte nicht wirklich etwas mit dieser Information anfangen. Oder doch? Ein schlechtes Gewissen begann sich in meiner Magengegend zu regen.

„Wer trifft denn die Entscheidung darüber, wer welchen Auftrag erhält?"

„In diesem Fall würde ich sagen: Käfer, Martin Engel oder sogar unser CEO Jeff Krüger. Das sind wirklich heikle Fälle, also absolute Chefsache."

„Oh, verstehe", sagte ich, wobei ich eigentlich gar nichts verstand. Wenn Eric der Beste war, warum dann nicht ihn das Problem lösen lassen?

„Ich stelle mir das auf jeden Fall ganz schrecklich vor, also im Auto eingesperrt zu sitzen und keine Möglichkeit zu haben, zu reagieren. Die Frau, die den Unfall auf der Corneliusbrücke hatte, musste ja gesehen haben, wie ihr Fahrzeug auf die Brüstung zugerast ist."

Vielleicht konnte ich ihm ja doch irgendwelche Informationen entlocken.

„Ja, dass gleichzeitig die Navigation und die Abstandsmessung versagt haben, ist von der Wahrscheinlichkeit her gesehen ein Lottogewinn, nur im negativen Sinn."

Ah, interessant! Woher wusste Luca das denn? Ich hatte ja im Internet recherchiert, aber nichts Detaillierteres über die Unfallursache gefunden, nicht in der Presse und nicht in den für die Allgemeinheit zugänglichen Foren. Klar, Iron Man hatte hier seine eigenen Kanäle, und von ihm hatte ich genau dasselbe gehört wie eben von Luca. Möglicherweise nutzte Luca ähnliche Informationsquellen. Das war schon verdächtig. Vor allem, dass er sich genauere Insider-Informationen besorgt hatte, zeigte, dass er mehr über die Vorfälle wusste und wissen wollte, als er vorgab.

Luca fuhr fort: „Eigentlich bist du in einem selbstfahrenden Auto viel sicherer, als wenn du selbst am Steuer sitzt. Außer du fährst mit mir." Er lachte. „Ich habe den Verkehr von Rom und Neapel überlebt. Glaub mir, beide Städte könnten wirklich ein paar autonome Fahrzeuge mehr gebrauchen, damit da ein bisschen Ordnung reinkommt. Allerdings würden mir das Chaos und Gehupe fehlen. Das gehört irgendwie zu unserem italienischen Way of Life."

„Weißt du irgendetwas über den zweiten Unfall, den vom Freitag?"

„Nein, auch nur das, was in den News berichtet wurde." Luca musterte mich verwundert. „Warum schenkst du diesen Unfällen so viel Beachtung?"

„Oh. Ich war zufällig am Freitagabend mit Cole in der Stadt, als uns ganze Heerscharen an Polizei, Feuerwehr und Rettungswagen entgegenkamen." Das mit Cole war mir so herausgerutscht, ich ärgerte mich fast über mich selbst. Hatte Luca ja wirklich nicht zu interessieren, mit wem ich unterwegs war.

„Na so was. Du warst mit unserem Sonnyboy aus." Luca zwinkerte mir zu und sah so offensichtlich zu Cole und Rihanna hinüber, dass die beiden sofort bemerken mussten, dass wir über sie sprachen.

Ich räusperte mich. „Nein, nicht wirklich." Lucas dunkle Augen sahen mich fragend an. „Cole wollte mich zu einem Bier einladen, aber dann kam was dazwischen."

Was hätte ich auch sonst jetzt sagen sollen? Dass Cole ein totaler Idiot war, und ich in meinem ganzen Leben nie wieder in sein Auto steigen würde. Nein, das verkniff ich mir.

„Hm. Cole ist nichts für dich. Ihr passt nicht zusammen."

Na, Moment mal. Das hatte Luca doch nicht zu entscheiden.

„Schau mal, bella, erstens steht er auf blond."

„Ja, und?"

„Zweitens hat er jeden zweiten Tag eine andere und hängt nur auf Partys herum. Du hast was Besseres verdient als den Kerl", stellte Luca geringschätzig fest. „Da gäbe es deutlich geeignetere Kandidaten."

„Ach ja, wen denn?", wollte ich wissen.

„Na mich zum Beispiel." Luca schnappte sich meine Hand, die unschuldig auf dem Tisch neben dem noch nicht abgeräumten Teller lag, und drückte einen schmatzenden Kuss auf meinen Handrücken.

Ich war so perplex, dass ich gar nicht wusste, wie ich reagieren sollte. Und weiteres Nachdenken über die Situation wurde mir abgenommen, weil ich ein lautes Klirren und einen spitzen Schrei vernahm.

Schnell zog ich meine Hand wieder aus Lucas Griff und sah mich um.

Cole starrte zu Luca und mir herüber, während Rihanna hartnäckig versuchte, frische Rotweinflecken aus ihrem ziemlich knappen und ehemals weißen T-Shirt zu wischen. Scherben waren über den Tisch der beiden verteilt, die ganz eindeutig von Coles Weinglas stammten.

„Mein Shirt ist ruiniert. Das bekomme ich nie wieder sauber", jammerte Rihanna.

„Tut mir echt leid, das Glas ist geradezu in meiner Hand zerplatzt. Muss ein Materialfehler gewesen sein. Vielleicht solltest du auf die Toilette gehen und dort die Flecken auswaschen", hörte ich Cole sagen, allerdings nicht so, als würde es ihm leidtun, sondern eher abwesend und zu Luca und mir gewandt.

Rihanna zeterte ununterbrochen und machte sich schließlich auf den Weg, um ihr Shirt zu retten, während Cole sich, ohne ihr nachzuschauen, mit ein paar schnellen Schritten unserem Tisch näherte.

„Nora. Belästigt dich Luca etwa?"

„Äh. Wie bitte?"

„Na, hab ich mich nicht klar ausgedrückt? Ich habe den Eindruck, dass dich unser italienischer Kollege hier belästigt."

Jetzt stand auch Luca auf und baute sich vor Cole auf.

„Was willst du, Cole? Du störst unser Mittagessen."

Cole und Luca standen sich wie zwei Kampfhähne gegenüber

und starrten sich gegenseitig an. Ich hegte die Befürchtung, dass sie jeden Moment aufeinander losgehen würden.

„Stopp!“ Ich sprang auf und stellte mich zwischen die zwei. „Seid ihr denn wahnsinnig geworden? So wie ihr euch aufführt, brauchen wir hier nie wieder zum Essen hergehen.“ Ich drehte mich um, und das gesamte Restaurantpersonal, und natürlich auch alle Gäste, sahen uns an, als wären wir soeben einem Bollywood-Film entsprungen. Zum Glück war wenigstens Rihanna immer noch auf der Damentoilette.

„Niemand belästigt mich, und ich brauche schon gar keine Hilfe“, zischte ich die beiden an, um nicht noch mehr Aufmerksamkeit auf uns zu lenken. Wobei, noch mehr Aufmerksamkeit ging eigentlich gar nicht, in einem so kleinen Lokal wie diesem.

Luca und Cole blickten mich erstaunt an und schienen in die Realität zurückzukehren.

„Jetzt setzt euch sofort auf eure Stühle, und wir tun so, als wäre nichts.“ Sie reagierten nicht. „Los!“

Nun kam Leben in die beiden Männer, und ich war sehr erstaunt, dass sie auf mich hörten, und zwar ohne ein weiteres Wort zu verlieren. Cole rutschte gerade rechtzeitig auf seinen Stuhl, bevor Rihanna zum Tisch zurückkam. Da im gesamten Gastraum ein Schweigen herrschte, bei dem man ein Streichholz, das zu Boden fällt, hätte hören können, blickte sie sich verwundert um und setzte sich dann schnell hin. Ich konnte mir vorstellen, dass sie das seltsame Verhalten der Gäste auf sich bezog. Sollte mir recht sein.

Blitzschnell kam auch schon unser Ober an den Tisch und drückte Luca die Rechnung in die Hand. Luca zahlte mit seinem AD und gab ein großzügiges Trinkgeld, während ich den Ober freundlich anlächelte. Er mied jedoch so gut es ging jeglichen Blickkontakt mit uns beiden und verschwand so rasch, wie er gekommen war. Auch Cole zahlte und zerrte Rihanna fast aus dem Restaurant. Luca wartete mit dem Gehen, bis Cole und Rihanna das Restaurant fluchtartig verlassen hatten, um keinen weiteren Zwischenfall zu provozieren. Dafür war ich ihm unendlich dankbar.

„Tut mir leid, Nora. Cole hat mich auf dem falschen Fuß erwischt. Ich bin zwar Südländer, aber normalerweise bin ich nicht so aufbrausend.“ Luca sah mich reumütig an. „Kann ich das wiedergutmachen und dich morgen Abend einladen?“

Er sah so zerknirscht aus, dass ich fast lachen musste. „Luca, du hast mich doch eben schon zur Pizza eingeladen. Vielen Dank dafür. Und für das Verhalten von Cole musst du dich nicht entschuldigen.“

„Es tut mir trotzdem leid. Also sag bitte Ja, damit ich mein schlechtes Gewissen nicht noch tagelang mit mir herumschleppen muss.“

Also zugegeben, Luca hatte Charme und war attraktiv. Warum also nicht?

„Ich überleg es mir.“ Und warum ihn nicht ein bisschen zappeln lassen?

Wir gingen gemächlich zum Bürogebäude zurück, und ich versuchte, so unauffällig wie möglich in mein Cube zu huschen. Coles Verhalten war mir ein Rätsel und ging mir auf die Nerven. Also hatte ich nicht die geringste Lust, ihm zu begegnen. Außerdem war eine Menge zu tun. Ich hatte zum einen den Auftrag von Eric, der natürlich Priorität hatte, und zum anderen das Passwortgeschützte Unterprogramm von Zeta. Um parallel an beiden Problemen arbeiten zu können, zog ich meinen eigenen Laptop heimlich aus meinem Rucksack und kopierte den Teil von Zeta, der den geschützten Programmteil enthielt.

Ich war im Besitz einiger von mir selbst und von meiner Hacker-Community geschriebenen Routinen, die nach der Brute-Force-Methode Passwörter knackten.

Brute-Force steht dafür, dass eine Software in schneller Abfolge verschiedene Zeichenkombinationen ausprobiert, also Buchstaben,

Zahlen oder Sonderzeichen. Idealerweise verwendet man dafür einen Hochleistungsrechner, wobei ich aber im Moment nur meinen Laptop zur Verfügung hatte. Abhängig von der Passwort-Länge würde ich damit weiterkommen oder musste zu Hause über einen der leistungsstärkeren Server der Hacker-Community gehen. Passwörter mit bis zu acht Zeichen schaffte mein Computer in der Regel noch, denn ich hatte mir letztes Jahr das beste und schnellste Modell zusammengespart. Um keine Zeit zu verlieren, startete ich sofort die Brute-Force-Algorithmen, da das Durchtesten von Zeichenkombinationen natürlich einiges an Zeit in Anspruch nahm. Den Laptop stellte ich unauffällig in eine, von außen nicht einsehbare Ecke meines Cubes, damit die vorbeilaufenden Kollegen nicht darauf aufmerksam werden würden, was ich mir hier unerlaubt ansah. Na ja, es war nicht ganz unerlaubt, da Cole mir ja die Aufgabe zugewiesen hatte, das Programm zu dokumentieren. Ich machte eigentlich nichts anderes, als seinen Auftrag zu bearbeiten, und dass mir ein geschütztes Passwort in die Quere gekommen war, dafür konnte ich nichts. Trotzdem hatte ich ein schlechtes Gewissen und hoffte, dass das Passwort nicht durch Aussperren von Nutzern nach mehreren ungültigen Login-Versuchen geschützt war, denn dann hätte ich ein Problem, und irgendjemand vom AutoDat-IT-Team würde ganz bestimmt auf mich aufmerksam werden.

Ich hielt die Luft an und schielte auf den Bildschirm meines Laptops. Als nach ein paar Minuten immer noch keine Meldung hochgepoppt war, atmete ich beruhigt auf. Sehr gut! Also keine Login-Limitierung. Damit war es unwahrscheinlich, dass irgendjemand von AutoDat den Schutz der Unter-Algorithmen trackte. Ich konnte meinen Laptop in aller Ruhe rödeln lassen und parallel an dem Auftrag von Eric arbeiten.

Ich hatte alles, was Eric von mir brauchte, gegen sechzehn Uhr erledigt, gab aber vor, noch nicht fertig zu sein, um noch weitere Programme zur Entschlüsselung des Passworts starten zu können.

Parallel zu dem Algorithmus für acht Zeichen, startete ich nach und nach auch den für sieben und sechs Zeichen. Dass jemand ein Passwort mit weniger als sechs Zeichen eingegeben hatte, konnte ich mir nicht vorstellen. Das wäre in höchstem Maße unprofessionell. Die Sache mit den Passwörtern ist relativ einfach: Je länger und komplexer, das heißt je mehr unterschiedliche Arten von Zeichen, desto schwieriger und langwieriger waren sie zu hacken. Mein Rechner schaffte eine Generierung von vier Milliarden Schlüsseln pro Sekunde, und damit würde er für ein Passwort von acht unterschiedlichen Zeichen etwas über einen Tag brauchen. Weniger lange Passwörter waren deutlich schneller zu knacken. Was hieß: Neun oder mehr Zeichen waren wirklich zu empfehlen. Das wussten nur leider die wenigsten Leute. Viele waren sehr unvorsichtig in der Wahl ihrer Passwörter und nutzten auch noch einprägsame Buchstaben- oder Zahlenkombinationen ohne Sonderzeichen, die ziemlich einfach mit der Wörterbuch-Methode entschlüsselt werden konnten. Dabei verwendet das Crack-Werkzeug statt jeder möglichen Zeichenkombination nur Worte aus einem Wörterbuch.

Die Zeit verrann, aber nichts tat sich. Inzwischen war es fast achtzehn Uhr, und die meisten Kollegen verließen das Büro. Ich hatte Eric noch die Datei geschickt, an der ich gearbeitet hatte, und er wollte mir erst morgen den nächsten Job geben. Somit hatte ich keinen wirklich vertretbaren Grund mehr, hier im Büro herumzuhängen, ohne dass es aufgefallen wäre. Mist!

Ich war mir sicher, dass ich nahe daran war, den Algorithmus zu knacken, aber eben nur nahe dran. Derjenige, der das Passwort eingegeben hatte, war eben doch kein absoluter Stümper gewesen. Ich musste über die Cloud gehen und die Hacker-Server-Farm nutzen. Enttäuscht verschob ich das Ganze und machte mich auf den Nachhauseweg.

Nach einem etwas angespannten Abendessen mit meiner Familie – meine Mutter war immer noch ziemlich sauer auf die

Achtziger-Oma, da sie den halben Tag verschiedenen Glasern hinterhertelefoniert hatte und keiner verfügbar war, um das Fenster im Wohnzimmer zu reparieren – zog ich mich in mein Zimmer zurück, um mir den letzten Stand von Iron Mans Ermittlungen zu holen.

Iron Man war online.

Hey Spice Girl, ich hab wieder Neuigkeiten für dich.

Cool!

Habe Fort Knox geknackt.

Fort Knox?

Na die Datenbank der Münchner Polizei.

Oh. Klar. Und?

Und die Unfallberichte gefunden.

Wow!

Sind natürlich nicht für die Öffentlichkeit zugänglich, war ziemlich mühsam.

Du bist der Beste!

Wie immer :)

Ich hab die Berichte auf dem Secure-Server von Ape abgespeichert. Kannst sie da ansehen. Das ist heiße Ware. Würde sie mir nicht runterladen.

Hab verstanden.

4YEO. Sind in einem Ordner namens Fort Knox.

Genial. Ich schulde dir was.

Ich schreib's an. Brauch bestimmt auch mal was von dir. No worries!

YMMD. Bekommst eine Einladung zum Kaffee. Bin eh in der Stadt.

Gern. Sag Bescheid wann. Bye!

Auch Bye. Danke!

Iron Man war einfach eine Wucht. Ich war so neugierig auf die Berichte, die er organisiert hatte, dass ich das Entschlüsseln des Passworts auf später verschob. Ich loggte mich in Apes Secure-Server ein.

Ape war der Alias für einen der gewieftesten Hacker der Community. Soweit ich wusste, standen die drei Buchstaben für die Anfangsbuchstaben seines richtigen Namens, der aber niemandem bekannt war. Ape hatte sich in den letzten Jahren ein riesiges Netzwerk aufgebaut, und die meisten Hacker, die ich kannte, nutzten seine Infrastruktur gegen eine geringe Gebühr. Darüber finanzierte sich Ape, und darüber hinaus bot er für besonders heikle Fälle seine Hackerdienste an. Jeglicher Geldtransfer lief über ein Konto auf den Cayman Islands, sodass niemand eine Spur zu seiner realen Identität zurückverfolgen konnte.

Ich hangelte mich in der Server-Dateistruktur durch, bis ich bei den Gastdateien angelangt war. Dort fand ich auch schließlich den Ordner Fort Knox, der sechs Dateien beinhaltete. Sechs Dateien? Warum denn sechs? Ich hätte zwei erwartet. Zwei Unfälle entsprechen zwei Dateien. Erstaunt sah ich mir die Namen und Daten an.

Die Dateinamen enthielten den jeweiligen Unfallort und das Datum, also zum Beispiel Corneliusbruecke_2037_07_27. Ganz klar ging es hier um den Unfall auf der Corneliusbrücke am 27.07.2037. Ich fand auch die Datei mit dem Datum vom letzten Freitag. Erstaunt war ich über die anderen vier Dateien, deren Daten bis zu über einem Jahr zurückgingen. Ich klickte die erste an.

10.05.2036. Günter Wieland, 59, CTO eines mittelgroßen, aber internationalen Chemieunternehmens. Er war auf der A8 südlich von München umgekommen, als sein FlexDrive-Fahrzeug beim Überholen ins Schleudern geriet und in die Mittelleitplanke gerast war. Angeblich war der Fahrer des zweiten Autos für den Unfall verantwortlich gewesen.

Im zweiten Bericht vom 03.06.2036 war das Opfer Anneliese Fischer, 54, Leiterin der Rechtsabteilung einer internationalen Speditionsfirma. Sie war im Münchner Stadtteil Giesing von einem autonomen Fahrzeug der FlexDrive-Flotte erfasst und überfahren worden, als sie mit dem Fahrrad auf dem Weg ins Büro war.

Bis zum nächsten Bericht war eine Pause von circa einem halben Jahr. Doch dann ging es weiter, und in jeden der dokumentierten Unfälle war ein Fahrzeug von FlexDrive verwickelt.

07.01.2037. Werner Seitz, 52, Entwicklungsingenieur bei BMW. Im Münchner Süden von der Landstraße abgekommen und mit hoher Geschwindigkeit gegen einen Baum geknallt. Natürlich in einem Lift von FlexDrive. Angeblich war Glatteis auf der Straße einer der Unfallgründe. Eigentlich hatten die autonomen Autos dafür aber Sensoren, sodass es zu keinen witterungsbedingten Unfällen kommen konnte. Sehr seltsam.

20.05.2037. Bernd Schuster, 58, Marketingmitarbeiter bei einem großen, weltweit tätigen Halbleiterkonzern. Auf der A99X war sein FlexDrive-Lift gegen einen vor ihm fahrenden Lastwagen geprallt. Über diesen Unfall hatte ich in der Presse gelesen.

Danach kamen die beiden neuen Unfälle.

27.07.2037. Melanie Wagner, 52, General Manager in der Entwicklungsabteilung einer weltweit agierenden IT-Firma. Wie mir bereits bekannt war, stürzte ihr FlexDrive-Lift von der Corneliusbrücke in die Isar, weil das Navigationssystem und die Abstandssensorik versagt hatten. Ebenso alle Sicherheitsfeatures des Autos.

31.07.2037. Horst Regener, 57, selbstständig und Chef eines mittelständigen IT-Unternehmens, das sich mit autonomen Algorithmen beschäftigte und weltweit Kunden hatte. Ein Konkurrent von AutoDat, allerdings deutlich kleiner. Zwei Fahrzeuge der

Münchner FlexDrive-Flotte waren zusammengestoßen und aufgrund eines Batteriefehlers ausgebrannt, was zum Tod des Mannes geführt hatte, der Passagier des einen Fahrzeugs war. Das zweite Unfallauto war ohne Fahrgast unterwegs gewesen.

Ich starrte meinen Bildschirm an. Immer wieder FlexDrive. Das kam mir sehr verdächtig vor. Warum wurde das nicht in der Presse berichtet? Journalisten stocherten doch sonst auch in allen Details herum, kamen an Informationen, die eigentlich unter Verschluss waren, und versuchten, Zusammenhänge herzustellen. Es war mir ein Rätsel, dass nur mir diese seltsame Häufung auffiel. Na ja, nicht nur mir, musste ich zugeben, die Polizei hatte auch alle Berichte. Hatte denn niemand hinterfragt, ob es eine Verbindung bei all diesen tödlichen Crashs gab? Natürlich kam es immer mal wieder zu Unfällen mit autonomen Fahrzeugen, auch privaten, und allen Unfällen lagen verschiedene Ursachen zugrunde. Dennoch. Was mir gleich ins Auge stach, war, dass alle FlexDrive-Unfallopfer zwischen fünfzig und sechzig Jahre alt waren und recht gute Positionen in ihren Firmen innehatten. Das konnte doch kein Zufall sein. Im höchsten Maße gruselig!

Ich verbrachte noch einige Zeit damit, über die älteren Unfälle im Internet zu recherchieren, aber die Informationen, die ich finden konnte, waren sehr dünn und lieferten mir nicht sehr viele zusätzliche Details. Als ich auf die Uhr sah, war es schon zwei Uhr. Mist! Ich musste morgen früh um sieben Uhr raus. Diese Berichte hatten sich so in meinem Kopf breitgemacht, dass ich darüber völlig vergessen hatte, die Passwort-Entschlüsselung anzuwerfen. Das musste jetzt einfach bis morgen warten, ich war völlig erschöpft und fiel nur noch in mein Bett.

8

Ich hatte fürchterlich schlecht geschlafen.

Erstens zu wenig, denn mein Wecker klingelte schon um sieben Uhr. Und nachdem ich erst kurz nach zwei Uhr im Bett war, hatte ich dann auch noch ziemlich komisches Zeug geträumt. All das trug nicht gerade dazu bei, dass ich mich heute frisch und munter und bereit fühlte, mehr über diese Unfälle herauszufinden. Sollte ich jemanden um Hilfe bitten? Aber ich war ja nicht wirklich legal an die Unfallberichte gelangt. Außerdem war bei der Polizei alles bekannt. Das war eigentlich deren Job, warum sollte ich mich überhaupt einmischen? Vielleicht hatten die Crashs nicht im Geringsten mit AutoDat zu tun.

Also lieber erst mal abwarten und das Passwort zu Zeta entschlüsseln: das große Rätsel, das ich mir für den heutigen Tag zu lösen vorgenommen hatte.

Über meinen Computer loggte ich mich in die Server-Farm der Hacker-Community ein, um möglichst gute Bandbreite für die Entschlüsselung zu bekommen. Natürlich war Ape einer der Drahtzieher dahinter, und ich musste einiges von meinem mühselig gesparten Taschengeld investieren, um den Job zu starten. Ich zögerte. War es das wirklich wert, oder hatte ich mich hier in etwas reingesteigert, das völlig sinnlos war? Aber das Problem faszinierte mich in der Zwischenzeit so sehr, dass ich schließlich einknickte und die Software für die Neun-Zeichen-Berechnung startete. Wenn das Passwort zehn oder mehr Zeichen enthalten sollte, dann wurde es wirklich schwierig, und ich war mit meinen Bemühungen am Ende. Aber noch hatte ich Hoffnung.

Im Büro angekommen lief ich zuallererst zu Eric. Ich hoffte inständig, dass er etwas für mich zu tun hatte, da ich zehntausend Mal lieber für ihn arbeitete als für Cole, der erstaunlicherweise heute schon um neun im Büro war. Das war jetzt schon ein paarmal passiert und, gemäß Cindy, so gar nicht seine Art.

Eric stattete mich mit genügend Arbeit aus, um den heutigen Tag zu füllen, und es klang auch nach einem sehr interessanten Projekt. Ich hatte mich gerade in das Thema so richtig eingegraben und war dabei, die ersten Zusammenhänge zu erkennen, als Cole seinen Kopf in mein Cube steckte. Was mich dann allerdings wirklich fast vom Stuhl haute, war, dass seine Hand mit einer dampfenden Tasse Kaffee folgte, die er vorsichtig neben mich stellte.

„Friedensangebot! Tut mir leid wegen gestern." Verdattert sah ich ihn an.

„Äh, ist schon okay. Ich hoffe nur, wir können auch in Zukunft noch in dieses Restaurant zum Essen gehen. Die Pizza ist dort so gut, dass ich sie vermissen würde."

„Darf ich dich heute Abend zum Essen einladen?"

Na, jetzt wurde es wirklich seltsam. Was war denn in den gefahren?

„Hab schon was vor." Ich dachte an die Einladung von Luca, die ich zwar noch nicht zugesagt hatte, aber das musste ich Cole ja nicht auf die Nase binden.

„Schade, na dann vielleicht ein andermal."

„Kannst ja Nelly fragen", sagte ich spitz.

Cole zuckte mit den Achseln und verschwand augenblicklich aus meinem Cube.

Das ging doch nicht mit rechten Dingen zu. Ich hatte für heute Abend zwei Einladungen von zwei absolut coolen Typen. Der eine davon von Beruf Sohn und der andere vielleicht ein Spion. Aber warum, fragte ich mich ernsthaft, hatten die beiden so plötzlich Interesse daran, mit mir wegzugehen?

Auch das gedachte ich noch herauszufinden.

Erics Projekt war dringend, von daher verschob ich meinen Plan, für die Passwort-Entschlüsselung von Zetas Unterprogramm auch noch kürzere Passwörter mit einem meiner Algorithmen zu testen auf den Nachmittag. Ich hielt es für sehr unwahrscheinlich, dass ich damit erfolgreich sein würde, und setzte eher auf den Job, den ich heute Morgen auf dem schnellen Server gestartet hatte.

Bis zum Mittagessen war ich gut beschäftigt, und ich gönnte mir auch nur eine kurze Mittagspause mit Cindy in der Cafeteria. Daher war es noch relativ früh, als wir wieder hoch ins Büro fuhren. Auf dem Weg zu meinem Cube lag das von Luca, und genau davor kam mir eine hervorragende Idee. Luca war auch mit Kollegen in der Cafeteria gesessen und, als ich sie verlassen hatte, noch mitten beim Essen. Außerdem würde er sicher noch einen Espresso im Anschluss trinken, und folglich frühestens in etwa zwanzig Minuten wieder an seinem Platz sein. Sein Cube war zu meiner großen Freude von denen der anderen Kollegen nicht einsehbar, da der Eingang zur Außenwand hinzeigte. Somit hatte ich eine super Gelegenheit, ein bisschen herumzuschnüffeln und herauszufinden, ob sich mein Verdacht bezüglich Luca bewahrheitete. Schnell lief ich zu meinem Cube zurück und kramte aus meiner Tasche einen Stick mit meinen wichtigsten Programmen heraus. Dann machte ich mich unauffällig auf den Weg zurück zu seinem Cube. Wenn ich Glück hatte, dann wäre es möglich, über die letzten eingegebenen Befehle auf der Tastatur seinen Login herauszubekommen. Natürlich nur, wenn es nicht allzu lange her war, dass er ihn eingegeben hatte.

Zuerst loggte ich mich selbst ein und startete über meinen Stick den entsprechenden Algorithmus. Gespannt starrte ich auf den Bildschirm. Es sah so aus, als hätte Luca in der letzten Stunde vorwiegend etwas auf dem Bildschirm gelesen, denn die Befehle, die ich erkannte, waren scrollen oder nächster beziehungsweise vorheriger Bildschirm. Da! Jetzt kam etwas, das wie ein Passwort, gefolgt von einem Login aussah. Perfekt.

Nervös sah ich auf die Uhr. Vermutlich hatte ich maximal noch fünf Minuten. Schnell machte ich ein Foto von Lucas Login und Passwort und loggte mich dann erst aus meinem Zugang aus, und dann bei ihm ein.

Wow! Das lief ja wie geschmiert.

Er hatte zuletzt sicherlich an dem Programm gearbeitet, das noch auf seinem Bildschirm geöffnet war. Ich scrollte ein bisschen rauf und runter, bis ich zu meiner großen Überraschung feststellte, dass es mir von der Struktur her bekannt vorkam. Aber natürlich. Eindeutig! Das war Zeta. Fasziniert beäugte ich den Bildschirm. Sehr erstaunlich. Ich konnte mir nicht vorstellen, dass die DA, also die Data-Analytics-Abteilung von Martin Engel, dasselbe Programm und denselben Auftrag gleichzeitig zwei Mitarbeitern geben würde, Luca und Cole. Bedeutete das nicht, dass mit Luca irgendetwas nicht stimmte? War Zeta mit seiner gesperrten Subroutine so wichtig, dass Luca es sich heimlich besorgt hatte? Und hatte Luca möglicherweise das Passwort, nach dem ich die letzten zwei Tage hartnäckig gesucht hatte? Ich blätterte durch das Programm, um zum besagten Unterprogramm zu kommen. Ziemlich schnell stellte ich aber fest, dass auch Luca keinen Zugriff auf den gesperrten Algorithmus hatte. Trotzdem eine spannende Entdeckung, die ich da gemacht hatte. Gerade wollte ich schauen, ob Luca noch andere Programme geöffnet hatte oder ob ich sonstige interessante Dinge auf seinem Account fand, als ich plötzlich seine Stimme hörte. Oh! Jetzt hieß es aber Beeilung. Ich scrollte in etwa zu der Stelle, an der Luca für die Mittagspause unterbrochen hatte und hoffte inständig, dass ihm nicht auffiel, dass jemand in seinem Account gewesen war. Dann loggte ich mich so schnell wie möglich aus und sprang geduckt aus seinem Cube zur gegenüberliegenden Wand, an die ich mich lässig lehnte. Mein hektisches und nervöses Schnaufen war nicht ganz so lässig, aber ich versuchte es mit einer kurzen Atemübung aus dem Taekwondo, um meine Schnappatmung wieder in den Griff zu bekommen.

„Ganz ruhig, Nora“, redete ich mir gut zu.

Und da bog Luca schon um die Ecke in den Gang ein und kam mir mit einem erstaunten Gesichtsausdruck entgegen.

„Nora?“ Leichter Argwohn war in seinem Gesicht zu erkennen. Er blickte schnell in sein Cube, sah aber sofort, dass der Bildschirmschoner lief, was ihn zu beruhigen schien.

„Oh, äh, hi Luca!“, stotterte ich und bemühte mich, völlig ungezwungen zu erscheinen, was mein Stottern natürlich ad absurdum führte.

„Hast du mich gesucht?“

„Ja, äh, wegen heute Abend“, fiel mir jetzt doch noch spontan ein. „Also von mir aus würde es klappen.“ Ich wippte unruhig von einem Fuß auf den anderen. Luca konnte meinetwegen denken, dass ich wegen ihm nervös war, was ja genau genommen auch korrekt war, wenn es auch nicht ganz dem entsprach, was er vermutlich annahm. Nach dem, was ich über seinen User-Zugang gefunden hatte, musste ich ihn auf jeden Fall noch weiter aushorchen. Da war ein gemeinsames Abendessen geradezu ideal.

„Bella, das ist cool. Wann wollen wir starten? So zwischen fünf und halb sechs?“

„Passt. Prima. Komm doch einfach bei meinem Cube vorbei, wenn du fertig bist. Du hast bestimmt viel wichtigere Themen zu bearbeiten als ich.“

„Klar mach ich. Freu mich schon. Ciao und bis später.“ Luca grinste mich an, und meine Knie wurden weich. Ob das nun wegen ihm war oder der Situation, aus der ich mich haarscharf herauslaviert hatte, war mir nicht so richtig klar.

Puh. Auf jeden Fall hatte ich gerade noch die Kurve gekratzt. Zurück an meinem Arbeitsplatz nahm ich mir vor, jetzt ziemlich flott den Job für Eric durchzuziehen. Er brauchte meinen Input, und meine detektivische Nebentätigkeit sollte nicht dazu führen, dass er ewig darauf warten musste und möglicherweise deswegen Probleme mit Käfer bekam. Ich konzentrierte mich so gut es ging auf meine Aufgabe, allerdings gingen mir immer wieder Zeta und natürlich auch die sechs Unfallberichte von gestern durch den Kopf. Jedes Mal lief es mir eiskalt den Rücken hinunter, wenn ich an die tödlich Verunglückten denken musste. Jeder hatte vorher ein normales Leben gehabt, Familie und Freunde.

Nach ein paar Stunden, die ich intensiv mit Erics Programm verbrachte, brauchte ich eine Pause. Ich holte mir einen Kaffee und als er dampfend neben mir im Cube stand, fand ich es okay, einmal kurz in meinem Laptop zu checken, ob der Job mit der Neun-Zeichen-Passwort-Entschlüsselung erfolgreich durchgelaufen war. Leider keine positive Rückmeldung. Enttäuschung machte sich in mir breit. Und überhaupt. Hatte ich in die ganze Sache zu viel hineininterpretiert? Aber auch Luca hatte das Programm und untersuchte es. Das war doch ein weiteres Zeichen, dass ich hier an etwas Wichtigem dran war.

Weil ich noch ein paar Minuten Pause brauchte, startete ich, mehr aus Langeweile, als in dem Glauben, dass ich damit etwas herausbekommen würde, auf meinem Laptop die beiden Algorithmen für vier und fünf Zeichen lange Passwörter. Ich stellte den Laptop in die Ecke meines Cubes und machte mich wieder an die Arbeit, als ich nur kurze Zeit später ein leises Ping vernahm. Das war der Signalton, den ich eingespeichert hatte, wenn ein Job erfolgreich durchgelaufen war. Also ließ ich Erics Auftrag liegen und schnappte mir wieder den Laptop.

Ich staunte Bauklötze. Der Job für das Fünf-Zeichen-Passwort war erfolgreich durchgelaufen und ergab Klaus. Klaus – so wie in Klaus Käfer? Also billiger ging's ja wirklich nicht. Ich musste mit meinem neuen Chef mal ein Wörtchen über Passwortsicherheit reden. Er konnte doch nicht ernsthaft in einem IT-Unternehmen wie AutoDat arbeiten und dann als Passwort seinen Vornamen verwenden. Ich schüttelte den Kopf, unwillig das von ihm zu glauben. Vielleicht gab es noch einen anderen Klaus bei AutoDat?

Na egal. Jetzt hatte ich auf jeden Fall das Passwort und konnte endlich in die verschlüsselte Routine hineinschauen.

Fix klickte ich mich durch Zeta an die richtige Stelle und gab das Passwort ein. Ta-da! Es funktionierte wirklich. Echt jetzt? Sofort hatte ich Erics Auftrag vergessen und fing fieberhaft an, mich durch das ehemals geschützte Programm zu klicken.

Okay! Ich fand ein Unterprogramm, was mich jetzt nicht überraschte, mit allerdings zehn weiteren Unterprogrammen. Zum Glück ohne Verschlüsselung. Ich klickte wahllos auf eins der Unterprogramme. Da sie nur durchnummeriert waren, verriet der Name nichts über ihren Inhalt. Nummer sieben war es, das ich erwischt hatte. Der Algorithmus war nicht allzu lange. Er enthielt Navigationsdaten von FlexDrive-Fahrzeugen, allerdings waren konkrete Daten und Zeiten eingegeben. Das schien mir erst mal ziemlich aufwendig, jede einzelne Fahrt so zu planen. Ich hätte gedacht, dass die Algorithmen hier flexibler arbeiten würden. Dann stach mir ein Name ins Auge: Tilman Oberwieser. Moment mal. War das etwa Lillys Vater? Der Name war jetzt wirklich nicht sehr häufig. Wir nannten in früher immer Onkel Til, nicht weil wir verwandt waren, sondern weil unsere Familien eng befreundet waren. Handelte es sich wirklich um ihn, und was um alles in der Welt hatte er in einem Programm von AutoDat zu suchen? War das ein vorbestellter Trip und enthielt die Navigationskoordinaten des Treffpunkts? So ganz wurde ich hier nicht schlau aus dem, was ich sah.

Um etwas schneller zum Ziel zu kommen, entschloss ich mich noch eine andere Routine zu öffnen: die mit der Nummer fünf. Ich machte ein paralleles Fenster auf und platzierte es neben das erste. Die Struktur sah sehr ähnlich aus. Ebenfalls Navigationskoordinaten eines FlexDrive-Fahrzeuges und vermutlich eines Fahrgasts. Und hier war der Name … und mir wurde ganz anders. Diesen Namen erkannte ich sofort: Melanie Wagner. Das war die Frau, die auf der Corneliusbrücke am Montag vergangene Woche tödlich verunglückt war.

Handelte es sich hier um ihre gebuchte, letzte Fahrt? Ja, das Datum stimmte. 27. Juli. Ich sah nach, wann die Routine geschrieben wurde und stutzte, als ich das Datum sah – Ende Juni. Hatte die Frau denn bereits einen Monat im Voraus ihre Fahrt gebucht? Das war durchaus möglich. Es gab ja diese Abos, gerade für Pendler, die jeden Tag die gleiche Strecke in die Arbeit fuhren. Jetzt war ich wirklich richtig neugierig geworden. Ich machte mich daran, das Programm genauer zu erkunden. Vielleicht fand ich ja etwas, das mit dem Unfall zu tun hatte. Da ich nicht genau wusste, auf was ich achten musste, fischte ich erst eine Weile im Trüben, aber dann wurden mir die Struktur und der Inhalt mehr und mehr klar. Und je besser ich es verstand, desto flauer wurde mir im Magen.

Das war doch nicht möglich! Das Programm enthielt den exakten Ablauf des Unfalls. Zum einen die Änderung der Navigationsdaten, durch die das Fahrzeug genau auf der Corneliusbrücke die ursprünglich geplante Route verließ und in Richtung Isar steuerte, zum anderen die Befehle, die Abstandssensorik und alle Sicherheitsfeatures abzuschalten.

Mir wurde schlecht, und in meinem Kopf ging eine Alarmsirene los. Nein! Ich konnte es nicht glauben. Das File mit der Nummer eins beschrieb den Unfall von Günter Wieland. Auch hier war gezielt der Abstandsregler manipuliert worden und sämtliche Sicherheitsmaßnahmen, wie Airbags und manuelle Steuerung, waren abgeschaltet worden. Zwei enthielt den detaillierten Ablauf von Anneliese Fischers Zusammenstoß mit einem FlexDrive-Fahrzeug. Irgendwoher kamen auch die exakten Daten zur Lokalisierung ihrer Person, da sie ja mit einem Fahrrad unterwegs gewesen war. Mir war nur noch unklar woher. Und so ging es weiter. Schweiß lief mir inzwischen die Stirn hinunter, so nervös und panisch machte mich meine Entdeckung.

Sechs: Horst Regener, der beim Brand seines FlexDrive-Fahrzeugs am letzten Freitag umgekommen war.

Es folgten Nummer acht, neun und zehn. Diese Unfälle sollten erst noch stattfinden, genau wie der von Tilman Oberwieser, der für übermorgen datiert war. Mir standen die Haare zu Berge. Es war glasklar, dass alle Routinen vor den Unfällen programmiert worden waren, und somit handelte es sich bei den tödlichen Unfällen eindeutig um Mord. Das war so absolut konträr zu jeglichen ethischen Richtlinien für die Programmierung automatisierter Autos, das mir schier die Luft wegblieb. Wer konnte dahinterstecken? Es musste jemand bei AutoDat beteiligt sein, das war keine Frage. Klaus Käfer hatte ich jetzt schwer im Verdacht, aufgrund des Passworts und auch weil er wahrscheinlich einer der beiden Männer war, die ich an meinem zweiten Arbeitstag in der Garage belauscht hatte.

Das Ganze war eine Nummer zu groß für mich. Nervös sah ich mich um, doch keiner meiner Kollegen war in der Nähe.

Wie es schien, war der Vater von Lilly der Nächste auf der Liste. Ich musste etwas unternehmen. Aber was? Wen konnte ich ins Vertrauen ziehen? Einen meiner Kollegen vielleicht? Eric, Luca oder etwa Cole. Sogar Martin Engel, der Leiter von der DA, schoss mir durch den Kopf. Sicherlich nicht Klaus Käfer oder Ronald. Aber ich kannte sie alle noch nicht so gut, dass ich wusste, wem ich wirklich vertrauen konnte.

Oder sollte ich mich direkt an die Polizei wenden?

Ich ging noch einmal durch alle Routinen, da ich glaubte, mich zu erinnern beim Darüberfliegen irgendeinen Kommentar, der sich auf die Polizei bezog, gesehen zu haben. Hier! In einer der ersten Routinen war eine Notiz: Mittels Kontaktmann aus der polizeilichen Untersuchung genommen. Was konnte das nun schon wieder heißen? Jemand im Umfeld der Polizei hatte bewirkt, dass es keine weiteren Untersuchungen gab? Das musste aber eine Person sein, die mächtig genug war, eine Ermittlung zu stoppen. Ein Knoten bildete sich in meinem Hals. Wenn ich den Fall ganz naiv meldete, konnte mir doch eigentlich nichts passieren. Oder doch?

Ich musste mithilfe von Iron Man noch mehr über diese Fälle herausbekommen. Vor allem durfte ich mir nichts, aber auch gar nichts anmerken lassen. Da ich bereits den kritischen Teil von Zeta mit seinen brisanten Unterprogrammen auf meinem Laptop gesichert hatte, löschte ich alles schnellstmöglich von meinem Firmen-Account.

Um mich unauffällig zu verhalten, musste ich Erics Auftrag fertigstellen. Ich war aber dermaßen unkonzentriert, dass ich einen Fehler nach dem anderen machte.

„Nora, halte durch!“ Diesen Befehl gab ich mir immer und immer wieder, obwohl mir die Morde ständig wie Wagen einer Achterbahn durch den Kopf sausten. Was ich dann um kurz vor halb sechs Eric als Ergebnis seiner Anfrage in die Hand drückte, entsprach so gar nicht meinen sonstigen Anforderungen an mich selbst, aber die Umstände ließen mir keine andere Wahl. Eric war zufrieden. Er würde erst morgen, wenn er sich meine Arbeit genauer ansah, feststellen, wie viele Fehler ich übersehen hatte.

Ich saß wie betäubt in meinem Cube und starrte meine Hände an, als Luca seinen Kopf hereinsteckte.

„Nora? Bist du fertig? Können wir gehen?“

Ich hatte ihn und unsere Verabredung komplett vergessen, und musste ihn daher so entsetzt angesehen haben, dass er überrascht zurückzuckte.

Jetzt galt es, cool zu bleiben. Sollte ich ihm absagen und vorgeben, Kopfschmerzen zu haben? Ich verwarf den Gedanken sofort. Ein Abendessen mit Luca war eine hervorragende Gelegenheit, um festzustellen, ob ich ihm trauen konnte. Ich sehnte mich regelrecht nach einem Freund, mit dem ich über alles, was ich herausgefunden hatte, reden konnte. Klar war da Iron Man, aber er kannte das Umfeld von AutoDat nicht. Ich fing mich schnell wieder und lächelte Luca krampfhaft an.

„Klar. Ich bin so weit. Ich logge mich nur noch aus.“

„Prima! Ich hole meine Jacke, und wir treffen uns beim Aufzug.“

Ich klickte auf Abmelden und schnaufte dreimal tief durch. Auf dem Weg zum Aufzug schielte ich in Coles Cubicle, aber der war offensichtlich schon gegangen. Ich hatte ihn heute nicht viel gesehen, abgesehen von unserem kurzen Austausch am Vormittag.

Luca erwartete mich schon, und gemeinsam fuhren wir nach unten. Von da aus war es ein kurzer Spaziergang zu dem Restaurant, in das er mich ausführen wollte. Mit ihm war es normalerweise sehr einfach zu quatschen, denn er war lustig und unterhaltsam. Heute musste ich mir allerdings richtig Mühe geben, auf seine Fragen und Kommentare unbefangen zu reagieren. Es ging aber umso besser, je weiter wir uns vom AutoDat-Gebäude entfernten.

„Du erscheinst mir heute ein bisschen abwesend. War dein Tag so anstrengend?"

So ganz war ihm meine Stimmung also nicht entgangen.

„Nein, eigentlich ganz gut. Ich habe Eric geholfen." Was ja durchaus korrekt war. „Aber ich habe heute Nachmittag ein bisschen Kopfschmerzen bekommen. Frauenproblem, verstehst du? Wird aber schon besser", flunkerte ich und hatte ein wenig ein schlechtes Gewissen dabei.

„Wir können unser Abendessen auch gerne verschieben, wenn es dir nicht so gut geht", meinte Luca besorgt.

„Alles gut. Wie gesagt, wird wirklich besser. Aber vielleicht bleiben wir nicht so lange, damit ich früh ins Bett komme."

„Na, das muss ich mir aber überlegen, ob ich dich früher gehen lasse." Luca schmunzelte, und mir war klar, dass er das nicht ernst meinte.

„Oh, und ich muss morgen für Cole was machen. Es geht wohl um ein Programm namens Zeta. Schon mal was davon gehört?" Ich beobachtete ihn genau, da ich seine Reaktion sehen wollte. Und fast unmerklich war er zusammengezuckt. Wenn ich nicht darauf geachtet hätte, dann wäre es mir hundertprozentig entgangen.

„Nein", antwortete Luca nur kurz. „Seit wann arbeitest du denn für Cole?" Klang da etwa Eifersucht aus seiner Stimme, oder war er verunsichert, weil ich Zeta erwähnt hatte? Vielleicht auch beides?

„Ich arbeite nicht wirklich für Cole. Aber wenn Eric nichts für mich zu tun hat, helfe ich aus, wo ich kann. Ist doch ganz normal."

Und schon wieder waren wir bei Cole angekommen, wie schon bei unserem letzten Essen. Irgendwie pfuschte der Kerl mir immer ins Konzept. Wie konnte ich jetzt am unauffälligsten unsere Unterhaltung wieder auf die Unfälle lenken? Ich grübelte, wurde aber aus meinen Gedanken gerissen, als wir beim Restaurant eintrafen und Luca mir die Tür aufhielt. Natürlich war es ein italienisches Restaurant, was hätte ich auch anderes erwarten sollen, und es sah klein und urgemütlich aus. Wir bekamen einen Tisch am Fenster, und Luca wurde vom Chef, einem kleinen, runden, südländisch aussehenden Mann mit lustig funkelnden Augen, mit einer Umarmung und einem Schwall Italienisch begrüßt. Bei mir versuchte er das Gleiche, ich sah ihn aber nur verständnislos an. Mein Italienisch ging über grazie, ciao und calzone nicht hinaus.

„Mia cara ragazza. Schön, dass du meinen Luca hierherbringst. Er kommt viel zu selten, mein Neffe", schwenkte er um auf Deutsch. Dann patschte er mir freundlich auf die Schulter und verschwand hinter dem Tresen in Richtung Küche.

„Ich wusste gar nicht, dass du Familie hier in München hast, Luca. Das ist ja toll."

„Nur mein Onkel und meine Tante. Mein Cousin hat auch hier gearbeitet, ist aber wieder zurück nach Italien gezogen. Von daher freuen sich die beiden immer wie wahnsinnig, wenn ich mal vorbeischaue." Man sah ihm deutlich an, dass er sich freute, seinen Onkel zu sehen, und ich musste zugeben, dass das kleine urige Lokal richtiges Flair hatte.

Wir bestellten auch gleich, Luca Pasta mit Arrabbiata-Sauce und ich frische Nudeln mit Ricotta und Schinken. Außerdem überredete mich Luca zu einem kleinen Glas Rotwein. Viel mehr als das würde ich auch nicht trinken, denn ich vertrug Alkohol nicht besonders gut. Wein und Wasser standen in kürzester Zeit auf dem Tisch, und auch auf unser Essen mussten wir nicht lange warten.

Es roch hervorragend und schmeckte noch besser. Ich hätte mich wirklich hineinsetzen können, so genoss ich die original italienische Hausmannskost. Mein größter Wunsch war jetzt, die Welt um mich herum auszublenden, aber das war leider nicht möglich. Irgendwie musste ich unser Gespräch in Richtung Zeta steuern.

„Und du bist sicher, dass du noch nichts von Zeta gehört hast?", fragte ich leutselig. „Das ist ein Programm, das sich um die Navigation der autonomen Fahrzeuge kümmert."

Luca starrte mich an. Einen Penny für seine Gedanken.

„Na ja, macht nichts. Wird aber sicher interessant. Vielleicht finden wir sogar etwas über den Unfall auf der Corneliusbrücke. War da nicht auch irgendetwas mit dem Navigationssystem los?" Ich plapperte einfach weiter und erhoffte mir, ihm damit ein paar Informationen entlocken zu können.

„Lasst das mal lieber. Das ist Sache der Polizei, die sollte sich um die Unfälle kümmern", unterbrach er mich mit einem ernsten Gesichtsausdruck.

„Ich habe den Eindruck, dass die Untersuchungen sehr schleppend verlaufen. Habe so einen Kommentar von Eric mitbekommen. Weißt du, ob Klaus Käfer aktiv mit der Polizei zusammenarbeitet?"

Und vor allem mit wem von der Polizei er zusammenarbeitet, um die Untersuchungen zu behindern? Das war zumindest die Frage, die ich mir stellte, aber leider nicht Luca direkt fragen konnte.

„Ich denke, er hat einige Kontakte dort, wie ich gehört habe", antwortete er ausweichend.

„Außerdem hat irgendjemand erzählt, oder ich hab's im Internet gelesen, na ja, ich weiß gar nicht richtig, wo ich's herhabe, dass beide Unfallopfer bei IT-Firmen gearbeitet haben. Komischer Zufall, findest du nicht?"

„Yup. Das habe ich auch gelesen. Beides internationale Firmen. Vielleicht besteht ein Zusammenhang. Man hört ja immer wieder in den Nachrichten über Wirtschaftskriminalität. Oder, mal so dahin gesponnen, vielleicht hat ein Hacker die autonomen Fahrzeuge angegriffen." Er sah mich neugierig an, fügte dann aber hinzu: „Ist aber wohl eher unwahrscheinlich."

Ich dachte mir: „Da liegst du mal gar nicht so falsch, mein Lieber", tat aber so, als hätte mich seine Idee überrascht.

„Aber dann wäre das ja ein Mord!"

„Ich sag ja, eher unwahrscheinlich. Die autonomen Systeme haben ziemlich gute Firewalls, die gegen Hacker ausreichend schützen sollten. Allerdings hundertprozentig ist so eine Firewall nie."

„Wenn du von Wirtschaftskriminalität sprichst, was meinst du denn genau?"

„Na ja, zum Beispiel ein Konkurrent will einen anderen ausschalten. Oder es geht um IP, also Intellectual Property. Wenn eine Firma marktführend ist, weil sie besonderes Know-how hat und eine andere versucht, an dieses Wissen ranzukommen. Manchmal werden da Leute abgeworben oder Mitarbeiter erpresst, Geheimnisse preiszugeben. Ich sehe aber keinen Link zu den tödlichen Unfällen."

Das war ja interessant. Vielleicht war Luca da doch auf der richtigen Spur. Konnte Erpressung hier eine Rolle spielen, die am Ende zu weit gegangen war? Ich versuchte zwar noch einiges aus ihm herauszubekommen, aber viel mehr war für mich heute Abend nicht zu holen. Trotzdem wurde es noch ein leidlich vergnügliches Abendessen. Immer wieder überlegte ich, ob ich ihm mehr über das, was ich herausgefunden hatte, erzählen sollte. Allerdings war er nicht ehrlich, was Zeta anging, und das machte mich unsicher. Letztlich entschied ich mich dagegen, da ich immer noch zu wenig von ihm wusste, auch wenn er mir sehr sympathisch war, und ich ihn mir nicht als kaltblütigen Mörder vorstellen konnte. Ich wollte lieber abwarten und mir mithilfe von Iron Man noch ein paar Anhaltspunkte suchen. Es konnte ja niemand wissen, dass ich das Programm geknackt hatte, also war ich nicht in Gefahr und auch nicht unter Zeitdruck.

Gegen acht verabschiedeten wir uns dann. Luca wollte mich noch zur Haltestelle bringen, aber ich überzeugte ihn, dass das nicht nötig sei, und er beruhigt noch ein bisschen bei seinen Verwandten bleiben konnte.

„Nora, versprich mir noch eines." Ich sah ihn verwundert an.

„Ich habe den Eindruck, dass dich die Unfälle mehr interessieren, als dir guttut. Überlass das einfach den Profis. Das ist eine Nummer zu groß für dich."

„Äh. Okay. Wie meinst du das?", tat ich unschuldig.

„Du weißt genau, was ich meine." Er sah mich ernst an und drückte mir zum Abschied einen Kuss auf die Wange, was mir nicht unangenehm war.

„Pass auf dich auf!"

Ich war mir jetzt eigentlich ziemlich sicher, dass Luca kein Mörder war. Als ich das Lokal verließ, ging mir noch ein weiterer Punkt durch den Kopf, der gegen eine Beteiligung Lucas an den Morden sprach: Er war noch nicht so lange bei AutoDat, und viele der Programm-Algorithmen von Zeta waren deutlich älter. Dasselbe galt übrigens auch für Cole, der ebenso noch nicht lange dabei war.

Aber Moment mal, warum waren meine Gedanken eben zu Cole gewandert? Ich sah auf, und im gleichen Augenblick eine Gestalt um die Ecke verschwinden, die Cole von Weitem durchaus ähnlich war. Hatte ich mich verguckt? Oder war es möglich, dass er uns hierher gefolgt war? Blödsinn! Ich sah wohl schon Gespenster. Warum sollte er hier vor dem Restaurant herumhängen? So nahe waren wir uns in der letzten Woche nicht gekommen, dass er den Beschützer spielen würde. Und dass er hier zufällig vorbeigekommen war, wäre auch mehr als unwahrscheinlich. Hier war nicht die Partymeile von München, wo er sich vermutlich gerade eher aufhielt.

Ich wunderte mich über mich selbst. Dafür, dass ich eben einen sehr netten Abend mit Luca verbracht hatte, dachte ich erstaunlich viel an Cole. Ich konnte diesen arroganten Typen doch nicht leiden, oder hatte ich mehr für ihn übrig, als ich mir eingestehen wollte?

Auf dem Weg zur nächsten Haltestelle sah ich mich immer wieder um, konnte aber keine Anzeichen entdecken, dass mir jemand folgte.

9

Am nächsten Morgen quälte ich mich ziemlich zerknittert aus dem Bett.

Wie schon in der vorherigen Nacht, war ich auch in dieser von Albträumen verfolgt worden und hatte nicht wirklich gut geschlafen. Mein Cappuccino war ein essenzieller Schritt zum Wachwerden, und nachdem das Koffein seine erste Wirkung getan hatte, war mein Gehirn langsam dabei, in einen funktionsfähigen Zustand überzugehen.

Wie auch schon in den letzten Tagen fuhr ich mit dem Zug nach München. Von der Haltestelle aus verlief der kürzeste Weg zum Bürogebäude von AutoDat über die Corneliusbrücke. Immer noch erinnerten ein demoliertes Brückengeländer, das nur provisorisch gesichert war, und einige aufgestellte Kerzen an den Unfall vom Montag vergangener Woche. Ich stellte mich an die Mauer und sah in das leicht grünlich schimmernde Wasser der Isar hinunter. Was war der Grund dafür gewesen, die Frau zu ermorden, die hier in der Isar ertrunken war? Ging es tatsächlich um IP, wie Luca gestern Abend vermutet hatte? Für mich undenkbar, denn ein Menschenleben war in meinen Augen immer wichtiger als Geld. Aber offenbar gab es Leute, die diesbezüglich anders dachten.

Langsam, und die ramponierte Brüstung immer noch vor meinem geistigen Auge, ging ich über die Brücke. Was musste das Fahrzeug für eine Wucht gehabt haben, um sie zu durchbrechen. Meine Umgebung bekam ich nur noch schemenhaft mit, so sehr beschäftigte mich der Unfall. Halt, kein Unfall, sondern Mord. Ich konnte von Glück reden, dass ich durch meine Abwesenheit nicht mit einem der anderen Passanten zusammenstieß, so gedankenverloren trottete ich über das Pflaster.

Was mich dann aus meinen Gedanken regelrecht katapultierte, war ein lautes Quietschen von Reifen. Erschrocken drehte ich meinen Kopf zur Seite und sah aus dem Augenwinkel etwas Großes, Weißes auf mich zurasen. Wie erstarrt blieb ich stehen, fast wie ein Reh, dass vom Scheinwerferlicht des herannahenden Autos geblendet wird und sich nicht mehr bewegt. Mein Gehirn setzte aus, und anstatt Adrenalin in meinen Körper zu pumpen, musste es sich wohl für den Standby-Modus entschieden haben. Alles kam mir vor wie in Zeitlupe. Was ich dann noch hörte, war ein gellender Schrei und zu guter Letzt ein Zusammenprall, der mich mit voller Wucht auf den Boden warf. Eine schwere Masse drückte mich auf die Straße, ich schlug mit dem Kopf auf den Asphalt, und alles um mich herum wurde schwarz.

Im Traum schüttelte mich jemand sanft. Ich war eines der Kopfkissen von Frau Holle, das aufriss und weiße Flocken über Wiesen und Felder verteilte. Plötzlich zuckte ein stechender Schmerz erst durch meine Schulter, und zog sich dann meine gesamte rechte Körperhälfte entlang. Konnte ein Kopfkissen Schmerz empfinden?

„Nora, bitte, wach auf!“, hörte ich Frau Holle flehentlich rufen. Nein! Moment mal. Das konnte nicht Frau Holle sein, das war eine Männerstimme. Ich versuchte, die Augen aufzuschlagen, aber meine Lider fühlten sich an, als wären sie mit Zement bestrichen. Langsam, ganz langsam gelang es mir, sie Millimeter um Millimeter weiter zu öffnen. Wieder ruckelte jemand an meiner Schulter, die unendlich schmerzte.

„Auuuh!“, stöhnte ich auf.

Die Berührung wurde vorsichtiger, und irgend jemand fuhr mir sanft mit der Hand über die Stirn.

„Nora. Hast du Schmerzen?“

Diese Stimme kam mir bekannt vor. Ich schaffte es, meine Augen so weit aufzubekommen, dass ich verschwommen ein

Gesicht wahrnehmen konnte. Coles Gesicht! Das verdammt nahe an meinem war. Gefährlich nahe.

„Oh, Nora. Bin ich froh. Ich dachte schon …“ Seine Stimme brach ab. „Kannst du dich bewegen?“

„Hä?“ So ganz war ich noch nicht bei Sinnen, aber langsam floss wohl auch wieder Blut durch mein Gehirn und belebte mein Erinnerungsvermögen.

„Irgendetwas hat mich umgeworfen, und dann hat mich etwas Schweres zu Boden gedrückt. Und meine ganze rechte Seit tut fürchterlich weh.“

„Brauchen Sie einen Arzt? Soll ich einen Krankenwagen rufen?“, hörte ich eine fremde Stimme fragen. Ich öffnete meine Augen noch ein bisschen weiter und versuchte, die Lage zu erfassen.

Ich lag auf dem Gehweg, Cole kniete neben mir, und einige Passanten standen in einem Halbkreis um uns herum.

Vorsichtig versuchte ich mich aufzurichten, wobei Cole mich, so gut er konnte, unterstützte. Ich bewegte nacheinander ganz langsam meine Beine, Arme und Schultern. Schien alles noch zu funktionieren, aber schmerzte höllisch.

„Alles okay!“, krächzte ich. „Ist, denke ich, nichts gebrochen.“

„Ich kümmere mich um sie. Wir kennen uns, und ich bekomme das schon hin. Sie können ruhig weitergehen“, wandte sich Cole an die Leute, die um uns herumstanden.

„Na, junges Fräulein. Wenn Ihnen Ihr Freund nicht so schnell zu Hilfe gekommen wäre, dann würden Sie nicht mehr so gut aussehen. Respekt, junger Mann. Wirklich klasse reagiert.“ Ein älterer Mann nickte Cole anerkennend zu.

„Sie müssen den Vorfall aber der Polizei melden. Das Auto war ja völlig außer Kontrolle. Es hätte wirklich tödlich enden können. Das geht doch gar nicht!“, hörte ich die empörte Stimme einer jungen Frau.

„Stellen Sie sich vor, das passiert wieder. Es war eines von diesen selbstfahrenden Autos. Ich weiß ja nicht …“

Von einigen der Herumstehenden kam zustimmendes Gemurmel.

„Ich werde mich darum kümmern. Vielen Dank, dass Sie alle Ihre Hilfe angeboten haben, aber ich werde meine Freundin jetzt am besten zum Arzt bringen."

Ich war immer noch ein wenig benebelt und dachte mir: „Welche Freundin? Hat er diese Nelly dabei?" Vorsichtig sah ich mich um, ohne meinen Hals zu sehr zu drehen, denn das schmerzte.

„Wen willst du zum Arzt bringen?", fragte ich schwach.

„Na dich natürlich. Kannst du aufstehen und ein kleines Stück gehen?"

Ich zog mich an ihm hoch, musste aber auf halber Strecke so schmerzhaft mein Gesicht verzogen haben, dass mich Cole kurzerhand hochhob und auf den Arm nahm. Die um uns herumstehenden Leute machten eine Gasse für uns frei und wünschten mir gute Besserung, während Cole mit schnellen Schritten in eine Seitenstraße einbog.

„Geht das, oder hast du zu starke Schmerzen? Mein Auto steht nur ein paar Meter von hier."

„Geht schon." Ich biss die Zähne zusammen. „Aber was ist denn eigentlich passiert? Ich war auf dem Weg ins Büro … und plötzlich wurde alle schwarz."

„Lass uns erst mal bis zum Auto kommen, dann kann ich dir mehr sagen", keuchte er. „Du bist nicht gerade eine Feder." Offensichtlich war ich ein etwas unhandliches Gepäckstück.

„Also zu dick bin ich nicht. Das sind Muskeln, vom Sport", entrüstete ich mich.

„Habe ich ja auch nicht behauptet."

Bei seinem Ferrari angekommen, platzierte er mich vorsichtig auf dem Beifahrersitz, dessen Lehne er nach hinten kippte, damit ich bequemer saß.

„Geht's so?"

„Die Schmerzen lassen schon ein bisschen nach." Ich wollte mir nicht zu sehr anmerken lassen, dass ich mich fühlte, als wäre ich von einer Dampfwalze überrollt worden. Offensichtlich nahm er mir mein Statement nicht ab und musterte mich besorgt von Kopf bis Fuß, bis er schließlich sah, dass an meinem rechten Schienbein Blut durch die Hose sickerte.

„Also ich bring dich jetzt erst mal zu mir."

„Aber wir müssen doch ins Büro."

„Du siehst mir nicht so aus, als könntest du heute noch arbeiten. Ich werde Cindy anrufen und ihr Bescheid geben, dass du wegen eines Unfalls heute nicht kommst."

„Aber ich kann doch nicht einfach mit zu dir fahren. Wie wäre es, wenn du mich an der Haltestelle absetzt, oder meinetwegen: Fahr mich nach Hause."

„Nein. Du kommst mit mir mit." Er klang ziemlich bestimmt.

„Ich habe eine sichere Wohnung, von der keiner in der Firma etwas weiß."

Das hörte sich jetzt allerdings ein bisschen schräg an.

„Also jetzt lass mich nicht total im Dunkeln tappen. Was war jetzt eben eigentlich passiert, und warum warst du da? Das war doch kein Zufall?"

Cole steuerte den Ferrari konzentriert durch ein paar weitere Straßen und öffnete vor einem Altbau über sein AD die Einfahrt zu einer Tiefgarage, in deren dunklen Schlund wir eintauchten.

„Ich hatte dich beobachtet, seit du von der Haltestelle losgelaufen bist."

Na, das erklärte zwar, dass er da war, aber nicht warum.

„Ich wusste, dass du nicht ganz normal bist, aber als Stalker hätte ich dich nicht eingeschätzt."

„Warte, bis wir oben sind. Natürlich bin ich kein Stalker", entgegnete er genervt, und bugsierte mich in einen Aufzug, der uns in den fünften Stock brachte.

Vor der Wohnungstür stellte ich mich endgültig auf stur.

„Stopp mal. Warum kann ich nicht nach Hause fahren und soll

stattdessen mit dir in eine sichere Wohnung gehen? So gut kennen wir uns ja nun auch wieder nicht."

„Nora. Bitte. Du bist knapp einem Mordanschlag entgangen. Und wenn ich nicht da gewesen wäre, dann wäre der gelungen." Er starrte mich an. „Und du wärst jetzt mausetot. Genauso wie die beiden Unfallopfer von letzter Woche."

Damit brachte er mich erfolgreich zum Schweigen. Und wie eine Marionette folgte ich ihm ohne weitere Widerworte in die Wohnung.

Ich sah mich um. Die Wohnung war eine hübsche, kleine, aber helle Dachgeschosswohnung, die geschmackvoll, aber nicht teuer eingerichtet war. Nicht das, was ich von dem Sohn eines reichen Geschäftsführers erwartet hätte.

Cole führte mich zur Couch und drückte mich in die weichen Kissen.

„Zieh mal bitte deine Hose aus."

„Wie bitte?"

„Das Blut sickert schon durch den Stoff. Ich denke, ich sollte mir das ansehen."

„Oh. Bist du jetzt Arzt, oder was?"

„Ne, aber ich habe unter anderem eine Ausbildung zum Sanitäter. Also mach schon."

Auch das passte so gar nicht ins Bild vom verwöhnten Reichensöhnchen, überhaupt verhielt er sich ganz anders als die letzten Tage, was vielleicht an der Situation lag, aber ich hatte den Eindruck, einen komplett ausgewechselten Menschen vor mir zu haben. Nichts, aber auch gar nichts war von dem arroganten Partylöwen übrig, den ich bisher in ihm gesehen habe. Korrektur: Ein bisschen arrogant war er schon noch.

„Wieso sollte mich jemand ermorden wollen?"

„Es tut mir wirklich leid. Es ist alles meine Schuld, und ich hätte dich nicht mit da reinziehen dürfen."

„Könntest du bitte Klartext reden. Ich versteh nur noch Bahnhof."

„Als ich dir Zeta gegeben habe, weil ich Hilfe brauchte. Ich hatte nicht die Bandbreite, alle Algorithmen alleine zu untersuchen und hatte auch gehofft, dass du dich an das hältst, um was ich dich gebeten habe. Nämlich dich nicht weiter um das geschützte Programm zu kümmern. Aber ich hätte mir denken können, dass du viel zu neugierig bist, um das auf sich beruhen zu lassen."

„Oh. Jetzt bin ich also an allem schuld?"

„Ich habe doch gerade das Gegenteil gesagt."

„Und du kennst den verschlüsselten Algorithmus?"

„Ja, ich habe ihn vorgestern Nacht geknackt. Allerdings ohne, im Gegensatz zu dir, eine Spur zu hinterlassen."

„Aber …"

„Kein aber. Irgendjemand in der Firma muss bemerkt haben, dass du dir Zugriff auf die Datei beschafft hast, und wollte offensichtlich verhindern, dass noch mehr Personen davon erfahren."

„Und du …?"

„Ich habe nichts mit den Morden zu tun. Nur, um das mal klarzustellen. Aber ich versuche herauszufinden, was hinter alledem steckt."

„Was ist denn jetzt auf der Brücke passiert? Ich hab das alles nur so halb mitbekommen."

„Ein Auto ist auf dich zugerast und hätte dich im wahrsten Sinne des Wortes plattgemacht, wenn ich dich nicht rechtzeitig zur Seite geschubst hätte."

„Ich weiß nur noch, dass ich hingefallen bin und irgendetwas Schweres auf mir drauf lag. Dann bin ich, glaube ich, ohnmächtig geworden."

„Das Schwere war ich. Ich bin auf dir gelandet, um selbst aus der Gefahrenzone zu kommen. Tut mir leid. Ich hoffe, ich habe dir dabei nicht alle Knochen gebrochen, aber die Alternative wäre nicht wirklich prickelnd gewesen."

„Oh!“ Ich stellte mir vor, wie Cole auf mir lag und wurde puterrot.

„Nora, ich würde dich jetzt bitten, nicht weiter herumzuzicken und mir stattdessen dein Bein zu zeigen. Ich möchte es verbinden.“ Cole sah mich beschwörend an.

„Ich zicke doch gar nicht herum“, empörte ich mich, aber mein Widerstand schwand, als ich an meinem zerschundenen Körper hinabsah. Also begann ich langsam und zögerlich meine Hose aufzuknöpfen und auszuziehen.

„Dein T-Shirt am besten auch noch. Ich denke, dein Ellbogen hat auch was abbekommen.“

Ich saß nun, nur noch mit Unterwäsche bekleidet, auf dem Sofa und erkannte, dass Cole durchaus recht hatte. Meine gesamte rechte Seite war angefangen vom Schienbein bis hoch zur Schulter aufgeschrammt, blutig und voller Blutergüsse. Es war mir absolut peinlich, so leicht bekleidet herumzusitzen, und sah mich verzweifelt nach einer Decke um. Okay, immerhin hatte ich einen Sport-BH und Pants an, die sicherlich keiner Reizwäsche gleichkamen, aber ich fühlte mich trotzdem irgendwie nackt.

Cole hatte inzwischen, während ich mich aus meinen Kleidern geschält hatte, einen Verbandskasten geholt. Er sah meinen immer noch schweifenden Blick, grinste und holte für mich eine Decke aus einem Schrank.

„Du bist nicht das erste, mehr oder weniger unbekleidete Mädchen, das ich sehe.“

Und damit begann er, meine Wunden vorsichtig abzutupfen und zu desinfizieren, während ich mir sicher war, dass mein Gesicht mittlerweile eine scharlachrote Farbe angenommen hatte.

Cole ging das Verarzten sehr konzentriert und professionell an, als ob ihn das davon befreien würde, mehr zu der Situation, in der wir uns offensichtlich gemeinsam befanden, erklären zu müssen.

„Du scheinst ja wirklich als Sanitäter gearbeitet zu haben. Wie kommt man als Sohn eines Firmenchefs und Millionärs denn da dazu?“

„Bin ich nicht“, grummelte er kurz angebunden.

„Was? Du bist doch kein Sanitäter?“ Fast wäre ich aufgesprungen, um mich in Sicherheit zu bringen. Doch Cole hielt mich mit eisernem Griff fest.

„Das schon, aber kein Millionärssohn.“

„Wie bitte?“

„Du hast schon richtig gehört. Ich bin nicht der Sohn vom FlexDrive-Chef, und ich heiße auch nicht Cole Chatwick.“

„Äh …“ Ich war sprachlos.

„Matt, Matt Rutherford.“

„Wie meinst du das?“ Ich war jetzt total verwirrt.

„Also“, begann er und sah mich an. Es war ersichtlich, dass er aufgegeben hatte, mir diese doch nicht ganz unwichtigen Fakten weiterhin zu unterschlagen.

„Leon Chatwick, also besagter Londoner Chef des Hauptsitzes von FlexDrive, hat mich engagiert, um den Unregelmäßigkeiten, wie er es nannte, im Münchner Bereich des Unternehmens nachzugehen. Mit diesen Unregelmäßigkeiten bezog er sich, wie du dir sicher denken kannst, auf die ersten vier Unfälle.“

Mir stand der Mund offen. „Der alte Chatwick ist ziemlich clever. Er vermutet, dass die Polizei in die Sache verwickelt ist und wollte zunächst eine möglichst unauffällige Untersuchung der Sachlage.“

„Und da kommst du ins Spiel?“, fragte ich gespannt.

„Genau. Ich habe einen Master in Informatik, arbeite seit einem Jahr in einer Londoner Detektei und bin dort auf digitales Verbrechen spezialisiert. Chatwick kam auf meinen Boss zu, und aufgrund meines Aussehens wurde ich für den Job ausgewählt. Beide waren der Meinung, ich würde Chatwicks Sohn ähnlich genug sehen. Und während nun unser Sonnyboy auf der Jacht seines Vaters irgendwo im Mittelmeer herumschippert, sollte ich unter seinem Namen hier meine Fühler ausstrecken.“

„Also den aufgeblasenen Millionärssohn hast du geradezu

perfekt gespielt. Du bist allen im Büro ziemlich auf die Nerven gegangen." Ich musste fast lachen.

Matt, alias Cole, sah mich feixend an.

„Das war ja auch der Plan." Er zuckte mit den Schultern.

„Allerdings hatte ich nicht mit einer Praktikantin gerechnet, die mir ins Handwerk pfuscht und heimlich streng vertrauliche Passwörter entschlüsselt." Er warf mir einen strafenden Blick zu und fuhr mit seinem Wundreinigungstuch über eine besonders malträtierte Stelle an meinem rechten Oberarm. Ich sog zischend die Luft ein und biss mir auf die Lippen, um den Schmerz zu verlagern.

„Entschuldigung!"

„Passt schon. Quäl mich ruhig weiter", presste ich durch meine zusammengebissenen Zähne hervor. „Ich hab's verdient."

„Auf der anderen Seite hast du mir auch ziemlich geholfen, muss ich zugeben. Dadurch, dass ich mir jede Nacht um die Ohren geschlagen hatte, um unbemerkt eine Spur zu finden, war ich wirklich nicht mehr in der Lage, alle Algorithmen zu durchsuchen. Deine Doku von Zeta war echt gut, und als du auf das geschützte Unterprogramm gestoßen bist, war mir klar, dass da was dahinterstecken muss."

„Aber das heißt doch auch, dass jemand bei AutoDat an den Morden beteiligt ist. Oder?"

„Sehr wahrscheinlich. Genau das versuche ich herauszubekommen. Und natürlich auch, was die Motivation der Beteiligten ist."

„Was ist mit dem Passwort? Klaus. Ist das nicht ein Indiz, dass Klaus Käfer in der Sache drinsteckt?", platzte es aus mir heraus.

„Kann gut sein, muss aber nicht. Es erschien mir fast zu einfach, das Passwort zu knacken." Er runzelte die Stirn.

„Leider hast du es beim Entschlüsseln des Passworts geschafft, eine Spur im System zu hinterlassen. Ich habe es durch Zufall mitbekommen, als ich mir selbst endlich den Zugang zu der Routine erkämpft hatte. Es gibt ein Log, das den Access speichert. Da war dein Username gelistet."

„Mist. O Mann, bin ich blöd." Ich schlug mir mit der Hand an die Stirn.

„Als du dich geweigert hast, mit mir gestern Abend wegzugehen, was ich durchaus verstehen kann, denn ich habe mich ja, wenn auch absichtlich, nicht gerade sehr nett verhalten, bin ich dir und Luca gefolgt."

Meine Augen wurden groß. Dann hatte ich mich also nicht getäuscht, Cole, oder besser Matt, vor dem Restaurant gesehen zu haben.

„Irgendwie kommt mir auch Luca verdächtig vor, aber alles sah so weit gut aus, und ich wollte nicht zwingend in Erscheinung treten. – Außerdem habt ihr euch ja blendend amüsiert", fügte er etwas süffisant hinzu, woraufhin mir schon wieder das Blut ins Gesicht stieg.

„Heute früh habe ich dich dann an der Haltestelle abgepasst und bin dir heimlich gefolgt, was offenbar eine gute Idee gewesen war."

Gerade hatte er die letzte meiner Schürfwunden mit einem Sprühpflaster versehen, und erhob sich.

„Du kannst dich wieder anziehen. Ist vielleicht besser, bevor Nelly kommt."

Ich zuckte zusammen. Also gab es sie doch, diese Nelly. Und während ich sie mir vor meinem geistigen Auge vorstellte, hörte ich auch schon das Türschloss. Mit affenartiger Geschwindigkeit hüpfte ich in meine Hose, verhedderte mich allerdings fürchterlich, da ich gleichzeitig versuchte, die verletzten Stellen nicht zu berühren. Das Resultat meiner Aktivität war, dass ich unsanft und ziemlich undamenhaft auf dem Boden neben der Couch landete. Noch dazu in einem Knäuel aus halb angezogenen Klamotten. So hatte ich mir ein erstes Zusammentreffen mit Matts Freundin Nelly nicht vorgestellt. Ich musste ja aussehen wie der letzte Trottel. Na ja, eifersüchtig würde ich sie so bestimmt nicht auf mich machen, das war eher ausgeschlossen.

Der Couchtisch versperrte mir den Blick zur Wohnzimmertür, von der ich ein herzhaftes Lachen hörte. Es war allerdings nicht das Lachen einer Frau. Oje. Waren noch mehr Leute gekommen, vor deren Augen ich mich gerade eben total lächerlich machte? Mühsam schaffte ich es, mich hochzukämpfen und blickte in das lachende Gesicht eines jungen Mannes, etwa im Alter von Matt. Er war indischer Herkunft und lässig gekleidet.

Als er sah, wie ich verzweifelt versuchte aufzustehen, ließ er seinen Rucksack fallen und wollte mir zu Hilfe eilen. Aber Matt war schneller, zog mich hoch und warf mir netterweise die Decke um die Schultern.

Dann zeigte er auf den Mann.

„Darf ich vorstellen? Das ist mein Freund Nel Srinivasa, auch Nelly genannt. Der Spitzname stammt noch aus unserer gemeinsamen Studienzeit und hat einen lustigen Hintergrund, den wir dir bei Gelegenheit erzählen können."

Ich staunte nicht schlecht.

„Also diese Freundin, Nelly, die gibt's gar nicht?"

„Wenn du bei Freundin das in weglässt, dann schon." Nel und Matt grinsten sich gegenseitig an.

„Nel und ich haben uns während unseres Studiums in London eine Wohnung geteilt und sind seit Jahren eng befreundet. Er promoviert jetzt hier in München an der LMU, und als ich den Auftrag bekommen habe, wusste ich, dass ich auch einen sicheren Rückzugsort brauchen könnte. Voilà! Offiziell wohne ich natürlich in einer Luxussuite, die Leon Chatwick bezahlt. Die ist deutlich standesgemäßer für einen Cole Chatwick als Nels Wohnung. Aber lange nicht so gemütlich."

„Echt geile Bude", bestätigte Nel.

„Nelly, tut mir leid, dass wir dich so plötzlich überfallen, aber mein Fall hat sich ein bisschen verkompliziert, und Nora hier ist ins Kreuzfeuer geraten. Ich konnte heute früh gerade eben so verhindern, dass sie von einem FlexDrive-Fahrzeug umgebracht wurde. Irgendjemand bei AutoDat will sie mundtot machen beziehungsweise endgültig zum Schweigen bringen."

„Oh!“ Nel sah entsetzt aus. „Das erklärt, warum du aussiehst, als hättest du mit einem Tiger gekämpft. Sagt mir, wie auch immer ich euch helfen kann.“ Er wirkte äußerst besorgt.

„Ich mach euch jetzt auf jeden Fall erst mal einen Chai. Oder wollt ihr lieber einen Kaffee?“

„Kaffee!“, riefen Matt und ich wie aus einem Mund.

Kurze Zeit später saßen wir zu dritt um den kleinen Esstisch herum. Vor Nel stand eine dampfende Tasse mit indischem Chai, der vor allem nach Kardamom roch, vor Matt und mir jeweils ein Cappuccino mit perfekt aufgeschäumter Milch. Mir saß zwar immer noch der Schreck in den Gliedern, aber ich fühlte mich mit dem Kaffee in der Hand schon fast runderneuert.

Matt hatte vorher noch Cindy angerufen und ihr erklärt, dass ich einen Unfall gehabt hätte und daher heute nicht ins Büro kommen könne, sie sich aber keine Sorgen machen müsse. Danach schilderte er Nel grob, was passiert war, und ich hörte gespannt zu, da mir noch das eine oder andere Detail fehlte. Die Sache war wesentlich größer, als ich mir jemals hätte träumen lassen. Scheinbar waren Matt und Nel wirklich sehr gut befreundet, denn Matt hätte sonst niemals all die sensiblen Informationen mit ihm geteilt.

„Also Nel, du siehst, dass Nora am allerbesten heute Nacht bei uns bleibt. Da wir nicht wissen, wer hinter alledem steckt, möchte ich sie nicht aus den Augen lassen.“

„Ja klar. Gar kein Thema. Ich helfe gerne. Natürlich bleibst du hier, Nora.“

Ich fand es schön, dass sie beide so besorgt um mich waren, aber ich hatte es nicht so gerne, dass jemand einfach über meinen Kopf hinweg entschied. Schließlich war ich ja auch noch da.

„Hallo Jungs, werde ich eigentlich auch gefragt? Ich kann nicht einfach hierbleiben, ich muss irgendwann nach Hause. Was meint ihr, was meine Eltern sich für Sorgen machen, wenn ich nach der Arbeit nicht heimkomme?“

Beide drehten sich zu mir um und sahen mich völlig erstaunt an, als hätte ich etwas total Abwegiges von mir gegeben.

Matt ließ jedoch nicht locker: „Wir müssen uns eine gute Story einfallen lassen, die sie dir glauben und die nicht auffällig ist. Hast du nicht eine gute Freundin in der Stadt, bei der du theoretisch übernachten könntest?"

„Nein, eigentlich nicht. Das würde mir meine Mutter nicht abnehmen."

„Wie wäre es, wenn ihr heute Abend ein spontanes Essen unter Kollegen veranstaltet, und du bei einer Kollegin übernachtest", schlug Nel vor.

„Ja, bei Cindy könntest du doch bleiben, ich meine vorgeben zu bleiben", warf Matt ein. Die beiden Herren wurden richtig kreativ.

„Wäre einen Versuch wert", räumte ich ein. Ich schnappte mir mein Telefon, um die Idee in die Tat umzusetzen.

Meine Mutter war zuerst etwas verwundert über das angeblich so spontane Treffen unter Kollegen, aber ich erwischte sie auf dem richtigen Fuß. Wahrscheinlich hatte die Achtziger-Oma heute bisher noch nichts angestellt. Fast hatte ich meine Mutter überzeugt, allerdings wollte sie noch kurz mit Cindy telefonieren. Mist! Panisch sah ich die beiden Jungs an. Da ich mein Telefon auf laut gestellt hatte, wussten sie genau Bescheid, was der Stand der Dinge war. Ratlose Blicke wechselten zwischen den beiden hin und her, wie ein Tennisball bei einem Match. Plötzlich riss mir Nel mein Phone aus der Hand. Ich starrte ihn verblüfft an.

„Hallo Frau äh …"

„Achtziger", flüsterte ich schnell.

„Hallo Frau Achtziger, Cindy hier, …" Nel sprach mit einer so hohen, fast quietschenden Stimme, dass man ihm die Cindy wirklich abnahm.

„Wallner", flüsterte jetzt Matt geistesgegenwärtig.

„Ja, Cindy Wallner, ich bin die Chefsekretärin hier in der Qualitätsabteilung."

Ich musste kurz kichern, denn es klang einfach zu witzig. Beherrschte mich aber gleich wieder.

„Ich hatte Nora den Vorschlag gemacht, heute bei mir zu übernachten, natürlich nur, wenn es Ihnen recht ist, Frau Achtziger."

Meine Mutter fragte sofort nach, ob das nicht zu viele Umstände machen würde und wirklich in Ordnung sei. Es war mir schon fast peinlich; sie führte sich auf, als wäre ich ein kleines Kind. Nel aber spielte seine Rolle perfekt weiter.

„Aber natürlich passe ich auf Ihre Tochter auf. Sie ist bei mir in besten Händen. Und es ist ja auch viel sicherer, wenn wir abends gemeinsam unterwegs sind und sie nicht mehr alleine mit dem Zug nach Hause fahren muss."

Matt liefen in der Zwischenzeit vor Lachen die Tränen aus den Augen, während Nel munter weiter mit meiner Mutter plauschte. Endlich rückte er das Telefon wieder heraus, und ich konnte mich von ihr verabschieden.

„Ciao Mom. Ja, bis morgen dann." Und legte auf.

„Puh!", seufzte ich. „Nel, du warst echt klasse."

Matt lachte immer noch leise vor sich hin: „Hatte ich erwähnt, dass er in Theaterwissenschaft promoviert? Hätte nie gedacht, dass das mal so nützlich sein könnte."

„Immer zu Diensten. Bei euren Programmierthemen kann ich euch leider nicht so sehr helfen." Nel feixte.

Für den Rest des Tages hatten wir nur ein Ziel: So viel wie möglich über das Mordkomplott herauszufinden. Matt zeigte mir das zwar kleine, aber IT-technisch ziemlich gut ausgestattete Büro von Nel. Ich war beeindruckt und bewunderte die gute IT-Infrastruktur, die Matt hier in kürzester Zeit aufgebaut hatte.

„Die meisten Sachen stammen aus meiner Firma in London. Außerdem hat Leon Chatwick viel gezahlt, damit ich hier die besten Rahmenbedingungen zur Verfügung habe und arbeitsfähig bin."

Nel grinste nur und meinte: „Fühlt euch wie zu Hause. Ich brauch mein Büro momentan eh fast nie, da könnt ihr voll drüber verfügen."

Somit zogen wir uns nach einem kurzen Frühstück und der Lagebesprechung in Matts provisorische Computerzentrale zurück und begannen fieberhaft daran zu arbeiten, sowohl Zeta mit all seinen mörderischen Unterprogrammen bis ins Detail zu verstehen, als auch mehr über die Personen zu recherchieren, die entweder dem Komplott bereits zum Opfer gefallen waren oder auf der noch offenen Liste standen. Noch war es zu früh, auf die Polizei zuzugehen, da wir beide inzwischen sicher waren, dass dort ein Maulwurf saß, der mit an den Strippen zog.

Während Matt sich vorwiegend mit Zeta beschäftigte, kümmerte ich mich darum, mehr über die Mordopfer herauszubekommen. Am Nachmittag erreichte ich auch Iron Man, der sich Zeit nahm und mir dabei half, Informationen aus dem Darknet zu bekommen. Er zapfte seine Kanäle an und war, um mir zu helfen, immer noch Mitglied im Forum Roadkill. Dort waren heftige Diskussionen zwischen den Beteiligten entbrannt, ob AutoDat dabei war, Konkurrenten auszuschalten. Vor allem der Fall von Horst Regener machte die Runde, da er der Inhaber von SelfDrive war, einer Firma, die in den letzten Jahren erfolgreich an Innovationen zu autonomen Algorithmen gearbeitet hatte und somit ein direkter Konkurrent von AutoDat. Im Internet waren auch Gerüchte über eine potenzielle Übernahme von SelfDrive durch AutoDat im Umlauf. Und, dass es bereits zu Verhandlungen zwischen beiden Firmen gekommen war. Allerdings wurde immer wieder erwähnt, dass Regener gegen den Verkauf war und alles daransetzte, mit seiner mittelständischen Firma unabhängig zu bleiben. Das war doch schon einmal eine ziemlich gute Spur und möglicherweise ein Mordmotiv.

Aber wie passten die anderen Opfer ins Bild? Das war mir immer noch ein Rätsel. Fast alle waren in guten, bis sehr guten Positionen in internationalen Firmen tätig, die im Hightech-Bereich unterwegs waren. Aber wo war die Verbindung? Ging es auch da um Innovationen, die im autonomen Fahrzeugbereich so wichtig waren? Klar, die Speditionen nutzten in der Zwischenzeit auch autonom fahrende LKWs. Für lange Transitstrecken wurden nicht mehr zwei Fahrer gebraucht, und auch die bis 2030 gesetzlich festgelegten Pausen für Fernfahrer mussten nicht mehr eingehalten werden. BMW forschte natürlich auch ganz intensiv im Bereich des autonomen Fahrens. Halbleitergeschäft, Chemiebranche und IT passten schon auch irgendwie ins Bild. Dennoch war ich unzufrieden mit mir, dass ich mir den Zusammenhang nicht erschließen konnte. Was mich am meisten bewegte, war, dass Til Oberwieser als Nächster auf der Liste stand. Und er fügte sich so ganz und gar nicht ins Schema. Ihm gehörte doch die Metzgerei in unserem Ort. Und da er auch Catering für die Umgebung anbot, war das eine richtige Goldgrube. Wo war hier die Verbindung? Metzgerei und autonome Algorithmen. Bei aller Kreativität kam ich hier nicht weiter.

Matt dagegen war erstaunt, als er von meinen Kontakten zur Hacker-Community erfuhr und sichtlich beeindruckt, was ich alles in so kurzer Zeit in Erfahrung gebracht hatte. Ich fühlte mich ziemlich geschmeichelt, und musste zugeben, dass es weit weniger schlimm als erwartet war, mit ihm zusammenzuarbeiten. Fast musste ich zugeben, es sogar zu genießen, wenn der Grund, warum wir hier zusammenhingen, nicht so schauderhaft gewesen wäre. Klar, er war ziemlich selbstbewusst, aber in seinem Alter schon mit einem so kritischen Fall beauftragt zu werden, sprach für ihn. Sowohl was seine Fähigkeiten als Detektiv als auch im IT-Bereich anging. Als ich ihn zwischendrin auf unsere erste Begegnung ansprach, musste er lachen.

„Du hast ein ziemlich dummes Gesicht gemacht, als du meinen Kaffee abbekommen hast, und mir eine super Steilvorlage gegeben, den reichen Idioten zu spielen."

Und ich musste zugeben: „Deine Rolle als Cole Chatwick war ehrlich eine Meisterleistung. Jeder von uns hat dir das voll abgenommen. Da kann Nel noch was von dir lernen." Er grinste.

„Allerdings ist es mit deiner Ähnlichkeit zu Cole Chatwick doch nicht so weit her. Sogar Iron Man hat sich gewundert."

„Über was denn gewundert?" Oh, da hatte ich mich aber verplappert. Sollte ich ihm wirklich sagen, dass er mein Typ war? Das kam nicht ganz so gut, vor allem nicht, nachdem wir vorhatten, in derselben Wohnung zu übernachten.

„Nur so." Mist, wie kam ich jetzt aus dieser Sache wieder raus? „Na wegen der Tattoos auf deiner, äh, ich meine seiner Brust."

Matt sah mich erstaunt an. „Du interessierst dich also für Tattoos auf meiner Brust? Echt jetzt?"

Die Diskussion ging eindeutig in die falsche Richtung. Ich tat so, als hätte ich plötzlich etwas Neues in einer der Routinen gefunden und vertiefte mich krampfhaft in das Programm.

Wir recherchierten bis spät in die Nacht hinein. Irgendwann fielen mir die Augen vor dem Computer zu, und ich musste kurz eingenickt sein. Wach wurde ich dadurch, dass mich jemand aufhob und auf das schon als Bett hergerichtete Sofa im Wohnzimmer legte: Matt.

„Oh. Tut mir leid. Ich bin wohl eingeschlafen. Geht gleich wieder."

„Es ist zwei Uhr früh. Alles gut. Es ist wichtig, dass du ein bisschen Schlaf bekommst. Ich mach noch ein wenig weiter, ich glaube, ich bin da an was dran."

Ich widersprach nicht, denn ich war hundemüde.

„Ich habe hier auch noch ein T-Shirt von mir, falls du dir zum Schlafen was anderes anziehen möchtest. Und Nel hat für dich eine Zahnbürste und ein Handtuch ins Bad gelegt. Ich hoffe, das reicht erst mal, um die Nacht mit uns zu überstehen."

Er war ja richtig süß. Unglaublich! Fast zum Verlieben.

Ich nickte apathisch, stand auf und trottete langsam ins Bad. Dort zog ich mich um und dachte noch, dass meine Klamotten ja ziemlich unter meinem Sturz heute gelitten hatten. Die konnte ich eigentlich morgen nicht ins Büro anziehen. Aber das war eine Aufgabe, die zu lösen ich jetzt im Moment nicht mehr imstande war. Ich hängte alles sorgsam über die Badewanne und war eben im Begriff, das Bad zu verlassen, als ich mit Matt zusammenstieß, der offensichtlich gerade hereinwollte.

Oops! Ich trug natürlich nur Unterwäsche und sein T-Shirt, also nicht besonders viel, und ich bemerkte seinen durchdringenden Blick, der mich von unten bis oben abscannte. Wir standen für ein paar Sekunden ziemlich nahe beisammen.

Dann sprang er fast zur Seite und machte mir Platz.

„Gute Nacht, Nora, schlaf gut, zumindest die paar Stunden, die von der Nacht noch übrig sind."

„Wünsch ich dir auch, Matt."

Ich schleppte mich aufs Sofa und fiel sofort in einen komaartigen Schlaf.

10

Am nächsten Morgen weckte mich Geschirrgeklapper.

Ich wickelte mir die Decke um die Schultern und tappte in die Küche. Dort saßen bereits Matt und Nel und unterhielten sich angeregt. Matt hatte allerdings deutlich sichtbare dunkle Ringe unter den Augen. Dieses Arbeitspensum zog er wohl schon länger so durch. Und wir hatten im Büro alle angenommen, er würde die Nächte durchfeiern. So konnte man sich täuschen. Außerdem sah ich sicherlich auch nicht wie eine Prinzessin nach ihrem Schönheitsschlaf aus. Zum Glück hatte ich noch nicht in den Spiegel geschaut. Matt grinste mich an. Oje, war's so schlimm?

„Ich mach dir gleich einen Kaffee. Du siehst aus, als könntest du einen brauchen.“ Ja, es war so schlimm.

„Guten Morgen! Ich hoffe, du hast einigermaßen gut geschlafen. Die Couch ist ein bisschen durchgelegen. War gebraucht, dafür günstig.“ Nel war mit Sicherheit derjenige von uns dreien, der am meisten Schlaf abbekommen hatte.

„Morgen. Danke. Hat alles wunderbar gepasst“, war alles, was ich gerade aus mir herausquetschen konnte. Ich wollte mich eben auf den Weg ins Bad machen, als Matt noch meinte: „Nora, ich habe dir frische Klamotten organisiert. Ich hoffe, sie passen dir. Sind secondhand, aber frisch gewaschen. Ich habe sie dir ins Bad gelegt.“

„Oh. Danke“, entfuhr es mir. „Wo hast du die denn so früh schon her?“

„An Frauenbekanntschaften hat es Matt noch nie gemangelt.“ Nel schlug seinem Freund kameradschaftlich auf die Schulter, und ich verließ fluchtartig die Küche.

Ich wusch mich nur, statt zu duschen, um die ganzen Pflaster, die meine rechte Körperseite bedeckten, nicht gleich wechseln zu müssen, und sah die Kleidung an, die Matt mir hingelegt hatte. Und wurde rot. Er hatte mir sogar Unterwäsche besorgt. Das war ja schon ein bisschen peinlich. Überraschenderweise passte alles hervorragend. Woher um alles in der Welt wusste er denn meine Größe? Und die Sachen sahen noch dazu richtig gut aus. Von wem auch immer er die Klamotten hatte, diejenige hatte Stil. Eine legere weit geschnittene schwarze Sommerhose, ein weißes Top und eine lässige leichte Blusenjacke zum Drüberziehen. Ich drehte mich kurz vor dem Spiegel und war zufrieden. Dann aber holte mich sofort mein schlechtes Gewissen ein. Menschen waren bereits ermordet worden, weitere sollten sterben, und ich machte mir Gedanken um mein Aussehen. Nein! Wir hatten wahrlich Wichtigeres zu tun.

Beim Frühstück, das aus Kaffee, Müsli und Obst bestand, legten wir uns dann einen Plan zurecht.

Erstens, und das hatte absolute Priorität: Wir mussten sicherstellen, dass es zu keinem weiteren Mord kommen würde, was ganz konkret bedeutete, Tilman Oberwieser zu retten. Daher hieß es, jemanden bei AutoDat zu finden, der Zeta entweder komplett außer Kraft setzen konnte, oder noch besser, die Unterroutine so subtil manipulierte, dass der Mord verhindert werden konnte, aber gleichzeitig die Verantwortlichen nichts davon bemerkten. Ich dachte da gleich an Eric, dem ich als Einzigem im Team zutraute, das zu programmieren. Selbst für Matt, und auch für mich, war das zu komplex. Außerdem gehörte Eric, gemeinsam mit Cindy, zu denjenigen, die ich mit ziemlicher Sicherheit als Beteiligte an dem Mordkomplott ausschloss. Eric war so herzensgut, dass ich ihm niemals zutrauen würde, an der Tötung eines Menschen beteiligt zu sein. Matt war hingegen skeptisch und zögerte noch.

Zweitens wollten wir herausfinden, wer Zugang zu Zeta hatte, damit wir den Kreis der Verdächtigen bei AutoDat enger ziehen konnten.

Das ging leider nur, indem wir direkten Zugang zum AutoDat-Computersystem hatten, also vom Büro aus. Auch hier erhoffte ich mir Hilfe von Eric, aber ich musste erst mal Matt umstimmen, um Eric mit ins Boot zu holen.

Drittens galt es noch zu eruieren, wie die Routinen Zugriff auf die Navigationsdaten der Opfer erhalten hatten. Um diese perfiden Morde umzusetzen, mussten sie zu jedem Zeitpunkt lokalisiert werden können, vielleicht über das AD, aber das war eigentlich nur über ein speziell gesichertes Netz der Polizei machbar. Wie bekam die Routine Zugang zu diesen gut geschützten Daten?

Und wir mussten die natürlich größte Frage beantworten: Was war das Motiv hinter den Morden?

Alles in allem also kein Klacks.

Danach fuhr ich mit Matt zusammen zum Büro. Das hieß eigentlich eine Straße entfernt davon, wo Matt mich aus dem Auto ließ. Wir hatten geplant, unabhängig voneinander bei AutoDat einzutreffen, um keine Aufmerksamkeit zu erwecken. Ich wusste aber, dass Matt mich beobachteten würde, während ich den Weg zum AutoDat-Gebäude einschlug. Er hatte beim Frühstück noch Stein und Bein geschworen, mich keine Sekunde aus den Augen zu lassen. Und das beruhigte mich schon, da mir im Moment nicht wirklich wohl in meiner Haut war. Ich hatte das Gefühl, als ob ich auf dem Weg in die Höhle des Löwen sei.

Im Büro angekommen steuerte ich auf Cindys Cube zu, um mich wieder zurückzumelden.

„Oh. Nora. Hey. Gut dich zu sehen." Sie strahlte. „Ich hoffe dir geht's wieder gut. Cole hat von einem Unfall gesprochen."

„Alles wieder in Ordnung. Ich war gestern früh auf dem Weg hierher so geistesabwesend, dass ich tatsächlich mit einem Fahrradfahrer zusammengestoßen bin. Stell dir vor! Und ganz zufällig fuhr Cole gerade vorbei. Er hat mich freundlicherweise aufgesammelt und zum Arzt gebracht. Hätte ich gar nicht von ihm erwartet."

„Das stimmt. Aber ist nett von ihm gewesen, auch, dass er dich gleich krankgemeldet hat. Oh, und kannst du mir bitte deine attestierte Krankmeldung geben, damit ich sie an die Personalabteilung weitergeben kann?"

Oh. Mist! Ich hatte natürlich kein Attest vom Arzt, da ich ja nie bei einem Arzt war. Also versuchte ich mich da irgendwie herauszulavieren.

„Da hast du recht. Gar nicht so seine Art. Das Attest habe ich zu Hause vergessen, bring ich dir morgen mit. Ist Eric schon da?" Und schon hatte ich ihre Aufmerksamkeit auf ein anderes Thema gelenkt.

„Ich habe ihn heute noch nicht gesehen, aber er kommt sicher bald. Wie sieht es nachher bei dir mit Mittagessen aus?"

„Oh. Ich weiß noch nicht genau. Cole meinte, dass ich ihn bei einer Programmanalyse unterstützen könnte. Und nachdem er mir ja gestern geholfen hat, du weißt schon. So nett das gestern war, aber ich bin nicht gerne in seiner Schuld. Wenn ich rechtzeitig fertig bin, dann gerne. Aber auf jeden Fall können wir uns am Nachmittag auf einen Kaffee treffen."

Ich schlenderte zu meinem Arbeitsplatz hinüber und sah, dass Matt inzwischen auch da war. Das beruhigte mich ungemein, und ich steckte meinen Kopf in sein Cube.

„Soll ich dir auch einen Kaffee holen?"

„Das wäre super." Es war regelrecht ungewohnt, diese nette und kollegiale Seite von Cole, alias Matt, hier in der Büroumgebung zu erfahren. Ich wollte mich eben umdrehen, um die Küche anzusteuern, als er nachsetzte. „Und du bist dir ganz sicher, dass wir wirklich mit Eric sprechen sollen?"

„Wir hatten das doch schon diskutiert. Wir brauchen jemanden, der die Routine für Tilman Oberwieser umprogrammiert, sonst stirbt er heute Abend. Ich kann das nicht, und du warst dir auch unsicher. Also? Wen wollen wir denn sonst fragen? Es muss jemand sein, der selbst schon autonome Algorithmen entwickelt hat, und der Einzige, den ich kenne, der damit Erfahrung hat, ist Eric. Oder wüsstest du jemanden aus der DA, dem du vertrauen könntest?"

Matt schüttelte resigniert den Kopf.

„Leider nein. Aber rede erst mal du alleine mit ihm. Du kannst mich ja dann später dazuholen. Wenn ich gleich dabei bin, befürchte ich, dass er denkt, das sei alles auf meinem Mist gewachsen."

„Geht klar."

„Und Nora. Bitte bleib immer hier im Büro, und wenn ihr in einen Besprechungsraum geht, dann nimm den am Ende des Ganges. Da kann ich von hier durch die Glastür schauen."

„Hey, du entwickelst dich ja zum Stalker. Was sagt denn deine Freundin dazu?" Oops, das war mir einfach so rausgerutscht. Scheinbar war ich in meinem Unterbewusstsein doch ein bisschen neugierig, ob es eine Frau in seinem Leben gab, oder vielleicht sogar mehrere, wie Nel hatte anklingen lassen. Matt zuckte nur lächelnd mit den Schultern, was für mich leider nicht wirklich aufschlussreich war.

Nachdem ich uns den Kaffee geholt hatte, hörte ich die tiefe dröhnende Stimme von Eric. Na dann. Auf in den Kampf! Ich riss mich zusammen und machte mich auf den Weg, ihn in unseren Plan einzuweihen. Mir war durchaus bewusst, wie kritisch es war, Eric überzeugt zu bekommen. Daher war ich auch ein bisschen nervös, denn es kam jetzt allein auf meine Überredungskunst an.

Eric hatte gerade erst seinen Rucksack in sein Cubicle geworfen und war dabei, seine Jacke über den Stuhl zu hängen.

„Hey, Eric, guten Morgen!" Ich versuchte meiner Stimme einen ungezwungen fröhlichen Klang zu verleihen, was mir auch so halbwegs gelang.

„Morgen, Nora. Ich habe gehört, du hattest gestern einen Unfall. Geht's dir gut? Ich hab mir schon richtig Sorgen gemacht." Eric inspizierte mich kritisch von oben bis unten, um sich zu überzeugen, dass auch wirklich alles mit mir in Ordnung war. Er sah ehrlich besorgt aus, was ich irgendwie so richtig süß von ihm fand.

„Keine Angst. Alles okay. Außer ein paar blauen Flecken habe ich nichts weiter abbekommen. Aber ganz lieb von dir, dass du nachfragst.“

„Ist doch klar“, grummelte er. „Jetzt habe ich so eine nette neue Kollegin, die will ich nicht gleich wieder verlieren.“ Er grinste mich schief an, und ich war echt gerührt.

„Du Eric, ich bräuchte bei einem Programm deine Hilfe. Bei einer Stelle bin ich hängen geblieben. Hättest du vielleicht kurz Zeit?“

„Natürlich, für dich doch immer.“ Er strahlte, und man sah ihm an, dass er es genoss, wenn er anderen helfen konnte.

„Wollen wir uns in fünf Minuten in dem kleinen Besprechungsraum auf dem Weg zur Küche treffen? Ich bring dir auch einen Kaffee mit.“

„Geht klar, ich bin schon unterwegs.“

Keine fünf Minuten später saßen wir beide in dem Raum, in dem uns keiner belauschen konnte, und Eric sah mich neugierig an.

„Schieß los.“

Ich hatte meinen eigenen Laptop dabei und öffnete Zeta. Erics Gesicht war ein einziges großes Fragezeichen. Er hatte sicherlich erwartet, dass ich ihm ein Programm auf dem großen Bildschirm im Besprechungsraum zeigen würde.

„Eric, ich habe etwas entdeckt, was direkt mit den Unfällen zu tun hat“, fing ich an. Mein Einstieg war schon einmal okay, fand ich. Eric sah verwundert aus und begann die Stirn zu runzeln. Daher fuhr ich so schnell wie möglich fort: „Und nach dem, was ich herausgefunden habe, sind es auch keine Unfälle, sondern Morde, und irgendjemand bei AutoDat ist beteiligt.“ Jetzt nahmen die Falten auf Erics Stirn schon eine beängstigende Tiefe an.

„Und Cole ist nicht Cole, sondern heißt eigentlich Matt Rutherford. Er ist ein Ermittler aus London.“ Kaum hatten die Worte meinen Mund verlassen, erkannte ich auch schon, dass das nun für ihn zu weit ging.

„Nora, nicht dass ich dir zu nahetreten möchte, aber bist du gestern bei deinem Unfall auf den Kopf gefallen?" Er sah mich jetzt etwas schräg an. Okay, mit meinem Gefasel kam ich nicht weiter, also drückte ich ihm kurzerhand den Laptop in die Hände.

„Bitte schau dir das Programm kurz an, und sag mir, was du davon hältst. Vielleicht glaubst du mir dann." Eric murmelte irgendetwas in seinen Bart, begann aber zu meiner großen Erleichterung mit dem Lesen. Stück für Stück konnte ich nun beobachten, wie die Farbe aus seinem Gesicht verschwand und es langsam einen ungesunden weiß-grünlichen Teint annahm.

Als er fertig war, blickte er entsetzt auf und fing an zu stottern: „Aaa…, abb…, aber, dd…, das kk…, kann doch nicht sein!" Ungläubig starrte er auf den Bildschirm.

„Da…, das ist eins von unseren Programmen. AutoDat steckt da mit drin?!" Ich war mir nicht sicher, ob das jetzt eher eine Frage oder eine Feststellung war. Und Verzweiflung lag in seiner Stimme, als wäre soeben eine Welt für ihn zusammengebrochen.

„Tut mir leid, Eric. Ich konnte es auch erst nicht glauben. Ist es für dich okay, wenn Cole, äh, ich meine Matt, dazukommt? Er kann das alles besser erklären als ich."

Als Eric stumm nickte, hob ich meine Hand und winkte zu Matt hinüber. Ich wusste ja, dass er uns beide durch die Glastür des Besprechungsraums beobachtete. Nur Sekunden später öffnete sich die Tür, und Matt trat zu uns herein.

Eric saß immer noch neben mir, als wäre er vom Blitz getroffen worden. Matt nahm sich einen Stuhl und setzte sich, ohne ein Wort zu sagen, neben uns. So harrten wir eine Weile der Dinge, um Eric Zeit zu geben, das eben Erfahrene zumindest teilweise zu verdauen. Irgendwann kam dann doch wieder Leben in ihn. Er richtete sich auf und sah uns an.

„Das ist ja schrecklich. Wart ihr schon bei der Polizei?"

Matt ergriff das Wort: „Nein, geht leider nicht. Wir haben den Verdacht, dass jemand ziemlich weit oben bei der Polizei involviert ist."

„Und auch bei AutoDat muss es Komplizen geben“, warf ich schnell ein.

Eric blinzelte gequält. „Was …“. Er stotterte fast schon wieder. „Was können wir denn dann tun?“ Hilfesuchend schweifte sein Blick von mir zu Matt und wieder zurück. „Ihr habt doch sicher schon einen Plan, oder?“

„Na ja, ob man das jetzt einen Plan nennen kann, weiß ich nicht so genau, aber was ganz oben auf unserer Liste steht, ist zumindest, den nächsten Mord zu verhindern. Und da kommst du ins Spiel. Matt und ich trauen uns beide nicht zu, den Algorithmus umzuprogrammieren. Wenn das einer kann, dann du.“

Matt nickte zustimmend, während Eric uns ansah, als wollten wir mit ihm gemeinsam den Mount Everest besteigen. Ohne Sauerstoffmaske, versteht sich.

„Aber der Unfall soll doch schon …“

„Ja genau, heute Abend stattfinden. Bitte, Eric.“

„Wir müssen aber doch zuerst mit Jeff Krüger sprechen.“

„Wissen wir denn, ob er nicht auch involviert ist? Das ist sogar sehr wahrscheinlich.“

„Und Käfer?“

Ich erzählte Eric, wie ich das Passwort geknackt hatte und schließlich bei Klaus gelandet war.

„Das glaub ich alles nicht.“ Erich schlug die Hände vors Gesicht und war richtig erschüttert.

Ich hatte den Eindruck, dass Matt jetzt auch überzeugt war, dass Eric nichts mit den Morden zu tun hatte, denn so gut konnte niemand schauspielern. Na ja, vielleicht Nel, aber sicher nicht Eric.

„Eric, gib uns noch den heutigen Tag, und lass uns gemeinsam das Programm untersuchen. Wir müssen herausbekommen, wer die Verantwortlichen bei AutoDat sind, und uns fehlt noch ein eindeutiges Motiv. Wenn wir bis heute Abend nicht weitergekommen sind, dann können wir immer noch die Polizei einschalten.“ Matt hatte damit nicht unrecht, und solange wir im Büro zusammenblieben, konnte uns auch nicht wirklich etwas passieren.

Eric überlegte kurz und nickte dann stumm.

„Wir sollten uns allerdings möglichst nicht länger zu dritt im Besprechungsraum aufhalten, das könnte auffallen. Da Nora mit uns beiden zusammenarbeitet, ist sie der Kommunikationskanal zwischen dir, Eric, und mir.“ Ich musste sagen, Matt ging das schon professionell an, und ich war einfach nur froh, dass ich nicht mehr auf mich alleine gestellt war.

„Gebt mir den Algorithmus, den ich umschreiben soll“, stieß Eric hervor. „Ich schau mir das jetzt erst mal genauer an.“

Matt gab Eric Zugriff auf einen sicheren Account, den er für uns eingerichtet hatte und schickte ihm den Link zum Programm, das sich im Offline-Modus auf dem Account befand. Dadurch riskierten wir nicht, durch Zugangsüberprüfungen dabei erwischt zu werden, wie wir an den Algorithmen herumspielten.

„Habt ihr schon herausgefunden, wie die Opfer identifiziert und lokalisiert werden? Ich gehe mal davon aus über ihre ADs, oder?“ Das war eigentlich keine richtige Frage von Eric, sondern eher ein Statement, mit dem er uns zeigen wollte, dass er dabei war.

Während Matt schwer beschäftigt: „Wir gehen davon aus“, nuschelte, durchzuckte es mich wie bei einem Stromschlag. Warum war mir das nicht schon gestern aufgefallen? Da stimmte etwas nicht. Tilman Oberwieser hatte doch schon seit einiger Zeit kein AD mehr. Konnte es sein, dass die Mörder das übersehen hatten?

„Wartet, Eric, Matt, mir ist eben was ganz Wichtiges eingefallen.“ Mein Einwand kam so plötzlich, dass mich die beiden Jungs ganz überrascht anstarrten.

„Til Oberwieser hat kein AD, da bin ich mir ganz sicher. Ich war neulich bei ihm, wegen meiner Oma. Na ja, das ist jetzt eine ganz andere Geschichte.“ Ich merkte, dass ich nervös vor mich hinplapperte, während mir Eric und Matt an den Lippen hingen.

„Also, was ich sagen wollte. Auf jeden Fall hat Tils Frau da gesagt, dass er schon seit einem Vierteljahr kein AD mehr hat. Wenn ich mich recht erinnere, macht er bei NoElectronics mit.“ Ungläubige Blicke trafen mich.

„Na, er ist doch Metzger. So abwegig ist das jetzt auch nicht, dass ihr mich ansehen müsst, als könnte ich nicht bis drei zählen.“

Als Erstes kam Leben in Matt: „Das könnte eine gute Spur sein. Super Nora! Während Eric den Algorithmus für Tilman Oberwieser umschreibt, schaust du dir noch mal das Programm hinsichtlich der Tracking-Routine an. Vielleicht bekommen wir darüber etwas heraus. Auch über die Mordmotive. Ich werde mir die Zugangsrechte für Zeta vornehmen. Am besten vom Rechenzentrum aus.“

Eric und ich nickten zustimmend.

„Sobald ihr was habt, setzt ihr beiden euch kurz zusammen, und im Anschluss treffe ich mich dann mit Nora wieder hier im Raum. Ich hoffe sehr, dass wir unsere Nachforschungen dadurch für die Verbrecher quasi unsichtbar durchführen können und nicht auffallen“, fügte Matt noch hinzu.

Wir verließen den Besprechungsraum in drei Richtungen: Eric, um zu seinem Cubicle zu gehen und sich gleich an die Arbeit zu machen. Matt wollte sich im Rechenzentrum von AutoDat einen direkten Zugang zu dem Server mit den ganzen Zugangsrechten beschaffen, und ich holte für Eric und mich erst mal einen Kaffee. Die letzten Tage hatten doch ziemlich an mir gezehrt.

Vor der Kaffeemaschine traf ich auf Luca. Unser Italiener schien sich die braune Flüssigkeit schon fast intravenös einzuflößen.

Er lächelte mich strahlend an: „Nora, schön dass du wieder da bist.“ Dann fügte er mit einem prüfenden Blick hinzu: „Ich hoffe sehr, dir geht es gut. So langsam werden die Zwischenfälle mit den autonomen Autos wirklich bedenklich.“

Ich zuckte zusammen. Woher um alles in der Welt wusste er das mit meinem Beinahe-Zusammenstoß? Sein Blick durchbohrte mich fast, und mein Zögern musste ihm aufgefallen sein. Also tat ich das

Einzige, was mir in diesem Augenblick einfiel, nämlich auf meiner offiziellen Story zu beharren.

„Autonomes Auto?", stellte ich mich dumm. „Ich bin mit einem Fahrradfahrer zusammengestoßen. War mit meinen Gedanken gestern früh ganz woanders. Echt ungeschickt von mir."

„Ah!" Ich konnte an seinem Gesicht ablesen, dass er mir diese Geschichte nicht abnahm. „Dann muss ich da wohl was verwechselt haben. Aber ich bin froh, dass nichts Schlimmes passiert ist, bella!"

Er packte mich an den Schultern und drückte mir links und dann rechts einen Kuss auf die Wangen. Mein Organismus reagierte natürlich nicht rational, und ein angenehmes Prickeln lief mir den Rücken hinunter. Gleichzeitig stieg aber auch ein Verdacht in mir auf, den ich nicht von der Hand weisen konnte. Hatte Luca mehr mit der Sache zu tun, als er vorgab? Sicherlich. Aber auf welcher Seite war er? Er schien aufrichtig besorgt um mich, aber das konnte auch alles nur gefakt sein. Er war definitiv nicht so einfach zu durchschauen wie Eric. Konnte ich Luca vertrauen? Nein! Nicht zu diesem Zeitpunkt.

Verwirrt machte ich mich mit den beiden Kaffeetassen auf den Rückweg und war dabei so in Gedanken, dass ich eine Spur aus Kaffeeflecken auf dem Büroteppich hinterließ.

Kaum in meinem Rechner eingeloggt, tauchte ich wieder in die schrecklichen Tiefen von Zeta ein. Es kostete mich einiges an Zeit und Nerven, bis ich den Algorithmus für das Tracking der Personen verstanden hatte. Das Programm holte sich aus der Datei des jeweiligen Opfers eine spezielle Kennung oder einen bestimmten Code, der dann im Anschluss von der Tracking-Routine weitergegeben wurde. Diese Kennung bestand aus einer zwölfstelligen Zahlenfolge. Die Übergabe erfolgte an einen Server, der mir nicht bekannt war und auf den ich auch keinen Zugriff hatte. Auch der Name des Links half mir nicht, da er nur aus kryptisch aneinandergereihten Zahlen und Buchstaben bestand.

Ich grübelte, bis mir schier der Kopf rauchte, aber ich kam einfach nicht weiter. Es mussten schon Stunden vergangen sein, und uns lief die Zeit davon. Okay. Es war jetzt schon früher Nachmittag und mir fehlte vermutlich Nervennahrung. Vielleicht musste ich auch nur einfach mal den Kopf frei bekommen und mich mit etwas komplett anderem beschäftigen.

Gerade hatte ich mich gedanklich kurz von Zeta distanziert, als mir siedend heiß einfiel, dass ich bis morgen noch irgendwie an ein Attest meines Hausarztes kommen musste. Ansonsten würde meine und Matts Story auffliegen. Wenn ich hier eh gerade nichts zustande brachte, konnte ich mir auch für morgen früh einen Termin organisieren. Ich kannte Dr. Peter bei uns im Ort ganz gut, und hoffte, dass er mir das Attest auch rückwirkend ausstellen würde. Meine blauen Flecken und Schrammen waren ja nicht zu übersehen.

Ich klickte also auf den Link zu seiner Webpage und loggte mich ein, indem ich den HealthChip, der in meinem Oberarm implantiert war, an den Barcode-Reader der Webpage hielt. Das war die einfachste und schnellste Art, einen Termin zu bekommen, wenn man nicht unbedingt anrufen und in der Warteschleife der Praxis hängen wollte. Da Dr. Peter ein ziemlich guter Arzt war, war seine Praxis eigentlich auch immer recht voll und das Telefon ständig belegt.

Mein Profil kam auf dem Bildschirm hoch. Eben wollte ich Terminvereinbarung auswählen, als mir etwas ins Auge stach. Augenblick mal. Eine zwölfstellige Zahl. Halt! Ich ließ mein Gehirn diese Entdeckung kurz verarbeiten und lehnte mich auf meinem Stuhl zurück. Jetzt nichts überstürzen. Konnte das etwa heißen, dass das Tracking über den HealthChip der Opfer funktionierte? Warum eigentlich nicht? Jeder, aber auch wirklich jeder bekam einen HealthChip implantiert, der Daten zu Krankheiten und der Versicherung eingespeichert hatte, aber zusätzlich auch kritische Parameter prüfte. Das war vor allem bei chronisch Kranken sehr wichtig. Diabetes und Bluthochdruck konnten seitdem viel besser überprüft und behandelt werden. Außerdem wurden bei größeren

Puls-Unregelmäßigkeiten auch die Koordinaten des Standorts durchgegeben, um schnellstmöglich medizinische Hilfe für den Betroffenen zu organisieren. Aber das war es doch! Warum war mir das nicht eher aufgefallen. Der Tracker war nicht das AD, sondern der HealthChip. Wow!

Alleine würde ich jetzt aber hier nicht weiterkommen, und ich bezweifelte, dass Eric und Matt mir hierbei helfen konnten. Also öffnete ich ein Chat-Fenster.

Hey, Iron Man!

Hey, Nora. Du bist heute schon die zweite Dame aus dem Achtziger-Haushalt, die unbedingt mit mir chatten will. What's up?

Sag bloß meine Oma hat sich an meinem Desktop vergriffen.

Scheint so. Die alte Dame ist echt absolut heiß darauf, mich zu treffen.

Und. Habt ihr schon ein Date?

LOL.

Ich hab ein ganz anderes Problem.

Schieß los!

Wer hat Zugriff auf die HealthChip-Daten?

Du meinst den Inhalt oder die Lokalisierung?

Beides.

Ich denke die Polizei auf die Lokalisierung. Der Rettungsdienst auf beides und natürlich auch die Krankenversicherungen. Denen gehört der Chip ja quasi.

Oh. Siehst du einen Weg, an die Daten ranzukommen?

Spice Girl, da verlangst du zu viel. Die Daten sind super abgesichert. Höchster Security-Level. Spezielle Server-Räume bei den Versicherern, mit Retina-Scan und so. Da bin ich draußen. Selbst der Rettungsdienst und die Polizei müssen sich einzelne Files freischalten lassen und brauchen dafür einen echt guten Grund.

Mist!

Ich schloss die Augen und überlegte krampfhaft.

Hey, Spice Girl. Bist du noch da?

Ja, Moment. Ich denke nach.

Lass dir Zeit. Ich hab gerade nix Wichtigeres vor.

Wenn ich dir ein paar Nummern durchgebe, kannst du zumindest rausfinden zu welcher Versicherung die gehören?

Hm. Das müsste gehen. Ist zumindest einen Versuch wert.

Warte!

Ich kopierte die Nummern aus ein paar der Dateien und schickte sie Iron Man. Schon kurze Zeit später hatte ich die Antwort vor meiner Nase.

Der Versicherer ist Benevol. Ich hab mich schlaugemacht, sieht man eindeutig an den ersten Zahlen.

Benevol war eine große internationale Krankenversicherung, die auch in Deutschland in den letzten Jahren aufgrund ihrer sehr modernen HealthChips sehr viel Zulauf hatte. Meine gesamte Familie und auch ich waren bei Benevol versichert. Ich musste schlucken.

Super. Kannst du zusätzlich noch einen Zusammenhang zwischen den Nummern herausfinden?

Nein. Tut mir leid. Ende der Fahnenstange. Weiter komm ich nicht. Wie ich schon gesagt habe, bekommst du alles andere nur direkt über die Versicherung, und die haben Secure-Server, in die selbst ich nicht reinkomme. Sorry, Spice Girl.

Trotzdem vielen Dank. Hast was gut!

Ich weiß, meine Pluspunkte türmen sich schon auf. Ich schick dir vor Weihnachten meinen Wunschzettel.

Ich meine das ernst. Du hast echt was gut bei mir.

Bei Gelegenheit. Jetzt lös erst mal euren Fall. Wenn ich noch was helfen kann, dann gib Bescheid.

Bist ein Schatz. Viel Spaß beim Date mit meiner Oma.

Solange mich deine Oma nicht tracken kann, bin ich sicher. Und du hast was gut bei mir, wenn du ihr meinen richtigen Namen nicht gibst.

LOL. TTYL.

CU!

Ich sprang auf und lugte in das Nachbar-Cubicle. Matt war nicht da. Also schnappte ich mir Eric. Zum Glück war das ja völlig unauffällig, da ich sowieso immer viel mit ihm zu tun hatte.

Kaum im Besprechungsraum angekommen, platzte ich heraus: „HealthChip. Die Ortung geht über den HealthChip, nicht übers AD. Und Benevol als Versicherer steckt da mit drin. Soweit ich sehen kann, sind alle Opfer dort versichert."

Eric sah mich nachdenklich an. „Good Job, Nora. Ja, das könnte wirklich sein." Er nickte bedächtig, als wäre er eins dieser Deko-Tierchen mit den beweglichen Köpfen. Während Eric weiter vor sich hin nickte, sprudelte es aus mir nur so heraus. Irgendwann unterbrach Eric meinen Redefluss.

„Wo steckt denn Cole, äh, ich meine Matt?" Dann grummelte er: „Da muss sich einer erst mal dran gewöhnen."

„Ich weiß es nicht." Langsam machte ich mir Sorgen um Matt. „Erst trichtert er uns ein zusammenzubleiben, und dann verschwindet er selbst." Ich seufzte.

Eric musste mir meine Unruhe angemerkt haben und versuchte mich offensichtlich zu beruhigen: „Unkraut vergeht nicht. Er wird schon wissen, was er tut." Allerdings warfen wir fast gleichzeitig einen prüfenden Blick auf den Gang, wohl in der Hoffnung, ihn dort entlangschlendern zu sehen.

„Ich bin mit dem Anpassen des Programms fertig. Wenn das so klappt, wie ich mir das vorstelle, dann sollte dein Bekannter mit einem Schrecken oder maximal leichten Verletzungen davonkommen."

Das war ja zumindest mal eine gute Entwicklung der Lage.

„O Eric, du bist ein Engel."

„Apropos, Engel. Das wollte ich mit euch beiden besprechen." Er schnaufte tief ein. „Wir stehen das nicht alleine durch. Wir müssen jemanden von AutoDat mit ins Boot holen. Ich dachte an Martin Engel. Den kenn ich schon von der Uni. Wenn wir ihm nicht vertrauen können, dann sind wir eh am Ende."

Wir starrten uns an.

„Da müssen wir Matt fragen. Das will ich echt nicht alleine entscheiden."

„Wo steckt er denn dann, dein verdammter Matt? Er kann uns doch nicht einfach so hier sitzen lassen."

Erics Stimme klang ziemlich nervös, und ich wusste, dass er das nicht böse meinte. Trotzdem wäre die Stimmung fast gekippt, wenn wir nicht in diesem Moment den verdammten Matt erblickt hätten, der direkt auf uns zusteuerte. Die Erleichterung war uns deutlich anzumerken, und die Luft in dem kleinen Besprechungsraum schien plötzlich viel weniger drückend zu sein.

Matt stieß die Tür auf und schlüpfte zu uns herein.

„Tut mir leid, dass es so lange gedauert hat, aber ich saß im Rechenzentrum fest." Eric und ich sahen ihn fragend an.

„Ich hatte mich schon ziemlich weit vorgearbeitet, als plötzlich Schritte zu hören waren. Also habe ich mich schnell hinter einem der Server-Schränke versteckt. Und wisst ihr, wer es war?" Wir hingen an seinen Lippen.

„Der Käfer. Er hat sich an einen der Bildschirme gesetzt und ewig auf der Tastatur herumgetippt. Leider konnte ich nicht erkennen, was. Dazu war ich zu weit weg."

„Aber", stotterte Eric, „der ist doch sonst nie im Rechenzentrum."

„Eben. Ich finde das höchst verdächtig."

„Passt zu dem Passwort Klaus, findet ihr nicht?" Für mich klang das alles ganz schlüssig. „Und was ist dann passiert?"

„Na ja, ich hing ein paar Stunden hinter dem Server-Schrank. Er war ewig an dem Bildschirm, und ich konnte nicht weg, ohne dass er mich bemerkt hätte. Ich bin total steif. Mir ist zweimal das Bein eingeschlafen, weil ich mich ja nicht bewegen konnte. Als er endlich gegangen ist, habe ich gesehen, dass er seine Kaffeetasse neben der Tastatur stehen gelassen hatte. Daher musste ich damit rechnen, dass er jeden Augenblick wieder zurückkommen würde. Außerdem hatte er sich ausgeloggt, und ich hätte auf die Schnelle eh nichts ausrichten können. Also habe ich mich verdrückt."

Wir schwiegen für ein paar Sekunden, die sich wie Minuten oder gar Stunden anfühlten. Irgendwann brach Eric die Stille.

„Ich habe es eben schon zu Nora gesagt. Wir sollten mit Martin Engel reden. Oder gleich mit Jeff Krüger."

„Auf keinen Fall!" Matt reagierte spontan, ohne lange nachzudenken. „Bist du denn wahnsinnig? Jeff Krüger traue ich nicht über den Weg, und Martin Engel kenne ich kaum. Das Risiko will ich nicht eingehen."

„Ich kann es mir beim besten Willen nicht vorstellen, dass Martin beteiligt ist", konterte Eric. „Wir haben zusammen studiert."

„Das mag ja sein, aber ich vertraue momentan niemanden hier in der Firma."

„Und warum sollen Nora und ich eigentlich alles glauben, was du uns erzählst? Du hast tagelang vorgegeben, jemand anderes zu sein. Vielleicht steckst du ja auch hinter allem und führst uns nur an der Nase herum?" Eric war jetzt ziemlich gereizt.

So ganz war sein Verdacht auch nicht von der Hand zu weisen, aber warum hätte mich Matt vor dem Auto gerettet, das mich überfahren sollte, wenn er in die Unfälle verwickelt war? War es, um mich in Sicherheit zu wiegen und mein Vertrauen zu gewinnen? Und um zu verhindern, dass ich zur Polizei gehen würde? Missbrauchte er mich für irgendeinen düsteren Plan? Wilde Szenarien kreisten in meinem Gehirn herum, während Eric und Matt von ihren Stühlen aufgesprungen waren und sich wütend anfunkelten. Das brachte mich wieder in die Wirklichkeit zurück. Nein! Matt war nicht beteiligt. Wenn ich mir einer Sache sicher war, dann dieser.

„Hey, Jungs! Macht mal langsam." Ich drängte mich zwischen die beiden, um eine weitere Eskalation zu verhindern.

„Können wir euer Thema mal ganz kurz hintenanstellen?"

Beide sahen nun mich an. Ging auch nicht anders, da ich mich zwischen ihnen aufgebaut hatte, um einen direkten Blickkontakt der zwei Streithähne zu unterbinden.

„Matt weiß doch noch gar nicht, was ich herausgefunden habe, über die HealthChips und Benevol." Und schon hatte ich ihre uneingeschränkte Aufmerksamkeit. Hervorragend! Ging doch.

Ich wiederholte meine Erkenntnisse, und Matt war beeindruckt. Als Eric kurz über den geänderten Algorithmus berichtete, musste Matt gezwungenermaßen zugeben, dass wir, während er Stunden hinter einem Server-Schrank im Rechenzentrum verbracht hatte, ein gutes Stück weitergekommen waren.

„Gut! Waffenstillstand. Wäre es ein Kompromiss, wenn wir noch bis morgen abwarten, um mit Martin Engel zu sprechen?", schlug Matt vor.

„Auf was willst du denn warten?", entgegnete Eric unwirsch.

„Wir sollten uns Benevol genauer ansehen", meinte Matt.

„Über das Netz kommen wir aber nicht an ihre Daten ran. Da kannst du dich auf Iron Man verlassen. Wenn er es nicht hinbekommt, dann brauchen wir es gar nicht erst zu versuchen." Ich hatte den Eindruck, dass wir uns in einer Sackgasse befanden.

„Ja, wie stellst du dir das dann vor?", fragte Eric an Matt gewandt.

„Ganz klassisch."

„Klassisch? Wie meinst du das?", hakte Eric nach.

„Wir brechen bei Benevol ein.“

Schweigen. Hätten wir keinen Teppich im Büro, hätte man jetzt eine Nadel, die auf den Boden fällt, hören können. Aber wir hatten Teppich und eh keine Nadel.

„Echt jetzt?“, war das Erste, was ich herausbekam.

„Oh“, war der Beitrag von Eric, dem der Mund offenstand.

„Na, wusste ich doch, dass ihr dabei seid.“ Matt grinste verschwörerisch.

11

Matt saß am Steuer seines Ferraris und ich auf dem Beifahrersitz.

Es war erst fünfzehn Uhr, aber Cindy gegenüber hatte ich vorgegeben, immer noch ein wenig Kopfschmerzen nach dem gestrigen Unfall zu haben, was zur Folge hatte, dass sie mich auf der Stelle heimschickte. Und genau das hatte ich natürlich beabsichtigt. Matt konnte eh kommen und gehen, wann er wollte, das brachte seine Rolle als Sohn von Leon Chatwick mit sich, sodass er zwei Häuserecken weiter auf mich wartete, um mich nach Hause zu bringen. Wir hatten lange überlegt, wo wir am besten unseren Einbruch planen wollten, aber ich konnte meinen Eltern ja schlecht erzählen, dass ich noch eine Nacht bei Cindy übernachten würde. Die Story würden sie mir nicht abnehmen. Und Matt wollte mich nicht alleine nach Hause gehen lassen. Er war wirklich besorgt, und das fand ich schon irgendwie süß.

Mit Eric hatten wir vereinbart, uns um Punkt ein Uhr nachts hinter dem Münchner Benevol-Gebäude zu treffen. Ich hatte ein schlechtes Gewissen, Eric alleine im Büro zurückzulassen, aber beide Jungs beruhigten mich damit, dass ja niemand wissen konnte, dass wir Eric eingeweiht hatten. So weit, so gut.

Wir bogen in unsere Einfahrt ein, und Matt stellte den Motor ab. Eben wollte ich aus dem Auto steigen, als die Achtziger-Oma wie eine Kanonenkugel aus dem Hauseingang schoss. Und bevor ich es irgendwie verhindern konnte, steckte sie auch schon ihren Kopf auf der Fahrerseite ins Auto, und zwar so weit, dass Matt unwillkürlich in Richtung meines Sitzes auswich. Vor Schreck oder Überraschung konnte ich nicht so genau sagen, ich wusste nur, dass mir seine Nähe ganz und gar nicht unangenehm war.

„Nora, welch netten jungen Mann bringst du uns denn hier ins Haus?“, krähte die Achtziger-Oma in voller Lautstärke.

War sie urplötzlich taub geworden? Natürlich nicht. Pure Berechnung! Denn schon folgten meine Mutter und die Zwillinge, die gemeinsam mit der Oma den Ferrari umzingelten.

„Cooler Schlitten. Kann der auch autonom fahren?“, wollte Tom wissen.

„Dürfen wir auch mal mit?“, fragte Max.

„Nora, ich habe eben einen Kaffee gemacht. Möchtest du deinen Freund nicht hereinbitten?“, kam es von meiner Mutter.

„Und kann ich mal den Motor anschauen? Wie viel PS hat der?“ Das war typisch Tom, den alles Technische brennend interessierte.

„So einen habe ich mal mit Papa im Museum gesehen“, war der Kommentar seines Zwillings.

Ich liebte meine Familie über alles. Aber manchmal konnte sie schon echt anstrengend sein. Mir blieb nichts anderes übrig, als auszusteigen, mich der Horde der Wahnsinnigen zu stellen und die Achtziger-Oma aus dem Fenster zu zerren, denn offensichtlich war sie dort stecken geblieben. Ich warf Matt einen entschuldigenden Blick zu, musste aber feststellen, dass er sich köstlich amüsierte.

Nachdem ich meine Oma erfolgreich entfernt hatte, konnte auch er das Auto verlassen und wurde sofort von all meinen Geschwistern umringt, denn inzwischen waren, welch Überraschung, auch noch Ria und Ida auf der Bildfläche erschienen. Während Ida uns mit Fragen löcherte, sie war entsetzlich neugierig, konnte ich aus dem Augenwinkel beobachten, wie Ria noch ganz schnell, allerdings zu meiner Genugtuung vergeblich, versuchte ihre Frisur ins beste Licht zu rücken. Das war mal wieder typisch für meine pubertierende, vierzehnjährige Schwester, die tatsächlich meinte, bei Matt landen zu können. Unglaublich! Da kamen eindeutig die Gene der Achtziger-Oma durch.

Ich konnte gar nicht so schnell schauen, da hatten sie alle miteinander schon Matt ins Haus geschleppt, und nur Minuten später saßen wir einträchtig bei Kaffee und Kuchen in unserem Wohnzimmer. So hatte ich mir das nicht vorgestellt, und eigentlich hatten wir auch noch eine ganze Menge Arbeit vor uns. So ein Einbruch will ja schließlich sorgfältig geplant sein.

Matt hatte sich als mein Kollege Cole Chatwick vorgestellt, was durchaus Sinn machte, denn seinen richtigen Namen zu nennen, hielt ich auch für zu gewagt. Leider konnte ich ihn nicht rechtzeitig zum Schweigen bringen, als er plötzlich anfing, meiner Familie eine ziemliche Lügengeschichte aufzutischen.

„Die arme Nora ist gestolpert, als sie mir heute Nachmittag auf der Bürotreppe begegnet ist. Entweder ist sie über ihre eigenen Füße gefallen, oder sie hat kurz vergessen, dass sie auf einer Treppe ist, als sie mich gesehen hatte." Er lachte blasiert auf und tat, als wäre er der bestaussehende Mann im Universum. Völlig idiotisch, ich könnte in kürzester Zeit zehn Schauspieler aufzählen, die mir besser gefielen. Da waren … na ja … oder vielleicht doch nicht.

„Ich konnte sie gerade noch auffangen und Schlimmstes verhindern, aber einige Blessuren hat sie sich leider doch zugezogen."

Meine Mutter war die Einzige, die mich besorgt ansah, alle anderen hatten nur Augen für Matt. Dann gab er auch noch vor, mich nach meinem ungeschickten Sturz sofort verarztet zu haben, und natürlich hatte er es nicht übers Herz gebracht, mich alleine nach Hause fahren zu lassen. Und so weiter … Ich stand da wie ein absoluter Trottel.

Ria himmelte ihn an. Wenn er so weitermachte, dann würde er sie nie wieder loswerden. Retter von Witwen und Waisen, oder was? So ein Idiot! Klar musste er sich auf die Schnelle eine Story aus den Rippen leiern, warum ich von Pflastern bedeckt war, aber er hätte mich ja nicht ganz so doof dastehen lassen müssen. Na warte!

Inzwischen hing ihm die ganze Familie an den Lippen. Aus verschiedenen Gründen versteht sich. Ich sah in die Runde: Meine Mutter war hingerissen von seiner Hilfsbereitschaft; die Zwillinge wollten Ferrari fahren; Ida fand eh alles spannend, was nicht mit

Schule zu tun hatte; Ria sah natürlich in ihm den Märchenprinzen, der gleich mit ihr in seinem rassigen Ferrari davonpreschen würde; und die Achtziger-Oma … ja, die Achtziger-Oma führte irgendetwas im Schilde. Mir war nur noch nicht klar, was genau.

„Und Sie sind der Sohn von Leon Chatwick, dem Millionär aus London?" Sie hatte ihren typischen Ich bin eine alte Frau und kann kein Wässerchen trüben-Blick aufgesetzt, aber in ihren Augen konnte ich ein Funkeln erkennen, welches mir deutlich signalisierte, dass die durchtriebene Alte etwas vorhatte.

Matt nickte. Es folgte ein angeregtes Gespräch zwischen den beiden über diverse Clubs und die Promi-Szene in London. Mir war völlig schleierhaft, woher meine Großmutter ihre Informationen nahm, aber sie schien sich blendend auszukennen. Kurz bevor Matt gehen musste, verschwand meine Oma aus dem Raum, ohne sich groß zu verabschieden. Sehr sonderbar. Das sah der Achtziger-Oma so gar nicht ähnlich. Wenn sie mal an jemanden Gefallen gefunden hatte, dann biss sie sich fest wie eine Zecke.

Ich brachte Matt noch zum Auto, während Ria ihm schmachtende Blicke zuwarf. Beim Ferrari angekommen, stellte ich sicher, dass uns niemand gefolgt war. Dann verabredeten wir Ort und Zeit unseres nächtlichen Treffens. Matt wollte mich um halb eins abholen, damit wir unseren ersten, und hoffentlich auch letzten, gemeinsamen Einbruch in die Tat umsetzen konnten. An mir war es einen Weg zu finden, heimlich das Haus zu verlassen, aber das sollte zu machen sein. In der Zwischenzeit wollte Matt sich um die Planung kümmern. Ob nun so ein Einbruch zu den Kompetenzen eines Privatdetektivs in der IT-Branche gehörte, würde ich spätestens in ein paar Stunden feststellen.

Der weitere Nachmittag und Abend verliefen ereignislos. Ich versuchte alles im Internet Verfügbare über Benevol zu recherchieren, um zumindest dahingehend von Nutzen zu sein. Für meine Familie war das nichts Besorgniserregendes, dass ich längere Zeit am Computer hing. Was mich jedoch wunderte war, dass die Achtziger-Oma sich rarmachte. Und mein Gefühl, dass sie etwas ausheckte, verließ mich den ganzen Abend nicht. Aber ich hatte nicht die leiseste Ahnung, was es sein konnte. Und ganz bestimmt hatte es nichts mit Matt oder mir zu tun, denn sie konnte ja keine Ahnung von unserem Geheimnis haben.

Ich gab vor, wegen meines Sturzes Kopfschmerzen zu haben und verabschiedete mich frühzeitig ins Bett. Wunderbar! Keiner hatte Verdacht geschöpft. Gegen halb zwölf hörte ich noch einmal die Haustür klappern, vielleicht mein Vater, der den Müll rausbrachte, aber danach versank alles in eine tiefe nächtliche Stille.

Kurz vor halb eins öffnete ich möglichst leise meine Balkontür, testete die Stabilität der Regenrinne, die neben dem Balkon verlief, und die mir noch bis vor ein paar Jahren immer wieder gute Dienste erwiesen hatte, wenn ich mich nachts mit Lilly treffen wollte. Dann schwang ich mich übers Geländer. Vorsichtig rutschte ich Meter um Meter die Rinne hinunter und atmete erleichtert auf, als ich endlich festen Boden unter den Füßen spürte. Dann huschte ich die Einfahrt entlang, immer im Schatten der Bäume bleibend, falls doch irgendjemand zufällig aus dem Fenster sah, und lief so schnell und leise ich konnte unsere Straße entlang bis zur nächsten Kreuzung. Irgendwo raschelte es im Gebüsch, und ich zuckte unwillkürlich zusammen. Dann war es aber wieder ganz ruhig, und nur das Quaken von ein paar Fröschen aus dem Gartenteich eines unserer Nachbarn war zu hören. Ich schlich weiter und hielt Ausschau nach dem Ferrari. Plötzlich legte sich eine Hand von hinten auf meinen Mund. Mir blieb das Herz stehen. Kräftige Arme hielten mich umschlungen und ich setzte gerade zu einer ziemlich effektiven Taekwondo-Technik an, als eine Stimme mir ins Ohr flüsterte: „Ich bin es, Matt." Ich atmete erleichtert auf und drehte meinen Kopf zu ihm um. „Ich stehe noch eine Straße weiter. Ich wollte nicht, dass uns jemand aus deiner Familie zufällig entdeckt."

„Du hast mich vielleicht erschreckt." Ich versuchte, möglichst cool zu klingen, befürchtete aber, dass Matt doch das leichte Zittern in meiner Stimme hören konnte. Im fahlen Mondlicht konnte ich sein Gesicht erkennen, das dem meinen auf einmal ganz nahe war. Aus Nervosität räusperte ich mich.

„Ich dachte, du wartest im Auto auf mich." Erst jetzt fiel mir auf, dass er mich immer noch an seine Brust presste.

„Und ich glaube, du kannst mich wieder loslassen."

„Oh! Tut mir leid." Sofort löste er blitzartig die enge Umarmung. Oh, ich dumme Kuh. Warum nur hatte ich meinen Mund nicht halten können. Eigentlich hätten wir hier noch ein paar Minuten so stehen bleiben können. Aber es war schon passiert, und der Moment, in dem wir uns gerade eben so nahegekommen waren, war vorbei.

„Ich sah jemanden die Straße entlangkommen, und dachte, dass es komisch aussieht, wenn ich hier im Dorf, mitten in der Nacht alleine im Auto sitze. Daher bin ich dir auf einem Umweg entgegengekommen."

Beim besten Willen konnte ich nicht zugeben, was mir eben durch den Kopf gegangen war und nuschelte nur: „Okay."

Dann folgte ich ihm im Schatten der Bäume und saß auch nur kurze Zeit später neben ihm im Auto. Allerdings nicht im Ferrari. Er hatte sich ein anderes, unauffälligeres Auto organisiert. Es war ein großes Coupé, Elektro – versteht sich, das von außen relativ unspektakulär aussah. Weder die Marke noch die Farbe konnte ich im Dunkeln erkennen, was aber auch nicht weiter wichtig war. Als Matt anfuhr, meinte ich ein Rumpeln aus dem Kofferraum zu hören.

„War da eben was?"

„Was?"

„Na das Geräusch aus dem Kofferraum. Da! Jetzt wieder."

„Ist wahrscheinlich der Werkzeuggürtel. Oder meinst du, ich habe irgendjemanden entführt? Wie in einem schlechten Mafia-Film?" Er grinste zu mir herüber.

„Quatsch, vergiss es! Aber ich hoffe, du bist inzwischen schlauer und hast einen so richtig wasserdichten Plan für uns?“

Keine Antwort.

„Wie wollen wir denn in das Benevol-Gebäude reinkommen, und noch viel wichtiger, wie kommen wir zu den Servern?“

Nach einer Minute Schweigen ließ sich Matt dann doch dazu herab, mir zu antworten: „Erstens zum Gebäude. Ich habe es geschafft, mich in das Security-System reinzuhacken und kann die Kameras auf Freeze schalten, sobald wir loslegen. Allerdings muss einer von uns das Security-Personal ablenken. Ich dachte da an Eric. Der könnte sich ja als betrunkener Tourist ausgeben, der ein paar Bier zu viel intus hat. Ich hoffe, das klappt. Es sind nur zwei Wachleute in der Lobby und einer, der durch die verschiedenen Stockwerke patrouilliert. Während Eric die zwei in der Lobby beschäftigt, schleichen wir uns ins Gebäude. Das ist ein bisschen kitzlig, aber sie haben ziemlich viele große Pflanztröge dort herumstehen, sodass wir immer wieder eine Möglichkeit haben, uns zu verstecken. Wir müssen bis zu den Aufzügen, die sich in einem Seitengang gleich links neben der Lobby befinden, und dann geht’s in den Keller zum Rechenzentrum.“

„Oh!“, entfuhr es mir. „Also du meinst, falls wir wirklich die Aufzüge erreichen, dann drücken wir aufs Knöpfchen und fahren einfach so nach unten?“

„Na ja, nicht ganz so einfach.“

Dachte ich mir’s doch.

„Der Aufzug hat einen Retina-Scan und öffnet sich nur, wenn du berechtigt bist.“

„Sind wir aber nicht.“

„Korrekt. Daher fahren wir nicht mit dem Aufzug, sondern klettern über den Aufzugschacht nach unten.“

Ich sah ihn mit großen Augen an. „Echt jetzt?“

„Yup!“

„Und wie kommen wir überhaupt in den Aufzug?“

„Da kommt der Werkzeuggürtel ins Spiel. Ach ja, die Alarmanlage habe ich natürlich schon lahmgelegt."

„Oh. Natürlich." Langsam kam mir der Verdacht, ich hatte es hier mit einem versierten Kriminellen und nicht mit einem IT-Spezialisten zu tun.

„Aber wenn die Wachleute sich nicht von Eric ablenken lassen …?"

„Dann haben wir ein echtes Problem. Ich denke, wir müssen einfach flexibel sein."

So cool ich Matt fand, aber flexibel war jetzt nicht gerade der Begriff, der mich in Sicherheit wiegte. Allerdings jetzt noch zu kneifen, war auch nicht mehr drin. Ich lehnte mich zurück, schloss kurz die Augen und atmete tief durch.

„Alles okay mit dir?"

„Alles klar", murmelte ich, wobei ich mir nicht so wirklich sicher war, ob das tatsächlich der Fall war.

Kurze Zeit später hatten wir die Rückseite des riesigen Benevol-Towers erreicht. Benevol hatte erst vor ein paar Jahren ein riesiges Gebäude fertiggestellt, das jetzt aufgrund seines extravaganten Aussehens zu den Wahrzeichen Münchens gehörte, gleich neben dem Olympiaturm, der aber natürlich deutlich mehr Jahre auf dem Buckel hatte. Das Gebäude hatte etwa zehn Stockwerke, sah supermodern aus, denn die Fassade war ganz in Edelstahl und Glas gehalten, und bestand aus vielen Blöcken, die ineinander verschachtelt waren. Metall und Glas reflektierten das Licht der Straßenlaternen, und es ging eine unheimliche Atmosphäre von dem gesamten Komplex aus.

Während Matt sich seinen Computer vom Rücksitz des Coupés schnappte, hielt ich Ausschau nach Eric. Niemand zu sehen. Seltsam.

Matt hackte wie wild auf seinem Computer herum, bis er schließlich erleichtert aufatmete. „Geschafft! Die Kameras stehen still. Wir haben nicht viel Zeit, denn alle dreißig Minuten wird das System durch einen Reset wieder neu gestartet. Das heißt, das ist das Zeitfenster, das wir zur Verfügung haben." Er sah mich an, dann blickte er sich um. „Wo ist Eric?"

„Keine Ahnung. Soll ich ihn anrufen?" Ich zückte mein AD und stellte fest, dass vor einer halben Stunde eine Nachricht eingegangen war, die ich aus irgendeinem Grund nicht bemerkt hatte. Das musste etwa zu dem Zeitpunkt gewesen sein, als mich Matt im Arm gehalten hatte. Offensichtlich waren meine Sinne da gänzlich mit etwas anderem beschäftigt gewesen.

„Warte, ich glaube, er hat gechattet."

Matt sah mich skeptisch an.

„O nein! Er schreibt nur ganz kurz, dass er mit Martin Engel gesprochen hat. Wir sollen unseren Plan stoppen und morgen früh mit ihm und Engel zur Polizei gehen."

„Der Idiot. Ich wusste, dass wir ihm nicht vertrauen können."

„Ich versteh das nicht. Er hatte uns doch versprochen, mit niemandem drüber zu reden. Warum um alles in der Welt ist er denn trotzdem zu Martin Engel gegangen?"

„Na offensichtlich traut er ihm mehr als uns. Wenn ich nicht so sauer wäre, könnte ich es ihm nicht einmal verdenken."

„Was machen wir jetzt? Wollen wir alles abbrechen?"

„Nein. Das ziehen wir jetzt durch. Du musst die Wachleute ablenken, und ich gehe alleine rein."

„Ich kann das nicht. Theaterspielen war noch nie mein Ding."

Panik überkam mich. Matt schwieg, vermutlich grübelte er, wie er mich dazu bringen konnte, zwei Wachmänner zu beschäftigen, als wir, diesmal alle beide, ein lautes Rumpeln vernahmen, das eindeutig aus dem Kofferraum kam.

Stockstarr saßen wir da. „Jetzt hast du es auch gehört, oder? Also dein Werkzeug wird ja wohl nicht gerade da hinten eine Party feiern."

Matt fluchte kurz und riss die Fahrertür auf, um der Sache auf den Grund zu gehen. Ich sprintete hinterher und verschanzte mich hinter seinem Rücken, als er den Kofferraum aufstieß, wobei er gleichzeitig eine Pistole zückte. Jetzt bekam ich wirklich Angst; ich hatte nicht einmal gewusst, dass er eine Waffe besaß.

„O nein!“, entfuhr es Matt. Da sein Rücken ziemlich muskulös war, war ich hinter ihm zwar in Sicherheit, konnte aber leider nichts sehen. Also schob ich mich äußerst vorsichtig an seiner linken Seite vorbei. Auf den Anblick, der sich mir bot, war ich allerdings nicht vorbereitet. Ebenso wenig wie Matt, wie es mir schien.

Im Kofferraum lag hilflos zappelnd die Achtziger-Oma.

„Jetzt helft einer alten Frau schon endlich aus diesem dunklen Loch“, schimpfte sie und führte sich dabei auf wie eine Furie. Wie lange das Auto ihren Attacken standhalten würde, war abzusehen.

„Oma, was um alles in der Welt machst du denn im Kofferraum von Matts Auto?“

Etwa gleichzeitig hörte ich Matt fragen: „Aber Frau Achtziger, wie kommen Sie denn hier rein?“

„Matt? Welcher Matt? Kenne ich nicht. Wie ich hier reinkomme? Na, reingeklettert bin ich, was meint ihr denn. Nachdem immer noch keiner das Beamen erfunden hat. Wird endlich Zeit, gerade im Alter käme das schon manchmal gelegen. Dann wäre ich hier schon längst wieder draußen. Sagt der Oberwieser Gregor übrigens auch. Ist eins unserer nächsten Projekte. Das Beamen meine ich. Aber zuerst einmal kümmern wir uns mal um eueren Fall. Und wie heißen Sie jetzt eigentlich, junger Mann? Doch bestimmt nicht Cole Chatwick.“

Der Redefluss der Achtziger-Oma kam erst zu einem Stillstand, als Matt sie unter den Schultern fasste und ich ihre Füße übernahm. Vorsichtig hievten wir sie aus dem Kofferraum, allerdings musste Matt sie noch eine Weile stützen, da sie behauptete, mindestens zwei eingeschlafene Füße zu haben, was nicht wirklich ein Wunder war, wenn man in Betracht zog, wo wir sie gerade gefunden hatten.

„Oma, jetzt erklär uns bitte, was du hier machst!“ Ich war ehrlich verwirrt, obwohl ich, was sie anging, mich eigentlich über nichts mehr wundern sollte.

„Na überleg doch mal, Nora. Ich kann doch nicht zuschauen, wie du dich mitten in der Nacht mit einem dahergelaufenen Fremden triffst. Auch wenn er so gut aussieht wie der junge Mann hier." Und tatsächlich zwinkerte sie Matt kokett zu. Na wunderbar! Ich wünschte mir, die Erde würde sich auftun und mich verschlingen, so peinlich war mir das. Aber die Achtziger-Oma blieb ungerührt und fuhr ungehindert fort: „Den Cole Chatwick habe ich Ihnen nicht abgenommen, also habe ich kurzum belauscht, wo Sie sich heute Nacht mit meiner Enkelin verabredet hatten. Unter keinen Umständen wollte ich Nora mit Ihnen alleine lassen."

Und sie bohrte Matt ihren Zeigefinger in den Solarplexus, sodass er vor Schreck ein paar Schritte zurückwich.

„Jedes Mal, wenn ich beim Friseur bin, lese ich diese Glemmer-Magazine, oder wie das heißt."

„Glamour", verbesserte ich ganz automatisch.

„Egal, auf jeden Fall bin ich voll ub tu dait über die Hei Soßeieti von London. Und dieser Cole, wissen Sie, sieht lange nicht so gut aus wie Sie." Sie sah uns ungemein triumphierend an. Ich gab auf.

„Oma, du hast ja recht. Er heißt nicht Cole, sondern Matt, Matt Rutherford, und ist ein Ermittler aus England, der die Unfälle mit den autonomen Autos untersucht. Und ich helfe ihm dabei."

Damit hatte ich sofort ihre uneingeschränkte Aufmerksamkeit. Uns blieb, angesichts des engen Zeitfensters für unseren Coup, nichts anderes übrig, als ihr schnellstmöglich die Lage zu erklären. Sekunde für Sekunde verbesserte sich die Laune meiner Großmutter sichtlich, bis sie schließlich begeistert ausrief: „Ich bin dabei! Wo sind diese Wächter? Die mache ich fertig."

Matt und ich sahen sie fassungslos an. Dann konnte ich beobachten, wie es in Matts Kopf anfing zu arbeiten.

„Frau Achtziger, wenn Sie uns wirklich helfen wollen, ich hätte da schon eine Idee."

Meine Oma sah ihn tatendurstig an, ich entsetzt.

„Wenn Sie die zwei Security-Leute in der Lobby ablenken

könnten, sodass Nora und ich unbeobachtet in dieses Gebäude einbrechen können. Damit wäre uns ungemein geholfen."

Dann gab er ihr irgendwelche Instruktionen, die ich leider nicht verstehen konnte, und drückte ihr zu guter Letzt noch irgendetwas in die Hand. Ich reckte meinen Hals, konnte es aber beim besten Willen nicht erkennen.

Die Achtziger-Oma steckte das Etwas in ihre Tasche und strahlte wie eine überdimensionale Leuchtreklame am Broadway in New York. Dann schnappte sie sich die Baseballcap, die noch im Kofferraum lag, vermutlich hatte sie sie einem der Zwillinge entwendet, stülpte sie sich über den Kopf und lief im Stechschritt Richtung Gebäudeeingang.

„Worauf wartet ihr denn noch?"

Fassungslos sah ich Cole an. „Echt jetzt? Ist das dein Ernst?"

„Hey, Nora. Deine Großmutter ist das Beste, was uns passieren konnte. Ich wette, die schlägt sogar Nelly, was schauspielerisches Talent angeht."

Damit griff er sich den Werkzeuggürtel, auf dem meine Oma während der Fahrt gelegen hatte, und weg war er.

„Da kannst du Gift drauf nehmen", murmelte ich noch und hastete den beiden hinterher. Es blieb mir ja auch nichts anderes übrig. Auf was hatte ich mich da nur eingelassen.

Sekunden später hatten wir den Haupteingang des Gebäudes erreicht. Ich war zur Überzeugung gekommen, dass die Achtziger-Oma heimlich Work-out betrieb, denn ansonsten gab es keine andere Erklärung für die Geschwindigkeit, in der sie vor uns her wieselte. Ihre Motivation, ein Verbrechen aufzuklären, war sicherlich ein weiterer Faktor, der sie zur Höchstleistung antrieb. Matt und ich hatten auf jeden Fall Mühe, sie einzuholen.

Glücklicherweise standen links und rechts des Eingangs zwei große Tröge mit ausladenden Büschen, hinter die wir beide hechteten, da die Achtziger-Oma sofort wie wild damit begann, an die Glasscheibe der großen zweiflügeligen Eingangstür zu hämmern.

Ich quetschte mich an meinem Pflanztrog vorbei und versuchte einen Blick ins Innere der Lobby zu erhaschen. Und wie erwartet, kam auch schon einer der beiden Wachmänner auf die Tür zugestürmt.

„Hilfe, Hilfe!“, hörte ich meine Großmutter kreischen. Es musste eigentlich bis zu uns nach Hause zu hören sein, so laut schrie sie. Ja, eine gewisse Begabung konnte ich ihr wirklich nicht absprechen. Vielleicht sollten wir sie in der Senioren-Theatergruppe anmelden. Da wäre sie wenigstens aufgeräumt und konnte nichts anstellen. Auf der anderen Seite kamen die Alten vielleicht auf die Idee Schillers Die Räuber aufzuführen, und da wäre eine Katastrophe ja vorprogrammiert. Ich verwarf die Idee mit der Theatergruppe und konzentrierte mich stattdessen wieder auf die Inszenierung, die direkt vor meiner Nase stattfand.

„Hilfe! Helfen Sie mir, ich wurde überfallen.“ Theatralisch legte meine Großmutter die Hände auf die Brust, ging ein paar Schritte zurück, um Matt und mir genug Spielraum zu geben, ins Gebäude zu schlüpfen und brach mit einem herzzerreißenden Schrei zusammen.

Beide Security-Männer rannten nun aus dem Gebäude, um der gestrandeten Alten zu helfen. Während der eine noch im Eingang gezögert hatte, kniete der andere schon neben meiner Großmutter auf dem Boden, die sich dramatisch auf dem Pflaster drapiert hatte, und versuchte sie in die stabile Seitenlage zu bringen. Er hatte nicht mit dem Temperament der Achtziger-Oma gerechnet. Plötzlich fing sie wie wild zu zucken und zu strampeln an, sodass der arme Mann wirklich achtgeben musste, nicht von einer ihrer Gliedmaßen getroffen zu werden.

„Jetzt komm schon!“, rief er seinem Kollegen hilflos zu. „Das schaff ich nicht alleine.“

„Vielleicht hat die Alte vor Schreck einen epileptischen Anfall bekommen.“

„Egal was, ruf schnell einen Krankenwagen. Das sieht ernst aus."

Das war unsere Gelegenheit. Während der eine der beiden sich um meine Oma bemühte, war der andere damit beschäftigt, die Rettungsleitstelle auf seinem AD zu kontaktieren.

Unbemerkt schafften wir es so, in die Lobby zu gelangen, und Matts Plan ging dahingehend auf, dass wirklich kein weiterer Wachmann zu sehen war. Ich hoffte inständig, dass auch das mit den Kameras funktioniert hatte, ansonsten würden unsere Gesichter sicherlich eindeutig auf dem Security-Video zu sehen sein.

Blitzschnell und so leise wie möglich rannten wir in den Seitengang, in dem sich drei Aufzüge befanden. Nur einer der drei verschaffte Zugang zum Keller und in das von uns anvisierte Rechenzentrum. Während ich an der Ecke des Gangs Schmiere stand und zu erkennen versuchte, was draußen vor der Tür abging, hatte Matt sein Werkzeug geschnappt und machte sich am Panel des Aufzugs zu schaffen.

Oh, Mann. Wie lange dauerte das denn? Wir hatten eh nur noch gute zwanzig Minuten. Nervös hüpfte ich von einem Fuß auf den anderen.

Endlich, gefühlte Stunden später, obwohl es sich nur um Minuten handeln konnte, hörte ich von hinten ein Knirschen, und Matt schob die beiden Türhälften mit Gewalt auseinander.

„Komm schnell!", zischte er mir zu. Ich huschte zu ihm hinüber und sah in den vor mir liegenden schwarzen Schacht. Mir wurde ganz anders.

„Nach dir", grinste mich Matt an.

„Wie soll ich denn da runterkommen?" Zweifelnd blickte ich ins dunkle Nichts.

„Nimm die Taschenlampe aus meinem Gürtel. Da müssten Metalltritte in der Wand sein, damit der Service im Schacht Reparaturen ausführen kann. Ja, genau, da links."

Meine Hand zitterte ein wenig, als ich den Schacht vorsichtig ausleuchtete. Dann sah ich die Tritte, aber leider auch, wie tief es nach unten ging. Das waren mindestens zwei oder gar drei Stockwerke. Also nicht gerade eine Entfernung, die man im freien Fall überwinden sollte, zumindest nicht, wenn man einigermaßen heil unten ankommen wollte.

Ich schluckte.

„Wir haben nicht viel Zeit“, drängte Matt. Er hatte recht, von der halben Stunde, für die er die Kameras blind gestellt hatte, waren sicher schon zehn Minuten vergangen. Außerdem sah ich, dass Matt die Zähne vor Anstrengung zusammenpresste, und seine Oberarme zu zittern begannen. Viel länger würde er die Schiebetüren des Aufzugs nicht aufhalten können.

Also gab ich mir widerstrebend einen Ruck, stopfte die Taschenlampe in meine Hosentasche und ergriff mit der rechten Hand einen der Tritte, während ich mich mit der linken an der Tür des Aufzugs festkrallte. So war ich in der Lage, auch mein rechtes Bein auf einen weiter unten liegenden Tritt zu positionieren und im Anschluss meine linke Körperhälfte nachzuziehen, ob sie nun wollte oder nicht.

„Nicht nach unten sehen, Nora“, dachte ich mir, völlig außer Acht lassend, dass ich ja eh nichts sehen würde, und machte mich an den Abstieg in den dunklen Schacht.

„Kannst du mir bitte mit der Taschenlampe leuchten? Ich komme jetzt runter“, zischte es von oben.

Vorsichtig hielt ich mich mit einer Hand an einem Tritt fest, zog mit meiner anderen Hand die Taschenlampe heraus und knipste sie an.

„Könntest du bitte davon absehen, mich zu blenden?“

„Oh! Entschuldige.“

Schnell richtete ich die Lampe nach unten, was allerdings meiner Gemütslage nicht besonders zuträglich war.

Über mir hörte ich ein Geräusch und konnte gerade noch sehen, wie Matt geschickt von der Tür zu den Tritten hinübersprang und begann zu mir hinunterzuklettern. Gerade wollte ich die Taschenlampe wieder in meine Hosentasche stecken, wohlwissend, dass es dann stockdunkel sein würde, als urplötzlich der Tritt nachgab, auf dem ich stand. Erschrocken schrie ich auf und klammerte mich mit beiden Händen krampfartig fest, als meine Füße für kurze Zeit in der Luft baumelten, bis ich nach einigen Schrecksekunden etwas tiefer wieder Halt fand. Gleichzeitig hörte ich ein lautes Scheppern, und dann war alles dunkel. Mein Herz raste.

„Nora“, hörte ich es über mir leise rufen. „Nora, sag was. Bist du okay?“

„Ja, ich glaube schon.“ Ich zitterte am ganzen Körper. „Ich, ich habe die Taschenlampe verloren. Der Tritt unter mir hat nachgegeben“, stotterte ich.

Matt kam ein paar Tritte weiter in meine Richtung.

„Ich hoffe, das hat keiner gehört. Kannst du weiter nach unten klettern?“

„Geht schon irgendwie.“ Ich nahm meinen ganzen Mut zusammen.

Meter um Meter kämpften wir uns weiter nach unten, bis wir auf einmal ein Geräusch über uns hörten und ein schwacher Lichtstrahl zu sehen war. Und dann begannen sich die Zugseile im Schacht zu bewegen, und die Decke des Schachtes kam auf uns zu.

„O nein! Schnell!“, schrie Matt gegen das Geräusch des Aufzugs an, denn natürlich war es nicht die Schachtdecke, die herunterkam, sondern der Aufzug, der in einem der oberen Stockwerke gestanden hatte und sich nun in Bewegung setzte. Der dritte Wachmann hatte den Lärm der herunterfallenden Taschenlampe vermutlich gehört und fuhr jetzt nach unten. Ich bekam eine Höllenangst. Jetzt war keine Zeit mehr auszutesten, ob die Tritte halten würden. Stattdessen kletterten wir panikartig in die Tiefe. Der Aufzug kam immer näher. Ich begann mehr zu rutschen, als wirklich noch alle Tritte mitzunehmen, und über mir sah ich Matt das Gleiche tun. Ich konnte schon die Metallstreben an der Unterseite der Bodenplatte erkennen. Wo würde der Aufzug stoppen? Womöglich fuhr er bis in den Keller und würde uns beide unter sich zerquetschen. Ich keuchte, und kalter Schweiß lief mir von der Stirn. Der Aufzug kam immer näher; es konnte sich nur um Sekunden handeln, bis er uns eingeholt hatte.

„Spring!“, hörte ich Matt rufen. Und ich sprang. Es war nicht mehr weit bis zum Boden des Schachts gewesen, und Matt musste das erkannt haben. Dennoch war der Aufprall auf dem harten Untergrund schmerzhaft, und ich stöhnte auf. Kurz darauf fiel etwas Schweres auf mich und presste mich auf den kalten Beton. Ich schloss meine Augen. Das war wohl das Ende!

Als ich kurze Zeit darauf knirschende Schritte direkt über meinem linken Ohr hörte, wagte ich es, meine Augen wieder zu öffnen. Im ersten Moment konnte ich nichts erkennen, aber dann sah ich im fahlen Licht, das durch die Ritzen drang, Matts Gesicht keine zehn Zentimeter von meinem entfernt. Er musste gleich nach mir gesprungen sein und war nun wie in einem Sandwich zwischen mir und dem Aufzug eingequetscht.

„Matt?“, flüsterte ich entsetzt. Aber anstatt zu antworten drückte er das, was von ihm am nächsten war, auf meinen Mund, und zwar seine Lippen auf meine.

Trotz der prekären Situation, in der wir uns befanden, wurde mir heiß und kalt. Es war magisch. Ich versank in seinem Kuss. Ich konnte ewig so liegen bleiben, solange ich Matt spürte. Er konnte verdammt gut küssen, das musste ich ihm lassen. Und er gab mir nur kurz Zeit, Luft zu schnappen, als sein Mund sich erneut auf den meinen presste. Ich vergaß alles um mich herum.

„Ist da jemand?“ Eine laute Stimme war über uns zu hören und riss mich aus meiner Traumwelt.

„Hallo?“

Matt lag absolut still da, und ich tat es ihm gleich. Nur seine Augen bewegten sich und erfassten die Lage. Ich wagte mich nicht zu rühren. Zum einen wollte ich nicht, dass sich Matt auch nur einen Zentimeter von mir wegbewegen würde, und zum anderen sollten wir den Mann, der über uns gerade eben den Aufzug verlassen hatte, nicht auf uns aufmerksam machen.

Dann kamen die Schritte zurück, und der Mann stieg wieder in den Aufzug. Ich vernahm das Geräusch der sich schließenden Aufzugtür, und langsam, ganz langsam begann sich unser Gefängnis zu erweitern. Der Aufzug fuhr wieder nach oben.

Matt atmete erleichtert auf und rollte von mir herunter. Eigentlich schade.

Würde er mich noch einmal in die Arme nehmen? Ich hätte absolut nichts dagegen gehabt.

„Tut mir leid, Nora. Ich weiß, das war eben absolut nicht in Ordnung. Aber ich hatte keine andere Wahl."

Von was sprach der Typ jetzt gerade?

„Sieh mich nicht so an. Du hättest uns verraten, wenn ich dich nicht zum Schweigen gebracht hätte."

Hä?

„Meine Hände habe ich nicht so schnell zu deinem Mund gebracht, die waren eingeklemmt. Und da musste ich, na ja, mein Mund war einfach näher."

„Äh, ja klar." War ich jetzt total bescheuert, ja klar? Eigentlich sollte ich ihm eine runterhauen für das eben. Erst küsste er mich wie ein Gott, und dann erzählte er mir, dass er mich nur daran hindern wollte, einen Ton von mir zu geben. Niemals!

„Du hast hoffentlich nicht gedacht, dass das ernst war, oder?"

Vielleicht doch? So ein Blödmann. Wollte er mir wirklich sagen, er hätte eben nichts gespürt? Zwischen uns? Ich war so verdattert, dass ich gar nicht bemerkte, wie Matt aufstand und die Türen aufstemmte.

„Komm schon, Nora. Wir sind genau da, wo wir hinwollten."

Wie in Trance rappelte ich mich auf. Ich musste mich echt zusammenreißen, um ihm aus Enttäuschung nicht noch mein Knie irgendwohin zu rammen. So ganz aus Versehen, versteht sich.

Wir kletterten aus dem Schacht. Vor uns erstreckte sich ein riesiger Raum, der in schwaches bläuliches Licht getaucht war und in dem sich ein Server-Rack ans nächste reihte. Die Lüftung und die Kühlsysteme für die Server sorgten für ein stetiges Hintergrundgeräusch. Etwa in der Mitte des Raums standen, wie auf einer Insel, einige große Bildschirme und Tastaturen. Das war der Kontroll- und User-Bereich.

Wahnsinn! Wir hatten es wirklich geschafft, das Sicherheitssystem von Benevol auszutricksen.

„Wir haben noch eine knappe Viertelstunde."

Ich konnte es fast nicht glauben, dass unsere Begegnung mit dem Killeraufzug nicht einmal fünf Minuten gedauert hatte. Die Momente, in denen er geradewegs auf uns zugerast war, waren mir wie Stunden vorgekommen. Schreckliche Stunden. Und dann war da noch der Kuss. Ich durfte nicht daran denken. Er war nicht echt gewesen. Na ja, schon echt, aber nicht ernst gemeint. Also am besten würde ich das Ganze einfach vergessen. Wir waren hier, um Morde aufzuklären. Und zu nichts anderem. Dennoch, eine Viertelstunde war nicht gerade lange, um die Welt zu retten, und der Kuss ging mir nicht aus dem Kopf.

Wir schnappten uns nacheinander alle Tastaturen und drehten sie um. Und wie erwartet, unter einer klebte tatsächlich ein Zettel mit einem Passwort. Es war klar, dass die IT-Verantwortlichen hier nicht die gleichen Sicherheitsmaßnahmen einforderten, wie wenn sich jemand von außerhalb des Unternehmens einloggte. Wer sollte auch schon hier herunterkommen, der keinen Zugang zu dem Zentralservern bekommen durfte? Dennoch, ein Passwort unter die Tastatur zu kleben, war ein Kardinalfehler.

Matt hatte es geschafft, die Namen aller Benevol-Mitarbeiter herauszubekommen, die Zugang zum Hauptserver hatten. Wie, das war mir ein Rätsel, aber offensichtlich wollte er nicht unbedingt sein Berufsgeheimnis mit mir teilen. Ein paar wenige Minuten später hatten wir das Passwort mit allen möglichen Mitarbeiter-Logins kombiniert und waren drin. Tschakka!

Wir arbeiteten uns fieberhaft durch die Dateien und suchten nach den Namen und Versicherungs-IDs der Mordopfer. Und wurden fündig. Alle bisherigen und auch zukünftigen Opfer waren in der Benevol-Datenbank. Diese Entdeckung beflügelte uns, und wir machten auf Hochtouren weiter. Jede Datei und Information, die auch nur im Entferntesten mit den Opfern zu tun haben konnte, zogen wir uns auf einen Stick, um alles bei Matt in Ruhe durchsehen zu können. Hier konnten wir das nicht, denn die Uhr tickte.

So sorgsam wie möglich hinterließen wir alles so, wie wir es vorgefunden hatten, und machten uns auf den Rückweg.

Matt überraschte mich damit, dass er ohne mit der Wimper zu zucken auf den Aufzugknopf drückte. Wir hörten, wie sich über uns der Fahrstuhlmechanismus in Gang setzte. Mir blieb der Mund offen stehen.

„Meinst du nicht, dass das Wachpersonal uns hört und uns gleich mal im Erdgeschoss in Empfang nimmt?"

„Wenn wir uns auf deine Großmutter verlassen können, dann nicht."

„Aber, woher weiß sie denn, was sie machen soll?"

„Ich habe ihr eingeschärft, genau fünfundzwanzig Minuten, nachdem wir das Gebäude betreten haben, für eine Ablenkung zu sorgen."

„Aber sie hat doch schon diese Show abgezogen, was soll sie denn noch tun?"

„Pst! Du wirst schon sehen."

Bevor noch die Türen des Aufzugs sich öffneten, vernahmen wir plötzlich lautes Knallen. Wenn ich mich nicht verhört hatte, dann waren das Schüsse.

„Du hast doch nicht etwa?"

„Doch, habe ich."

Ich fasste mir mit der Hand an die Stirn. Ich konnte es einfach nicht glauben. War er denn wahnsinnig?

Im Erdgeschoss angekommen verließen wir so leise wie möglich den Aufzug, wobei das eigentlich überhaupt nicht notwendig gewesen wäre, da in der Lobby die Hölle los war. Weitere Schüsse peitschten durch die Luft, Glas klirrte und laute Schreie und Tumult empfingen uns. Als wir um die Ecke linsten, sahen wir alle drei Security-Männer mit gezückten Pistolen nach draußen laufen.

„Bingo!", meinte Matt.

„O nein, wie konntest du ihr eine Pistole geben? Verfolgen sie etwa meine Oma?"

Wir huschten geduckt zwischen den Zierpflanzen in der Lobby, die uns Deckung gaben, hindurch und erreichten die Eingangstür, ohne entdeckt oder abgefangen zu werden.

Dort verschanzten wir uns erst einmal wieder hinter den Trögen mit den Büschen. Jetzt waren wir zumindest schon draußen und mussten nur noch die bewaffneten Wachleute umgehen. Leichter gesagt als getan.

Einer der Wachleute stand auf der anderen Straßenseite und versuchte zu sehen, was sich in dem Park abspielte, der gegenüber dem Benevol-Gebäude lag. Aus dem Park selbst hörte man die lauten Rufe der beiden anderen Security-Männer. „Bleiben Sie sofort stehen! Halt!"

Von weiter entfernt war Sirenengeheul zu hören. Das sah nicht wirklich gut für uns aus, solange der eine Wachmann noch in der Nähe der Eingangstür war.

Urplötzlich mischte sich in das Geheul der Sirenen das laute Quietschen von Autoreifen, als würde jemand mitten in der Münchner Innenstadt ein Autorennen veranstalten. Und dann fuhr unser Auto vor, das inzwischen allerdings so auffällig viele Beulen und Dellen hatte, dass man sie sogar im Licht der Straßenlaternen erkennen konnte. Am Steuer die Achtziger-Oma.

„Matt, du weißt schon, dass du die Büchse der Pandora geöffnet hast, oder?"

„Schnell, rein mit euch!", krähte meine Oma aufgeregt.

„Wird schon schiefgehen!", rief Matt und sprintete los. Ich hinterher.

Wir hechteten auf den Rücksitz, und bevor der verdatterte Wachmann auf der anderen Straßenseite auch nur reagieren konnte, drückte meine Großmutter aufs Gas, dass die Reifen nur so quietschten, und wir schlingerten in affenartiger Geschwindigkeit davon, allerdings nicht ohne noch ein Holzplakat, das auf dem Gehsteig stand und für Benevol warb, auf der Fronthaube mitzunehmen. Weg vom Benevol-Gebäude und weg von dem hinter uns her schießenden Security-Mann, der zu unserem großen Glück die Reifen des Autos verfehlte. Das Loch im Kofferraum konnten wir verschmerzen.

Der Höllenritt dauerte noch etwa zwei Minuten, bis Matt die Oma dazu bewegen konnte, am Straßenrand anzuhalten. Hüpfend kamen wir zum Stehen. Unter großen Protesten verfrachtete er sie zu mir auf den Rücksitz und übernahm das Steuer des schrottreifen Wagens.

Dann fuhr er uns auf Schleichwegen zurück zu Nels Wohnung und parkte dort in der Garage direkt neben seinem roten Ferrari ein.

12

Das Auto sah ziemlich mitgenommen aus.

Matt sprang heraus, und auch die Achtziger-Oma und ich begannen uns aus unseren Sitzen zu schälen. Noch saß mir der Schreck von der rasanten Autofahrt in den Gliedern, die eher einem Trip in einer Achterbahn geglichen hatte.

„Frau Achtziger, Nora, bitte steigt in den Ferrari um, ich fahre euch nach Hause. Ich denke, das war genug Aufregung für eine Nacht."

Hatte ich eben richtig gehört? Moment mal. Ich sah ihn empört an.

„Matt, kommt nicht infrage. Wir müssen uns so schnell wie möglich zusammen die Dateien ansehen."

„Nein, nicht zusammen. Das erledige ich schon. Ich hol dich auch morgen früh wieder ab, damit wir gemeinsam zu AutoDat fahren und mit Martin Engel und Eric sprechen können. Versprochen!"

„Ich will aber dabei sein, wenn du die Files durchgehst."

„Nora, du kannst doch schon fast nicht mehr stehen, so fertig bist du."

Ich baute mich vor ihm auf. Sämtliche Müdigkeit, die mich eben noch übermannt hatte, fiel von mir ab.

„Das kannst du wirklich vergessen. Jetzt wo wir vielleicht kurz davor sind herauszufinden, was hinter den Morden steckt."

„Es hilft aber nichts, wenn du mir vor dem Computer zusammenklappst."

„Ach, aber du bist wohl fit wie ein Turnschuh, oder was?"

„Ich bekomm das schon hin. Ist ja schließlich mein Job."

„Job hin oder her. Du musst mich schon fesseln und in den Kofferraum legen, damit ich mich hier wegbewege."

„Okay, du forderst es ja geradezu heraus!"

Er kam einen Schritt auf mich zu und packte mich an den Schultern. In Sekundenschnelle befreite ich mich mit einer Taekwondo-Technik.

„Fass mich nicht an!", zischte ich. „So schnell wirst du mich nicht los."

„Jetzt sei doch vernünftig."

„Und das von dir, da muss ich doch wirklich lachen." Jetzt wurde ich echt wütend. „Wer hat meiner Oma die Autoschlüssel in die Hand gedrückt? Nicht zu reden von der Pistole. Ich vielleicht?"

„Hättest du eine bessere Idee gehabt?"

„Ich hatte ja gar keine Gelegenheit, überhaupt eine Idee zu entwickeln. Nachdem du mich ja nicht in deine Pläne einweihst."

„Vielleicht war es überhaupt ein Fehler, dich in die ganze Sache einzuweihen."

„Ach ja? Jetzt plötzlich. Bis vorhin hast du meine Hilfe aber ganz gut in Anspruch genommen. Und ohne meine Oma hätten wir auch keine Dateien von Benevol."

Matt war mir wieder nähergekommen, und wir standen fast Nase an Nase. Wir waren beide so in unseren Streit vertieft, dass das Aufjaulen eines Motors uns brutal in die Realität zurückholte. Matt konnte mich gerade noch packen und zur Seite ziehen, denn sonst hätte uns der rote Ferrari überrollt, am Steuer: die Achtziger-Oma.

„Um mich braucht ihr euch nicht zu kümmern", kreischte sie, um das laute Motorengeräusch zu übertönen. „Ich komm schon nach Hause."

Matt stand der Mund offen. Er war so erstarrt, dass er mich immer noch fest in seinen Armen hielt. Ich wehrte mich nicht.

„Hattest du den Schlüssel im Zündschloss stecken lassen?"

„Ja klar, um schnell weg zu kommen, wenn's sein muss."

„Mhm. Offensichtlich ist der Plan ziemlich erfolgreich", kommentierte ich zynisch.

Der Ferrari hüpfte und stotterte der Garagenausfahrt entgegen. Kurz bevor sie zur Ausfahrt hinausschoss, streckte meine Oma den Kopf noch einmal aus dem Fenster.

„Nora, ich verschaff dir ein Alibi bei deinen Eltern." Was auch immer das jetzt heißen sollte. Dann hörten wir sie nur noch rufen: „Yippie! Ich wollte schon immer mal Ferrari fahren." Und weg war sie.

Matt erwachte langsam aus seiner Erstarrung und ließ mich los. Sehr bedauerlich.

„Wir müssen hinterher. Was, wenn ihr etwas passiert?", stieß er hervor.

„Ach, weißt du. Die Achtziger-Oma hat einen Schutzengel, der ein echter Profi ist. Ihr passiert bestimmt nichts. Was dein Auto betrifft – da kann ich allerdings für nichts garantieren. Ich hoffe, du hast es gut versichert. Apropos Versicherung, können wir uns jetzt endlich die Daten anschauen?" Ich sah Matt auffordernd an.

„Mir bleibt ja nichts anderes übrig." Matt war immer noch sichtlich durcheinander, und ich konnte ein gemurmeltes „Crazy family" gleich im Anschluss vernehmen.

Er hatte nun sichtlich aufgegeben und bugsierte mich zum Aufzug. Ich hatte ein kurzes Déjà-vu von unserem Erlebnis im Aufzugschacht, und ein kribbelndes Gefühl durchlief meinen ganzen Körper. Was, wenn er mir noch einmal so einen Kuss gab? Ich würde dahinschmelzen. Allerdings hatte er ziemlich klargemacht, dass er mich vorhin nur zum Schweigen bringen wollte. Ich schielte zu ihm hinüber.

Er sah starr auf die Stockwerk-Anzeige, und offensichtlich ging ihm gerade einiges durch den Kopf. Was es war, konnte ich leider nicht ahnen.

Als der Aufzug den fünften Stock erreichte, stiegen wir aus. Alles um uns herum war dunkel und still. Kein Wunder, es war ja zwei Uhr nachts.

Leise schloss Matt die Wohnungstür auf und legte den Zeigefinger auf die Lippen. Ein Zeichen, dass er Nel nicht wecken wollte. Wir schlichen in Nels Büro, das Matt ja derzeit in sein Computer- und Rechenzentrum umfunktioniert hatte, und zogen auch gleich die Zimmertür hinter uns zu. Dann ließ sich Matt mit einem Seufzer auf einen Stuhl fallen, kramte den Stick aus seiner Jackentasche und startete die Datenübertragung.

Trotz alldem, was heute Nacht schon vorgefallen war, spürte ich im Moment keinerlei Müdigkeit mehr, was nur mit einem hohen Adrenalinpegel zusammenhängen konnte.

Wir durchforsteten alle Datensätze zu den Opfern und konnten ziemlich schnell bestätigen, was wir schon bei Benevol vermutet hatten. Das Versicherungsunternehmen hatte nicht nur Daten zu allen Opfern, sie waren auch alle bei Benevol versichert, was uns aber leider noch kein Mordmotiv lieferte. Also nahmen wir uns jeder ein paar der Dateien vor und versuchten Hinweise zu finden. Aber da war nichts, was uns ins Auge sprang. Auf jeden Fall wies nichts auf einen wirtschaftlichen Hintergrund der Morde hin, was gemäß unserer Vermutung am wahrscheinlichsten war. Aber warum sollten wir auch in den Daten einer Krankenversicherung Indizien dafür finden? Ich war enttäuscht. War unser Einbruch völlig umsonst gewesen? Befanden wir uns auf dem Holzweg? Verbissen las ich weiter. Die Dateien waren ziemlich umfangreich, da nicht nur die vergangenen Krankheiten, Behandlungsmethoden und verabreichten Medikamente getrackt, sondern auch alle regelmäßigen Gesundheitschecks gespeichert wurden. Nach etwa zwei Stunden mühsamer Detektivarbeit begannen mir die Augen zuzufallen. Ich musste weggenickt sein und träumte. Irgendjemand strich mir sanft übers Haar. Es tat so gut, schlafen zu können. Einfach nur schlafen …

Irgendwann schreckte ich hoch und stellte fest, dass Matt mir eine

Decke über die Schultern gelegt hatte. Ich sah auf die Uhr. O Mann! Ich hatte bestimmt eine Stunde gepennt. Als ich mich umdrehte, schwenkte Matts Blick vom Computerbildschirm zu mir her.

„Warum hast du mich nicht geweckt?"

Er sah mich müde an. „Du hast dringend eine Pause gebraucht."

„Hast du was gefunden?"

„Ich weiß noch nicht. Ich habe einen Algorithmus über alle Dateien laufen lassen, um Übereinstimmungen zu finden. Er ist gleich fertig, dann können wir uns das Ergebnis zusammen anschauen. Wenn wir damit nicht weiterkommen, bin ich mit meinem Latein am Ende. Hast also nichts verpasst."

Eigentlich war ich ihm ziemlich dankbar dafür, dass er mich hatte schlafen lassen. Wenn es auch nur eine Stunde war, so fühlte ich mich wieder deutlich fitter. Aber zugeben würde ich das ihm gegenüber natürlich nicht.

„Soll ich uns einen Kaffee machen?", fragte ich daher ein bisschen muffelig.

Er lächelte mich an. „Das wäre fantastisch. Ich heirate dich vom Fleck weg."

„Blödmann!"

Trotz der leichten Augenringe, ein Tribut an die durchwachten Nächte, sah er so verdammt gut aus, dass mir der Atem stockte. Warum konnte er nicht einfach eine zu große Nase, vorstehende Zähne oder Glubschaugen haben? Bevor er bemerken konnte, dass ich knallrot anlief, verließ ich fluchtartig das Arbeitszimmer in Richtung Küche.

Als ich, zwei ziemlich volle Kaffeebecher balancierend, wieder ins Arbeitszimmer zurückkam, starrte Matt wie gebannt auf den Bildschirm.

„Matt? Hast du was gefunden?"

„Mhm."

„Hey. Sprich mit mir." Um seine Aufmerksamkeit zu bekommen, stellte ich den Kaffee so abrupt neben ihm ab, dass sich eine Pfütze unter dem Becher bildete. Matt ignorierte mich total, so gefesselt war er von dem, was er sah.

„Jetzt sag doch endlich, was der Algorithmus ausgespuckt hat."

Ich stand hinter ihm und schüttelte ihn an den Schultern. In völliger geistiger Abwesenheit legte er seine Hand auf meine und hielt mich fest.

Dann, nach einer gefühlten Ewigkeit, schien er mich endlich wahrzunehmen.

„Da ist eine Übereinstimmung. In den DNA-Tests."

DNA-Tests wurden seit ein paar Jahren von den Krankenversicherungen angeboten, um zukünftige Risikoerkrankungen rechtzeitig festzustellen.

„Was für eine Übereinstimmung? Jetzt sag schon."

Es dauerte mir viel zu lange, bis Matt endlich antwortete.

„Alzheimer. Neun der zehn Opfer haben die Diagnose, irgendwann an Alzheimer zu erkranken."

„Das ist ja schrecklich. Stell dir vor, du weißt das jetzt schon. Ist ja, wie wenn man auf einer Zeitbombe sitzt."

Matt runzelte die Stirn. „Ja schon. Aber für unser Motiv. Das muss doch was bedeuten, oder?"

„Kann das ein Zufall sein? Und du sagst neun, also nicht alle zehn. Wer von ihnen denn nicht?"

„Horst Regener, das letzte Opfer."

Ich hakte nach: „Der, dem die IT-Firma gehört hat, die Konkurrenz zu AutoDat?"

„Ja, genau der. Bei ihm ist absolut nichts in der Akte. Er scheint nie einen DNA-Test in Auftrag gegeben zu haben."

„Vielleicht haben wir es ja mit zwei unterschiedlichen Motiven zu tun?" grübelte ich.

„Könnte sein. Also wenn wir jetzt zuerst mal annehmen, dass der DNA-Test eine Spur ist, was dann?"

„Können wir herausfinden, wer zuletzt Zugang zu den Dateien hatte?"

„Sollte gehen. Ich habe mir auch die Zugangs-Logs heruntergezogen. Gib mir ein paar Minuten.“

Während Matt völlig konzentriert ein paar Files durchscannte, machte ich mich im Internet auf die Suche nach Kommentaren zu DNA-Tests. Wie viele neue wissenschaftliche Errungenschaften wurden sie von der Bevölkerung sehr zwiespältig gesehen. Zuerst gab es, nachdem sie vom Bundesgesundheitsministerium freigegeben wurden, eine regelrechte Euphorie. Allerdings führten schlechte Ergebnisse und Nachrichten zu einem signifikanten Anstieg psychischer Erkrankungen, sodass man in den letzten Jahren dazu übergegangen war, nur noch bei triftigen Gründen zu testen. Und zwar dann, wenn die jeweilige Krankheit im Vorfeld effektiv behandelt werden konnte. Alzheimer gehörte hier jedoch leider nur bedingt dazu.

„Dr. Benson“, sagte Matt plötzlich.

„Was?“

„Schau doch bitte auf der Homepage von Benevol, ob du etwas über einen Dr. Benson findest. Ich checke in der Zwischenzeit, was es im Internet zu ihm an Informationen gibt.“

„Bin schon dabei.“

Schon nach kurzer Zeit wurde ich fündig. Es war kein Hexenwerk, Dr. Benson zu identifizieren, da er der Forschungsleiter von Benevol war und ebenso wie die anderen Manager aus dem Leitungskreis des Versicherers auf der Homepage von Benevol mit einem Foto und einem kurzen Lebenslauf vorgestellt wurde. Dr. Matthias Benson war demgemäß männlich, dreiundfünfzig Jahre alt, promovierter Biologe und seit einigen Jahren erfolgreich im Bereich der Demenz-Forschung tätig, was ihm einen Platz im leitenden Team von Benevol einbrachte.

Nur ein paar Minuten später entdeckte Matt auch noch einen durchaus aussagekräftigen Artikel auf der Seite eines wissenschaftlichen Forums.

„Ich glaube, die Puzzleteile fügen sich so langsam zusammen.

Lies dir das mal durch. Das ist ein Artikel von Benson. Hier die Passage finde ich besonders interessant."

Ich rückte näher an seinen Bildschirm ran und begann laut zu lesen: „... *die steigende Lebenserwartung in der Bevölkerung und der dadurch bedingte Anstieg an Demenz-Erkrankungen wird eine drastische Auswirkung auf die medizinischen Kosten unseres Gesundheitssystems und somit auch auf die Zukunft unserer Gesellschaft haben ...*"

„Und hier! Das ist ja heftig." Matt deutete auf einen weiteren Absatz.

„... *um der Insolvenz von Krankenversicherungen zuvorzukommen und einen Zusammenbruch unseres Gesundheitssystems zu verhindern, müssen drastische Änderungen vorgenommen werden, wie zum Beispiel kritische Erkrankungen über zusätzliche Sonderzahlungen und erhöhte Tarife der Erkrankten finanziell abzudecken ...*" und später schreibt er noch „... *der Forderung nach einer ganzheitlichen DNA-Erfassung aller deutscher Staatsbürger wird die Regierung nachkommen müssen ...*" Ich hielt inne und sah Matt betroffen an. Matt scrollte weiter nach unten.

„Wenn man sich die Online-Kommentare dazu anschaut, dann scheint er aber ganz schön Gegenwind wegen seines Pamphlets bekommen zu haben. Was mich jetzt echt nicht wundert. Eigentlich fordert er die totale Überwachung und dass Schwerkranke schon frühzeitig anfangen müssten, in ihre spätere Versorgung einzuzahlen. Das heißt, du erfährst nicht nur, dass du in ein paar Jahren eine schlimme Krankheit bekommst, sondern wirst vorab auch noch zur Kasse gebeten, und vermutlich nicht zu knapp." Matt war empört.

„Hey, hier habe ich noch was gefunden, nämlich dass ihn seine extreme Meinung fast seinen Job gekostet hat. Nicht gerade erstaunlich", sagte ich.

„Was heißt fast?", fragte Matt.

„Warte, hier unten ist noch was. Er hatte offensichtlich einen mächtigen Fürsprecher im Gesundheitsministerium, sonst wäre es das für ihn gewesen. Ich meine mit seinem Job."

„Steht was dabei, wer das im Ministerium war?"

„Leider nein", stellte ich mit Bedauern fest.

„Wann wurden denn die DNA-Untersuchungen bei den neun Mordopfern durchgeführt? Ich habe vorhin gelesen, dass man die großflächigen Untersuchungen vor etwa fünf Jahren eingestellt und auch angeblich die besagten Daten gelöscht hat."

„Innerhalb des letzten Jahres", antwortete ich knapp.

„Wow! Dann sind die Untersuchungen absolut illegal, und die Leute wissen vielleicht selbst gar nichts davon?"

„Hm. Was wäre dann das Mordmotiv?" Ich sah Matt fragend an.

Er überlegte kurz: „Alle neun werden erwiesenermaßen irgendwann an Alzheimer erkranken und die Versicherung, also hiermit Benevol, viel Geld kosten, denn Alzheimer-Patienten können gut noch zehn oder gar zwanzig Jahre nach Ausbruch der Krankheit weiterleben. Ich habe mal gelesen, dass ein Alzheimer-Patient jedes Jahr bis zu fünfzigtausend Euro kosten kann. Wenn man sie also vorher um die Ecke bringt, kann das eine Menge Kosten sparen. Klingt jetzt schräg, aber vielleicht ist da was dran."

Ich schluckte. Das wäre ja absoluter Wahnsinn.

„Und wenn du noch weiter überlegst, dass es über zwei Millionen Demenz-Kranke in Deutschland gibt, dann kommt da echt was zusammen", fuhr Matt fort.

„Aber Mord, deswegen? Das kann ich mir nicht vorstellen", wandte ich ein.

„So denken wir, aber wenn es erst mal um ziemlich große Summen geht, da ist manch einer nicht mehr zimperlich. Oder dieser Dr. Benson ist wahrscheinlich ein Fanatiker, der meint die Welt zu retten. Und wer weiß, vielleicht sind die paar Opfer, die wir gefunden haben, nur der Anfang von einem gigantischen Komplott? Denk mal nicht nur an Deutschland, sondern international. Benevol ist ein globales Versicherungsunternehmen, und AutoDat ist auch weltweit aktiv. Warum sollten sie so etwas nur in Deutschland machen?"

„O Mann, das wäre ja total krank!“, entfuhr es mir.

„Das kannst du laut sagen“, stöhnte Matt.

Erschüttert saßen wir vor den überwältigenden Indizien. Es war einfach unfassbar, aber anders konnten wir uns das alles nicht zusammenreimen.

„Und was machen wir jetzt?“, fragte ich ziemlich erschüttert.

„Ich bin am Überlegen, ob wir doch zur Polizei gehen. Keine Ahnung, wie wir erklären, woher wir unsere Informationen haben, aber ich sehe gerade keinen anderen Ausweg. Wir haben genügend belastendes Material, dass sie das ernst nehmen müssen. Alleine können wir nicht weitermachen. Das ist zu groß für uns.“

„Aber irgendjemand dort steckt doch mit drin. Was, wenn wir genau an den Falschen geraten?“

„Das Risiko müssen wir eingehen.“

Ich schluckte, und Matt sah auch nicht wirklich überzeugt aus. Aber wir waren an einem Punkt angekommen, an dem wir nichts mehr ausrichten konnten. Irgendjemandem mussten wir vertrauen. Draußen dämmerte der Morgen, es musste so gegen halb sechs sein. Ein Blick auf mein AD bestätigte meine Vermutung. Genau genommen war es sechs Uhr zweiundzwanzig. Gleichzeitig sah ich, dass noch eine Nachricht von Eric gekommen war. Vor circa einer halben Stunde. Wow, das war doch so gar nicht seine Zeit. Ich hatte sie nicht bemerkt, weil ich die Alarmtöne des Devices vor unserem Besuch bei Benevol abgestellt hatte, um sicher zu gehen, dass kein Signalton oder Vibrieren uns verraten würde.

Wir treffen uns mit der Polizei um 7:00 bei Martin im Büro. Wir haben wichtige Hinweise gefunden. Ihm können wir vertrauen. Bitte unternehmt nichts alleine. Könnte gefährlich werden. Eric

Matt sah mir über die Schulter. Ich zeigte ihm Erics Chat.

„Was meinst du?“

„Hoffen wir mal, dass Engel die richtigen Kontakte zur Polizei hat.“

„Wir haben nur noch eine knappe Dreiviertelstunde. Wie

kommen wir zu AutoDat? Dein Ferrari steht hoffentlich noch einigermaßen fahrtüchtig bei meinen Eltern, und das andere Auto sollten wir sicherheitshalber nicht nehmen. Das könnte jemand nach unserer Amokfahrt gestern erkennen."

„Wir leihen uns von Nel seinen E-Roller aus, dann haben wir zumindest noch Zeit, uns einigermaßen wiederherzustellen. Zu AutoDat brauchen wir nur zehn Minuten."

Während Matt in Nels Zimmer verschwand, nutzte ich die Zeit für eine Katzenwäsche im Bad. Gerade war ich dabei, mein Top überzuziehen, als ich hinter mir die Tür aufgehen hörte. Matt kam herein.

„Tut mir leid. Lass dich nicht stören, ich brauch nur unbedingt noch schnell eine kurze Dusche."

Und ohne mich weiter zu beachten, begann er sich seine Klamotten regelrecht vom Leib zu reißen. Mir wurde gleichzeitig heiß und kalt. Ich stand hier in Unterwäsche, und er zog sich tatsächlich in meiner Anwesenheit splitternackt aus. Hätte er nicht noch fünf Minuten warten können? Ich versuchte, so rasch wie möglich in meine Jeans zu schlüpfen, wobei ich mich vor lauter Hektik fürchterlich in den Hosenbeinen verhedderte. Mit einem lauten Rumms ging ich zu Boden.

„Ich wusste gar nicht, dass ich so eine umwerfende Wirkung auf Frauen habe."

Jetzt drehte sich Matt auch noch zu mir um. Ich kniff blitzschnell meine Augen zusammen, konnte aber nicht umhin noch zu erkennen, dass dieser Typ muskulös und wahnsinnig gut gebaut war. Ich bekam einen spontanen Schweißausbruch. Krampfhaft versuchte ich, mich gleichzeitig hochzurappeln und meine Jeans zuzumachen, was, wie ich zugeben musste, wahrscheinlich einen extrem ungeschickten Eindruck hinterließ. Dann raffte ich meine restlichen Sachen zusammen und verließ fluchtartig das Bad. Ein amüsiertes Glucksen aus der Dusche begleitete mich, als ich panisch die Tür hinter mir zuschlug.

So ein Idiot! Hatten wir nicht schon genug Probleme am Hals? Das hätte es ja nun wirklich nicht gebraucht.

Als Matt keine zehn Minuten später in der Küche auftauchte, in der ich auf ihn wartete, während mein Puls sich langsam wieder beruhigte, war er ordnungsgemäß angezogen und drückte mir grinsend einen Motorradhelm in die Hand.

„Tut mir echt leid, aber der Ruf der Dusche war stärker, als auf deine schamhaften Gefühle Rücksicht zu nehmen. Dachte nicht, dass dich der Anblick eines nackten Mannes so aus der Bahn wirft."

Ich verkniff mir eine fiese Bemerkung, ganz abgesehen davon, dass mir auch gar keine passende einfiel.

Der Roller parkte neben dem Hauseingang. Matt schwang sich darauf, und ich setzte mich hinter ihn.

„Halt dich fest!", rief er mir zu, und ich konnte mich gerade noch an seinen Hüften festkrallen, um nicht das Gleichgewicht zu verlieren. Ein uneleganter Sturz am Tag war definitiv ausreichend. Ich brauchte nicht noch so ein blamables Ereignis.

Kurze Zeit später waren wir beim AutoDat-Gebäude angekommen, und Matt fuhr in die Garage. Als Sohn von Leon Chatwick hatte er ja eine Zufahrtserlaubnis. Nahe bei der Tür zum Aufzug stellten wir Nels Roller ab und fuhren nach oben in den siebten Stock, in dem die DA ihre Büros hatte und wo logischerweise auch Martin Engel sitzen musste. Da Matt dort bereits gearbeitet hatte, wusste er natürlich, wo es langging, und ich folgte ihm einfach.

Das Stockwerk war menschenleer, wie vermutlich auch der Rest des Gebäudes. Das war aber eigentlich auch kein Wunder, denn wer war schon früh um sieben beim Arbeiten? Die Wahnsinnigen konnte man sicherlich an einer Hand abzählen. Der Schnitt des Stockwerks war sehr ähnlich zu dem der Qualitätsabteilung, nur die Wände hatten eine andere Farbe und waren mit verschiedenen ziemlich coolen Schwarz-Weiß-Fotos dekoriert.

Wir liefen den langen ausgestorbenen Gang entlang und kamen

an der offenen Bürofläche mit den Cubicles vorbei, bis wir schließlich das Office von Engel erreichten. Es hatte Glaswände, an deren Innenseite Jalousien angebracht waren. Daher konnten wir nicht ins Innere hineinsehen. Auf unser Klopfen hin bat uns eine autoritäre, männliche Stimme einzutreten.

Im Büro saßen sich zwei Männer an einem großen Schreibtisch gegenüber. Ich erkannte den einen der beiden sofort. Hatte ich ihn doch bereits bei dem Interview in den News sympathisch gefunden, so bestätigte sich mein Eindruck auch auf den zweiten Blick. Martin Engel saß hinter seinem Schreibtisch und lächelte uns freundlich, aber souverän an. Den zweiten Mann kannte ich nicht. Er war etwa fünfzig und an den Schläfen leicht ergraut, aber durchaus attraktiv für sein Alter.

Ich sah mich im Büro um. Kein Eric.

Auch Matt schien sich darüber zu wundern, aber er ergriff sofort die Initiative.

„Hallo Martin, unser Kollege Eric hat uns eine Nachricht übermittelt, dass wir uns hier mit Ihnen treffen sollen. Und mit der Polizei."

„Guten Morgen Cole", sagte Engel, stand auf und schüttelte ihm die Hand. „Und du musst Nora sein, habe ich recht?"

„Guten Morgen, Herr Engel."

„Du kannst mich gerne Martin nennen", meinte Engel. Nach meinem Geschmack fast ein wenig zu herzlich für eine allererste Begegnung. Aber vielleicht war das so seine Art. Er war ja längere Zeit in den USA gewesen, wo der Umgang, wenn man sich zum ersten Mal trifft, typischerweise etwas lockerer ist als bei uns.

„Äh, ja, Martin. Wo ist denn Eric? Wir dachten, dass er auch hier ist."

„Eric ist gerade mit zwei von den Polizisten im Rechenzentrum. Er hat uns von euren Nachforschungen erzählt. Wirklich erschütternd. Ich erwarte ihn jeden Moment zurück."

Dann zeigte er auf den Mann, der ihm gegenübersaß.

„Darf ich vorstellen? Friedrich Meier, der Chef der Münchner Kriminalpolizei."

Meier nickte uns kurz zu.

„Habt ihr eure Beweise dabei? Können wir uns das gemeinsam ansehen?"

Matt zog den Stick mit den Daten aus seiner Hosentasche und gab ihn Engel, der sofort die Daten in sein Office-System einspeiste.

Während er durch die Dateien blätterte, warf Matt immer wieder Kommentare ein, um die Zusammenhänge zu erklären.

Als wir schließlich bei Dr. Benson und unserer Interpretation der Alzheimer-DNA-Tests angekommen waren, sah uns Martin mit seltsamem Gesichtsausdruck an.

„Ich bin beeindruckt! Wer außer euch weiß denn von der Sache?"

„Na ja, eigentlich nur wir beide und Eric", sagte ich, ein bisschen irritiert von seiner Frage.

In diesem Moment klopfte es an der Bürotür. Ich drehte mich um und erwartete Eric hinter den beiden Männern, die vermutlich die Polizisten waren, von denen Engel gesprochen hatte. Aber nicht Eric betrat als dritter den Raum, sondern ein Mann, den ich zwar noch nie getroffen hatte, aber sofort aufgrund seines Fotos auf der Homepage von Benevol identifizieren konnte: Dr. Benson. Ich erstarrte, und aus den Augenwinkeln sah ich, wie auch Matt zusammenzuckte. Auch er hatte den Forschungsleiter von Benevol erkannt.

Ich drehte mich zu Engel um, und wollte gerade loslegen, dass das doch Dr. Benson sei und sie ihn auf der Stelle verhaften sollten, als ich den Lauf einer Pistole erblickte, die auf Matt gerichtet war. Engel musste sie blitzschnell aus seinem Schreibtisch gezogen haben, während wir durch die Hereinkommenden abgelenkt waren.

„Martin, was soll das heißen?" Matt sah ihn fragend an.

„Cole, Nora, tut mir leid. Aber ich glaube, ihr wisst zu viel."

Und an Benson gerichtet meinte er abschätzig: „Mein lieber

Matthias, du hast eindeutig zu viele Spuren hinterlassen, wenn sogar eine Schülerin und ein Millionärssöhnchen dir auf die Schliche kommen."

„Das ist nicht meine Schuld. Sie haben schließlich bei AutoDat gearbeitet, nicht bei uns." Bensons Stimme klang schneidend.

Jetzt schaltete sich der Polizeichef ein, und Hoffnung keimte in mir auf.

„Was willst du mit ihnen machen, Martin?"

„Na, wir müssen sie zum Schweigen bringen. Keine Frage, oder?"

Ich war starr vor Schreck. Selbst dieser Friedrich Meier von der Polizei steckte mit drin. Wir waren genau an die Falschen geraten und in eine Falle gelaufen.

„Noch mehr Tote – das ist doch verdächtig."

„Sei keine Memme. Was ist schon ein weiterer Unfall. Ich dachte, du brauchst das Geld. Wenn einer zu viel beim Wetten verloren hat, dann hat er leider nicht viele Optionen. Oder sehe ich das falsch?" Engel sah den obersten Münchner Polizisten überheblich an. Er hatte ihn eindeutig in der Hand. „Sie wissen zu viel. Du wirst das schon wie bei den anderen vertuschen können. Wir verlassen uns da auf dich."

Friedrich Meier sah zu uns und zuckte entschuldigend mit den Schultern.

„Tut mir leid. Aber ihr hättet euch da nicht einmischen dürfen."

„Aber, Sie können doch nicht ..." Weiter kam ich nicht, denn die unsympathische Stimme von Benson würgte meinen verzweifelten Versuch ab, mit den Verbrechern zu verhandeln.

„Du weißt, was auf dem Spiel steht", fuhr er Meier an, „und du hängst genauso drin wie wir beide."

„Und jetzt? Was wollt ihr machen? Sie umbringen, nur weil du den irren Glauben hast, mit den Morden der Gesellschaft zu dienen und das Gesundheitssystem vor einem Zusammenbruch zu bewahren? Du bist doch ein Psychopath", schnaubte Meier.

Benson wollte auf den Kripo-Chef losgehen, aber Engel hielt

ihn zurück. Dann nickte er Meier zu: „Keiner schert jetzt noch aus. Deine Jungs sollen die beiden zu dem anderen runter in den Keller bringen. Und zwar möglichst flott, bevor irgendjemand von der Belegschaft in mein Büro kommt und euch hier antrifft."

Ich sah mich hilflos nach einem Fluchtweg um, aber da war keiner.

„Martin", hörte ich Matt erstaunlich ruhig fragen. „Was für ein Motiv hast du für diese Morde? Das würde ich schon gerne wissen, bevor du uns auch noch um die Ecke bringst."

Engel lachte überheblich auf. „Junge, ich glaube nicht, dass du das verstehen kannst. Du bist unter den Reichen und Schönen aufgewachsen, und dir hat es nie an irgendwas gefehlt." Er dachte immer noch, dass Matt der Sohn von Leon Chatwick war. Hass verzerrte seine bisher anziehenden Gesichtszüge zu einer scheußlichen Fratze.

„Ich habe mich hochgearbeitet. Musste immer machen, was andere mir angeschafft haben. Jetzt bin ich fast da, wo ich hinwill. An die Spitze von AutoDat. Mit den Versichertendaten von Benevol kann ich AutoDat eine Monopolstellung sichern. Personenbezogene Daten sind wertvoller als pures Gold. Wir können jeden Menschen immer und überall identifizieren und lokalisieren. Das ist der absolute Durchbruch! Wir werden die uneingeschränkten Marktführer im Bereich des autonomen Fahrens, und ich, ich werde das Unternehmen leiten. Wir verlieren in letzter Zeit immer mehr Marktanteile an unseren direkten Konkurrenten EarthDrive. Ohne die personenbezogenen Daten wird es weiter bergab mit AutoDat gehen, und mein Aufstieg ist gefährdet. Krüger ist zu vorsichtig. Er hat Angst davor, auf Personendaten zuzugreifen und redet ständig von Datenschutz. Dadurch handelt er viel zu konservativ und schafft es nicht, AutoDat in die führende Position zu bringen. Der Vorstand muss erkennen, dass er mich braucht und nicht Jeff Krüger."

Er hatte sich so richtig in Rage geredet. Das war ein ganz anderer

Martin Engel, als der ruhige und kompetente Mann, den ich in den News gesehen hatte. Dieser Martin Engel war ein vollkommen verbissener Typ, von Machthunger getrieben, und jemand, der, ohne mit der Wimper zu zucken, jeden umbringen ließ, der sich ihm in den Weg nach oben stellte.

Wie besessen fuhr er fort: „Und dann wollte mir Krüger auch noch diesen Horst Regener vor die Nase setzen. Regener ist ein Dilettant. Der hätte doch tatsächlich hier meinen Job übernehmen sollen. Nur weil sie seine Firma aufkaufen wollten und er den Kauf nicht akzeptiert hat. Krüger bringt AutoDat noch an den Rand des Ruins, wenn der Aufsichtsrat ihn weiter agieren lässt. Ich muss und werde das verhindern."

Engel machte eine Pause und sah uns an, als wolle er unsere Zustimmung für seinen offensichtlichen Wahnsinn bekommen: „Was sind dagegen ein paar manipulierte Algorithmen und ein paar Unfälle mehr. Ich würde sagen, der Zweck heiligt die Mittel, oder?"

Er legte seinen Kopf ein wenig schief, als würde er überlegen.

„Außerdem seid ihr in mein Büro eingebrochen. Meint ihr vielleicht, ich hätte das nicht bemerkt, ihr Schnüffler? Aber jetzt ist Schluss."

Wow! Ich konnte es nicht glauben. Der eine ein Fanatiker, der die Welt retten wollte. Der zweite ein geschmierter Polizist mit Wettschulden. Und Engel mit seiner Macht- und Karrierebesessenheit. Er hatte die Gefahr erkannt, die von uns für seine Machenschaften ausging, und würde mit Sicherheit auch vor einem Mord an uns nicht zurückschrecken. Wir saßen in der Klemme! Und aus irgendeinem Grund war er auch noch sauer, weil sich jemand heimlich in seinem Büro umgeschaut hatte. Höchstwahrscheinlich Matt. Hatte der mir allerdings verschwiegen. Ich schielte zu ihm hinüber und bemerkte, dass er mich ebenfalls mit gerunzelter Stirn anstarrte. Bevor ich jedoch den Mund aufmachen konnte, packten uns Meiers Männer auf Engels Befehl hin brutal an den Schultern und schleppten uns, vom höhnischem Gelächter Engels begleitet, aus dem Büro.

Matt flehte ihn noch an, wenigstens mich zu verschonen, was ich ihm echt hoch anrechnete; aber mir war klar, dass keiner von den drei Mistkerlen riskieren konnte, auch nur einen von uns, mit dem Wissen, das wir hatten, davonkommen zu lassen.

Ich riss mich zusammen, solange wir in der Reichweite von Engels Pistole waren, da ich ihm ohne Weiteres zutraute, uns auf der Stelle abzuknallen. Die beiden Kerle waren richtige Schlägertypen, und ich rechnete mir trotz meiner Taekwondo-Kenntnisse keine guten Chancen gegen sie aus. Sie zerrten uns mit Gewalt in den Aufzug, und ich leistete keinerlei Widerstand.

13

Kaum waren wir im Aufzug, als Matt versuchte mit den Typen zu reden.

„Hey, ihr wisst schon, dass ihr hier an Morden beteiligt seid, oder? Wollt ihr das wirklich? Wenn ihr uns hier heraushelft, dann können wir euch entlasten."

„Quatsch nicht so blöd", schimpfte der eine der beiden, zog prompt eine Pistole aus seiner Jacke und richtete sie auf mich. „Ich erledige sonst deine kleine Freundin."

Okay. Mit diesen Herren war nicht gut Kirschen essen, und gerade eben hatte sich mein Plan, sie mit meinen Taekwondo-Kenntnissen vertraut zu machen, endgültig in Luft aufgelöst. Mit einer Pistole konnte ich nicht wirklich konkurrieren. Damit war auch jegliches Gespräch im Keim erstickt. Ich hoffte noch inständig, dass irgendjemand schon früh ins Büro kam, den Aufzug rief, die Gefahr erkannte und uns retten würde. Leider erfüllte sich auch diese Hoffnung nicht, und der Aufzug bewegte sich erbarmungslos ohne die geringste Unterbrechung nach unten, unserem Gefängnis entgegen.

Als der Aufzug im Keller stoppte, bugsierten sie uns an der Garage vorbei, einen langen Gang entlang, bis zu einer Stahltür. Uh! Das sah schon von außen nicht vielversprechend aus.

Der Mann, der keine Pistole in der Hand hatte, leerte noch unsere Taschen und nahm uns selbstverständlich alles ab, was irgendwie hilfreich sein konnte, um hier wieder herauszukommen. Dann öffnete er die Tür, und sie schubsten uns unsanft in einen dunklen Raum. Hinter uns schloss sich der Riegel, und wir standen in völliger Finsternis.

„Matt?“, fragte ich zaghaft.

Ich konnte ihn nicht sehen, aber ich spürte, wie er sich mir näherte und tröstend meine Hand nahm. Dann zog er mich an sich und nahm mich in den Arm.

„Nora“, flüsterte er. „Es tut mir so leid, dass ich dich in die Sache mit reingezogen habe. Ich werde alles tun, damit du hier unbeschadet wieder rauskommst.“

Wäre er nicht gewesen, dann hätte ich mich sicher zu Boden fallen lassen und wäre in Tränen ausgebrochen. So legte ich stattdessen meinen Kopf an seine Schulter. Wir standen stumm beisammen, bestimmt für ein paar Minuten, und zwar so nahe, dass ich spürte, wie sein Herz schlug. Ich hätte ewig so stehen bleiben können, um die fürchterlichen Ereignisse in seiner Umarmung zu vergessen. Nach einer Weile löste er sich jedoch von mir und meinte: „Lass uns zumindest mal unser Gefängnis untersuchen. Ich würde vorschlagen, wir fangen bei der Tür an, und einer von uns tastet sich linksherum und der andere geht nach rechts. Wenn du irgendetwas findest, dann gib Bescheid.“

Fast unwillig entfernte ich mich von ihm und ging vorsichtig bis dahin zurück, wo ich die Tür vermutete. Als ich auf ein Hindernis stieß, eindeutig die Wand, begann ich mich daran entlang zu hangeln. Meter um Meter tastete ich mich vorwärts, und ganz behutsam setzte ich einen Schritt vor den anderen, bis ich an etwas Weiches am Boden stieß. Vor lauter Schreck stieß ich einen kurzen Schrei aus, und im gleichen Moment traf mich ein gleißender Blitz. Das Einzige, was ich zu meinem Schutz tun konnte, war so schnell wie möglich meine Augen fest zusammenzupressen.

„Ich habe den Lichtschalter gefunden“, hörte ich Matt ein paar Meter von mir entfernt sagen.

Ich blinzelte gegen die in den Augen schmerzende Helligkeit an. Dann konnte ich so langsam wieder die ersten Dinge erkennen, vor allem was, oder besser wer da zu meinen Füßen lag.

„Und ich Eric.“

Ich kniete mich sofort auf den Boden, neben meinen Kollegen, der wie ein gefällter Baum völlig starr und mit geschlossenen Augen dalag, und suchte nach seinem Puls. Dabei hielt ich selbst, aus Furcht nichts zu spüren, den Atem an. Endlich, da war er. Mir fiel ein Stein von Herzen.

Matt kniete sich neben mich, und beide versuchten wir, Eric aufzuwecken. Zuerst rüttelten wir an seinen Schultern. Nichts! Dann erst gingen wir zu etwas vehementeren Maßnahmen über. Ich zwickte ihn in den Arm, und Matt gab ihm sogar eine Ohrfeige. Das einzige Resultat, das wir erzielten, war, dass Eric kurz aufstöhnte und dann wieder weg war.

„Ich glaube, sie haben ihn betäubt. Da nutzen all unsere Bemühungen nichts."

„Aber was sollen wir mit ihm machen?"

„Abwarten. Da hilft nur Zeit."

Schweren Herzens musste ich Matt recht geben, und so suchten wir nach einer sinnvollen Beschäftigungsalternative. Natürlich erst, nachdem wir sichergestellt hatten, dass wir Eric in die stabile Seitenlage verfrachtet hatten. Zumindest so gut es ging. Ich hatte ihm meinen Pulli unter den Rücken geschoben, und Matt legte seine Jacke über Erics Oberkörper.

Wir begannen damit, den Raum akribisch zu untersuchen. Allerdings brauchten wir nicht sehr lange, um festzustellen, dass uns schlichtweg die Hände gebunden waren. Der Raum hatte keine Fenster. Die Tür war aus einem schweren Metall, und sämtliche Versuche von Matt, mit dem Fuß das Türschloss zu demolieren, resultierten nur darin, dass er jetzt mit einem schmerzverzerrten Gesicht auf dem Boden saß und sich seinen Fuß hielt. In dem schweren Schrank, der an einem der Wände stand, waren nur Boxen mit allen möglichen Computerteilen, aber leider nichts, was uns in unserer Situation auch nur irgendwie helfen konnte. Frustriert ließ ich mich neben Matt auf den Boden sinken und starrte wie ein Kaninchen vor dem Fuchs auf die Tür. So saß ich eine

Weile, bis ich bemerkte, wie Matt seinen Arm um meine Schultern legte und mich zu sich hinzog. Trotz der heiklen Lage, in der wir uns befanden, wurde mir heiß und kalt. Er nahm meinen Kopf behutsam in seine Hände und sah mir direkt in die Augen.

„Du bist das tapferste Mädchen, das ich kenne. Ich weiß zwar nicht, wie du auf die Idee gekommen bist, in das Büro von Engel einzubrechen, aber ich glaube kaum, dass das irgendetwas an unserer Situation geändert hätte. Engel ist und bleibt ein Psychopath genau wie dieser Dr. Benson."

Ich wusste nicht genau, von was er sprach. Bis zum heutigen Tag war ich noch nie in Engels Büro gewesen. Aber bevor ich auch nur ein Wort sagen konnte, fuhr Matt fort: „Und was auch immer passiert, das wollte ich schon seit Tagen machen, egal wie viel Kaffee du auf meinen Hemden verteilst." Und damit drückte er seine Lippen auf meine und gab mir einen Kuss, der mir die Knie so weich werden ließ, dass ich auf der Stelle zusammengesackt wäre, wenn ich gestanden hätte. So hielt mich nichts davon ab, seinen Kuss zu erwidern. Matt nahm mich in den Arm und löste seinen Mund von meinem nur, um mir Zeit zum Atmen zu geben. Ich schnappte nach Luft, um gleich wieder in seinem Kuss zu versinken. Oh, das war wunderbar. Er war wunderbar. Und er küsste mich, als gäbe es kein Morgen. Was vielleicht ja auch stimmte. Ich fühlte, wie eine seiner Hände durch meine Haare fuhr, während die andere mich immer noch fest an ihn presste. Ein Prickeln lief durch meinen ganzen Körper. Alles war mir egal, es gab nur noch Matt und mich … und Eric, der plötzlich laut aufstöhnte und zu husten begann.

Wie elektrisiert fuhren Matt und ich auseinander. Verlegen strich ich mir über meine zerzausten Haare, und Matt sah mich an, als würde er mich sofort wieder an sich ziehen wollen. Er bekam sich jedoch in den Griff und rappelte sich hoch. Ich folgte seinem Beispiel, und beide knieten wir uns neben Eric, der soeben langsam aus seiner Bewusstlosigkeit erwachte.

„Was ist? Wo bin ich? Nora, Cole, ach warte, … Matt, was macht ihr hier?"

„Ganz langsam Eric."

Matt zog ihn vorsichtig hoch, und ich nahm eine seiner großen, kräftigen Hände in meine, um ihn zu beruhigen.

„Eric", sagte ich sanft. „Setz dich erst mal auf, und dann erklären wir dir, was los ist."

Schwerfällig und schnaufend halfen wir Eric, sodass er sich mit dem Rücken an die Wand lehnen konnte, und setzten uns neben ihn. Dann sah er sich um.

„Was ist das für ein Zimmer hier? Wartet mal, ich war doch bei Martin. Und der wollte die Polizei holen, und dann hat er mir einen Whisky auf den ganzen Schreck mit den Morden gegeben." Er zuckte mit den Achseln und sagte hilflos: „Und dann …" Er stockte. „Und dann kann ich mich an nichts mehr erinnern."

„Tja." Ich wusste nicht recht, wie ich anfangen sollte. Also entschied ich mich einfach für die geradlinigste Variante.

„Martin Engel hat dich vermutlich betäubt. Er steckt hinter dem Ganzen und macht gemeinsame Sache mit dem Forschungsleiter von Benevol und mit der Polizei."

„Ja, es war keine so wirklich tolle Idee, mit Engel zu sprechen."

Ich warf Matt einen bösen Blick zu. Jetzt auf Eric herumzuhacken, weil er zu Martin Engel gegangen war, half uns auch nicht weiter. Eric dagegen sah uns völlig verdattert und verständnislos an.

„Martin? Aber das kann nicht sein. Ihr müsst da etwas verwechselt haben."

„Ich glaube nicht, dass man etwas verwechselt, wenn man in den Lauf einer geladenen Pistole schaut", konterte Matt zynisch.

„Matt", zischte ich jetzt schon fast wütend. „Lass das!" Und zu Eric gewandt: „Eric, wir erzählen dir jetzt mal ganz genau, was seit gestern Abend passiert ist, weil ich denke, dass du dann besser verstehst, in welcher Lage wir uns gerade befinden."

Und damit legten Matt und ich los, um Eric auf den neuesten

Stand der Dinge zu bringen. Als wir endlich bei unserer momentanen Situation angekommen waren, schlug sich Eric mit der Hand auf die Stirn.

„Ich Idiot! Aber wie kann es denn sein, dass Martin ein Mörder ist? Ich kenne ihn doch schon so lange." Deprimiert sah er uns an. „Und jetzt habe ich uns alle auch noch in diese Lage gebracht. Was werden sie denn mit uns machen?"

„Na ja, nachdem wir viel zu viel wissen, werden sie uns kaum zu einem netten Ausflug einladen", erwiderte Matt.

Eric stand ächzend auf und schwankte ein bisschen. Ich sprang auf, um zu verhindern, dass er gleich wieder zu Boden ging, aber er fing sich und schaffte es unter Schnauben stehen zu bleiben. Dann rumpelte er wie eine Dampfwalze auf die Tür zu und rüttelte wie ein Berserker daran, allerdings vergeblich. Während Eric sämtliche Ecken im Raum unter die Lupe nahm, dabei völlig ignorierend, dass wir das alles bereits getan hatten, lehnten Matt und ich uns an die Wand und beobachteten ihn. Dabei legte Matt seine Hand auf meine und strich sanft darüber. Warum mussten wir erst in Lebensgefahr geraten, damit ich feststellte, dass ich mich total in ihn verguckt hatte? Und was mich noch viel mehr überraschte, war, dass ich ihm offensichtlich auch nicht gleichgültig war. Schlechtes Timing! Überaus schlechtes Timing!

Ich genoss es fast, so ruhig neben Matt dazustehen und seine Berührung zu spüren, merkte aber zum Glück noch rechtzeitig, dass Eric mit seiner Inspektion am Ende angelangt war. Also trennte ich mich widerstrebend von Matts Hand und trat neben Eric.

„Hast du irgendeine Idee, Eric? Du bist doch sonst so ein Genie. Können wir mit dem Zeug im Schrank irgendetwas anfangen?"

Eric schnaubte. „Bin ich denn MacGyver?"

Ich sah ihn fragend an. „Na der Typ aus der Serie, der mit wissenschaftlichen Methoden alle erdenklichen Probleme fixt."

Wir setzten uns schließlich alle drei wieder hin und gingen unsere Optionen durch.

„Scheinbar wollen sie uns nicht erschießen, weil das Spuren hinterlassen würde. Aber was ist eure Vermutung, was sie mit uns vorhaben?“

Meine Frage stieß auf zwei ziemlich ratlose Gesichter, aber ich sah, dass es in Matts Kopf ratterte. Nach einer Weile antwortete er: „Ich denke, dass Engel einen Unfall konstruiert. Das kann er doch am besten, und damit lässt sich unser Tod am einfachsten vertuschen. ‚Oops, noch so ein Unfall mit einem autonomen Auto. Und jetzt hat es auch noch Mitarbeiter meiner eigenen Firma erwischt. Ich trauere mit allen Angehörigen.‘“ Matt hatte seine Stimme so verstellt, dass sie der Martin Engels sehr nahekam. Ich musste schlucken.

Eric spann das Szenario von Matt noch ein wenig weiter.

„Na, dann brauchen sie mindestens ein paar Stunden, bis sie den Case programmiert haben.“

„Ja, und ich gehe davon aus, dass sie uns erst von hier wegtransportieren, wenn es dunkel ist, das heißt, wir werden hier noch einige Stunden herumhängen.“ Matts Überlegung erschien mir plausibel.

„Wir könnten doch einfach rechtzeitig aus dem Fahrzeug aussteigen und fliehen“, schlug ich vor.

„Ich glaube kaum, dass sie uns dafür die Gelegenheit geben werden. Diese Verbrecher werden uns entweder betäuben oder einen anderen Weg finden, uns ruhigzustellen“, meinte Matt.

Das klang jetzt allerdings nicht sehr ermutigend. Mit hängenden Schultern schlurfte Eric zum Schrank und machte sich daran, in den Kästen mit dem Computermaterial herumzukramen.

„Ich habe keine große Hoffnung, aber ich schau trotzdem mal“, grummelte er. „Ist das Mindeste, was ich machen kann, wenn ich euch schon in so eine blöde Situation bringe.“ Und damit verschwand sein Kopf tief im Inneren der Schrankfächer.

Matt und ich sahen uns an. Alle möglichen Gedanken kreisten durch meinen Kopf, und ich versuchte, sie irgendwie sortiert zu bekommen, was mir aber nicht wirklich gelang. Gerade setzte Matt dazu an, meine Hand zu ergreifen, als ein Geräusch am Türschloss uns herumfahren ließ. Bevor wir reagieren konnten, schwang die Tür auf, und die beiden Schläger standen im Türrahmen, ihre Pistolen auf uns gerichtet.

„Mitkommen!“, befahl einer der beiden und gab uns mit seiner freien Hand zu verstehen, dass wir den Raum verlassen sollten. Sie traten zur Seite, um uns den Weg frei zu machen und behielten vor allem Matt im Auge, den sie wohl als den gefährlichsten von uns dreien einstuften. Wenn sie sich damit mal nicht verschätzt hatten. Allerdings konnte ich sehen, dass Matt im höchsten Maße angespannt war, und nur auf eine Gelegenheit wartete, um einen verzweifelten Befreiungsversuch zu starten.

„Hey, du auch!“, rief der zweite Mann, und schließlich schlurfte auch Eric aus dem Raum und schloss sich der kleinen Karawane an. Allerdings war er immer noch nicht so ganz wieder bei Kräften nach der stundenlangen Betäubung, und als er kurz strauchelte und drohte hinzufallen, waren die beiden Männer kurz abgelenkt.

Matt nutzte diesen Moment der Unachtsamkeit aus und ging auf den ihm am nächsten stehenden Mann los. Er griff ihn von der Seite an und versuchte, ihm die Pistole zu entwinden. Der Schlägertyp war ziemlich groß und kräftig, aber Matt kämpfte mit der Verbissenheit eines Wolfs, der sein Rudel verteidigt. Wie angewurzelt stand ich ein paar Sekunden da und sah mir fasziniert den Kampf an. Dann schaffte ich es aus meiner Trance zu erwachen und versuchte meinerseits den zweiten Mann anzugreifen. Da ich aber ungünstigerweise auf der falschen Seite stand und mich erst an den zwei miteinander ringenden Männern vorbeidrängeln musste, verlor ich wertvolle Sekunden, in denen der zweite Typ den Lauf seiner Pistole mit voller Wucht auf Matts Hinterkopf sausen ließ. Er hatte trotz des Kuddelmuddels verdammt gut gezielt, und ich sah nur noch, wie Matt zu Boden sackte. Weder Eric noch ich hatten auch nur irgendeine Chance einzugreifen, und nur wenig später zeigte wieder der Lauf einer Pistole auf uns. Ich fluchte innerlich. Wenn ich nicht so zögerlich gewesen wäre, hätte ich vielleicht den Schlag auf Matts Kopf abwenden können.

„Habe ich mir es doch gedacht", schimpfte der Mann, den Matt angegriffen hatte. „Dass der Kerl den Helden spielen muss." Und zu uns gewandt: „Los, zieht ihn hoch. Zur Not müsst ihr ihn tragen. Sonst erschieß ich ihn hier auf der Stelle. Egal wie meine Befehle lauten." Er schnaubte wütend und überließ uns Matt, der sichtlich benommen am Boden lag. Gemeinsam zogen Eric und ich ihn hoch und stützten ihn, da er gleich wieder drohte, sich wie ein Akkordeon zusammenzufalten.

„Was habt ihr mit uns vor?" Mit meiner Frage kam ich mir wie die Protagonistin in einem schlechten Film vor.

„Klappe halten. Der Chef kommt gleich."

Und wir hielten brav die Klappe, während die Männer uns durch eine Tür, die mir bekannt vorkam, auf direktem Weg in die Garage von AutoDat schleusten.

Dort warteten Meier und Engel, gemeinsam mit zwei Männern, die ähnlich gekleidet und ebenfalls mit Pistolen ausgestattet waren, wie die beiden, die uns eben aus unserem Gefängnis geholt hatten. Also vermutlich ebenfalls korrupte Polizisten, die zu Meier gehörten.

„Da sind ja unsere Passagiere", begrüßte uns Engel hämisch.

Eric schnaubte: „Martin, was soll das? Ich kann das nicht glauben."

„Du warst schon immer so naiv, Eric. Nichts für ungut. Du warst mir in der Vergangenheit nützlich, aber leider wirst du mir jetzt gefährlich. Also habe ich wohl keine andere Wahl."

Eric sah so erschüttert aus, und Engel blickte so arrogant und kalt drein, dass in mir eine riesige Wut hochstieg. Matt hing immer noch relativ schlapp zwischen mir und Eric, sodass ich leider keine Hand frei hatte, um auf ihn loszugehen. Vermutlich hätte ich damit auch nicht viel erreicht. Daher wiederholte ich meine Frage von eben.

„Was habt ihr mit uns vor?"

„Tja Mädchen. Ich habe mal schnell einen Algorithmus umgeschrieben. Ganz praktisch, dass Benson mir freundlicherweise deine HealthChip-ID gegeben hat, und die konnte ich einfach mit der unseres nächsten Kandidaten austauschen. Der gute Herr, wie heißt er noch, ach ja, Oberwieser, hat gestern zufällig seinen gebuchten Lift abgesagt. Aber das kommt uns ja jetzt ganz gelegen. Dadurch haben wir eine Fahrt frei, und ihr werdet die glücklichen Testfahrer unseres nächsten autonomen Fahrversuchs sein." Er lachte.

Oberwieser, schoss es mir durch den Kopf. Er hatte den Algorithmus von Lillys Vater überschrieben. Aber es war doch immer noch früh am Morgen und schon hell. Warum gingen sie das Risiko ein, dass uns jemand im Auto sehen würde?

„Leider wird der Versuch nicht so glücklich für euch enden, aber das habt ihr euch sicher schon gedacht."

Die Männer schubsten uns in Richtung einer großen schwarzen Limousine, die verdunkelte Scheiben hatte. Mist! Es würde uns also niemand im Auto erkennen können. Allerdings schöpfte ich wieder Hoffnung, denn dass Engel just den Oberwieser-Algorithmus hergenommen hatte, brachte in meinen Augen zwei klare Vorteile für uns mit sich: Erstens, Til Oberwieser war erst mal aus der Schusslinie, und das war schon einmal eine Sorge weniger, und zweitens, Eric hatte ja das Programm entschärft, das Til Oberwieser umbringen sollte. Somit hatten wir eine gute Chance, lebend davonzukommen. Mein Gehirn ratterte und ratterte, sodass ich meine Umgebung erst wieder richtig wahrnahm, als Engel die Türen des Killerautos für uns öffnete.

„Ich bitte einzusteigen, meine Damen und Herren." Engel klang ungemein fröhlich. Seine Schergen schubsten uns grob in den Passagierbereich des Autos, und da es sich um eines der größeren Modelle handelte, war er relativ geräumig.

„Wie ihr seht, habe ich dafür gesorgt, eure letzte Fahrt so

angenehm wie möglich zu gestalten." Auf seinem aalglatten Gesicht erschien ein spöttisches Grinsen, und ich fragte mich ernsthaft, wie ich noch vor ein paar Tagen, als ich mir die Sondersendung anschaute, auf seinen miesen Charakter hereinfallen konnte.

Ich saß in der Mitte zwischen Eric und Matt. Eric sah aus, als würde er jeden Moment vor Wut und Enttäuschung platzen, und Matt war immer noch so benommen, dass er seinen Kopf auf meiner Schulter ablegte. Nicht gerade das, was ich mir unter einem romantischen Moment mit ihm vorstellte.

Die Türen des Fahrzeuges schlossen sich, und der Wagen begann zum Leben zu erwachen. Auf dem großen Anzeigefeld erschienen die üblichen Daten: Fahrzeuggast, das war in diesem Fall ich; Ziel, das war die A99X, also die Stadtautobahn für autonome Fahrzeuge, die um München herumführte. Wenn ich mich richtig erinnerte, dann war der Algorithmus so programmiert, dass er das Auto frontal gegen einen der Betonpfeiler einer Unterführung steuerte. Das hieß also wenig Überlebenschancen für die Insassen, falls es wirklich so weit kommen sollte. Alles war fertig für den Start, als Engel noch einmal automatisch das Fenster öffnete.

„Übrigens, eure Änderungen im Algorithmus habe ich natürlich rückgängig gemacht. So gut sie programmiert waren, und Eric, ich habe sofort deine Handschrift erkannt, so hinderlich waren sie bezüglich dessen, was ich mit euch vorhabe." Er lachte höhnisch. „Also macht euch keine falschen Hoffnungen." Und damit schloss er das Fenster wieder, winkte uns zum Abschied zu, und hinterließ uns alle drei in einer schwer zu beschreibenden Panik.

Sobald das Fahrzeug die Garage verlassen hatte, begannen wir an den Türen zu rütteln und versuchten den Notschalter des Autos zu betätigen. Natürlich vergeblich. Es war offensichtlich, dass Engel uns einen Schritt voraus war. Zum Glück war Matt wieder bei einigermaßen klarem Verstand, und während unser Fahrzeug näher und näher durch den Münchner Morgenverkehr in Richtung Umgehungsring navigierte, überlegten wir fieberhaft, wie wir aus dieser tödlichen Falle entkommen konnten. Die verdunkelten Scheiben ließen es gerade noch zu, dass wir sahen, wo unser Auto hinsteuerte, aber von außen waren wir nicht zu sehen, und so konnten wir auch niemandem Zeichen geben oder Alarm schlagen. Waren wir erst mal auf der Stadtautobahn, gab es kaum mehr eine Chance für uns.

Eric kramte irgendwann einige elektronischen Bauteile aus seiner Hosentasche, die er offensichtlich aus dem Schrank des Kellerraums mitgenommen hatte.

„Ich kann euch nichts versprechen, aber vielleicht kann ich mich damit in das WiFi-Netz des Autos einloggen."

„Besser, als nur dumm dazusitzen und auf unsere Hinrichtung zu warten", knurrte Matt und versuchte seinerseits, mit den Füßen eine der Fensterscheiben aus dem Wagen zu brechen, was leider nichts bewirkte, außer dass ich einige neue englische Flüche kennenlernte. Ich war mir sicher, die gehörten nicht zu dem Repertoire meines Englischlehrers.

Ich hatte nichts Besseres zu tun, als mich mit der Sprachsteuerung des Autos anzufreunden. Aber auch hier biss ich auf Granit. Das Einzige, was ich erreichte, war, eine Musik-Playlist zu starten, die leider gar nicht nach meinem Geschmack war und mir einen ziemlich genervten Blick von Matt einhandelte. Ich hätte heulen können. Alles in diesem Auto war aufs Schärfste gesichert, und wir hatten keinerlei Zugriff auf irgendeines der Steuerungselemente. Ich sah aus dem Fenster und stellte zu meinem großen Schrecken fest, dass wir nur noch wenige Straßen von der A99X entfernt waren, was zu einem ziemlich miesen Gefühl in meiner Magengegend führte.

Urplötzlich bemerkte ich, wie sich ein Auto von schräg hinter uns sehr schnell näherte. Es konnte sich nicht um ein autonomes Fahrzeug handeln, da es viel zu nah auffuhr. Außerdem begann es, uns an den Fahrbahnrand zu drängen. Wie jedes autonome Auto war auch unseres mit optischen Sensoren ausgestattet, die auf die Umgebung reagierten, und somit versuchte unser Wagen, dem anderen Fahrzeug auszuweichen, das sich weiterhin penetrant von der Seite her auf unsere Spur schob. Eric hörte sofort auf, mit seiner Elektronik herumzuspielen, und Matt erfasste die Lage in Sekunden. Er drückte Eric nach unten und warf sich schützend auf mich, sodass wir beide mehr oder weniger im Fußraum zum Liegen kamen. Ich unten, Matt schützend über mir. In diesem Moment spürte ich einen heftigen Stoß, der mich, wenn ich noch auf meinem Sitz gesessen wäre, sicher quer durch das Auto katapultiert hätte, dann folgte ein ohrenbetäubendes Krachen. Schließlich stoppte die Limousine. Es herrschte völlige Ruhe, einmal abgesehen von Erics Stöhnen. Langsam bewegte ich meine einzelnen Gliedmaßen und war positiv überrascht, als ich noch alles funktionsfähig vorfand. Ich schob Matt, der sich auch langsam aufrappelte, sanft beiseite und richtete mich auf.

„Alles okay bei dir?" Matt klang besorgt.

„Ja, danke. Ich glaube, wenn du mich nicht hier runtergeschubst hättest, dann ging's mir jetzt nicht mehr so gut."

„Warum fragt mich eigentlich keiner?" Erics Stimme ertönte beleidigt neben uns. „Ich glaube, ich habe mir mindestens zwei Rippen gebrochen."

Ich ignorierte Eric und drängte mich so weit an Matt vorbei, dass ich aus dem Wagen sehen konnte. Unser Auto war von der Straße abgekommen, in eine kleine Grünanlage gefahren und an einer Parkbank ziemlich abrupt zum Stehen gekommen. Unser Höllenritt war zu Ende.

„Was war das für ein Irrer, der uns von der Straße abgedrängt hat? Dem sollte man wirklich den Führerschein wegnehmen", knurrte Eric.

„Ich glaube das war kein Irrer, sondern jemand, der es echt gut mit uns meint. Kommt, wir müssen hier raus." Und mit diesen Worten zog Matt seine Beine an und trat so fest an die sowieso schon lädierte Tür, dass sie diesmal nachgab und aufsprang. Die hereinströmende Luft fühlte sich so gut an, und der aufgestaute

Stress entlud sich so plötzlich, dass ich nicht wusste, ob ich lachen oder weinen sollte. Tränen traten mir in die Augen und vernebelten meine Sicht, als starke Arme mich aus dem Auto zogen. Jemand hob mich hoch und drückte mich fest an sich. Matt! Wir waren gerettet und ich fühlte mich unendlich geborgen in seinen Armen.

„Mia cara. Ich hoffe, dir ist nichts passiert!"

Verblüfft öffnete ich die Augen. Das war nicht Matt. Ich sah direkt in das besorgte Gesicht von Luca Monti.

14

„Luca!"

Ich war völlig perplex und begann so zu zappeln, dass Luca mich beinahe fallen gelassen hätte. Und nachdem ich nicht daran dachte aufzuhören, blieb ihm nichts anderes übrig, als mich abzusetzen. Ich blickte mich um. Sowohl unser Auto als auch die Parkbank sahen ziemlich lädiert aus, wobei es mir um das Fahrzeug nicht wirklich leidtat. Auch Matt und Eric waren aus dem Wagen geklettert, und während Eric sich mit einem schmerzverzerrten Gesicht die eine Hand an seine Rippen presste, stand Matt nur stumm da und starrte Luca an. Oder mich. Ich war mir da nicht so ganz sicher. Etwas verlegen fuhr ich mir durch die Haare und versuchte, meine Klamotten mit den Händen glatt zu streichen und wieder in Ordnung zu bringen, was natürlich ein hoffnungsloses Unterfangen war. Dann nahm ich meinen ganzen Mut zusammen und stellte mich den beiden Herren. Immerhin hatten wir überlebt, und das war doch jetzt wohl wirklich das Wichtigste.

„Luca, wie kommst du hierher? Und woher hast du gewusst, dass wir in der Klemme stecken?"

Bevor ich auch nur daran denken konnte, sie wegzuziehen, nahm er meine Hand.

„Nora, Nora, ich weiß, dass du ein ungeheures Talent hast, dich in Schwierigkeiten zu bringen. Also muss ich doch auf dich aufpassen, und auf deine Freunde, die es offenbar nicht schaffen, dich zu beschützen." Er sah Matt abschätzend an.

Matt dagegen stierte immer noch fassungslos in unsere Richtung. Irgendwann schien jedoch auch er, die Sprache wiedergefunden zu haben und quetschte sich ein „Danke“ heraus. Dann schluckte er hörbar und stellte, meiner Meinung nach unnötigerweise, fest: „Du steckst also nicht mit Engel unter einer Decke, korrekt?“

„Unter Garantie nicht.“ Luca sah jetzt etwas ernster drein. „Und ich muss sagen, ihr drei habt euch mit Engel wirklich den Falschen ausgesucht. Engel ist extrem gefährlich, der meint es ernst.“

„Das haben wir auch bemerkt“, meldete ich mich zu Wort.

„Ich nehme an, ihr seid auf dieselben Informationen gestoßen wie ich. Also Mord, ein machtbesessener Industrieller und ein verrückter Mediziner.“ Matt und ich nickten im Gleichtakt.

„Gut, dann brauch ich euch nicht viel mehr erzählen, und ihr habt sicher auch schon kapiert, dass ihr euch hier so schnell wie möglich verdrücken müsst. Am besten so weit weg wie möglich. Ihr müsst fort aus München, eigentlich auch aus Deutschland!“

Ich sah ihn mit großen Augen an und wollte gerade etwas erwidern, als Luca mir kurzerhand das Wort abschnitt: „Warte Nora!“

Dann begann er in seinem Rucksack zu kramen und zog einen Umschlag heraus.

„Ich weiß, dass ihr schon einiges herausgefunden habt, aber hier habt ihr weitere Beweise, die euch nützlich sein könnten – übergebt sie am besten Interpol, oder wem auch immer, solange ihr nicht die Münchner Polizei mit einbezieht. Meier ist gekauft.“

„Aber wo hast du …?“ Ich stockte, und langsam ging mir ein Licht auf. „Warst du derjenige, der in Engels Büro eingebrochen ist?“

Matt sah überrascht zu mir. Luca machte ein Gesicht, als hätte ich ihn soeben beleidigen wollen: „Na klar, wer denn sonst?“

„Bist du von der Polizei oder ein Spion, oder was jetzt?“ Das klang fast wie im Film, und ich fühlte mich ein wenig albern mit meinen Fragen.

Luca lachte hell auf.

„Nein, meine Süße. Ich bin kein Polizist. Und ich wäre euch sehr dankbar, wenn ihr mich auch aus der Sache komplett raushalten würdet. Ich meine, schließlich habt ihr mir euer wertes Leben zu verdanken, oder nicht? Und ich habe euch alles übergeben, was für euch nützlich sein kann, um Engel und seine Leute zu überführen." Er musterte uns prüfend.

„Aber warum hast du das hier", ich deutete auf den Umschlag, „nicht an Interpol übermittelt?"

„Sagen wir mal so, ich bin IT- und Cyber-Experte und mache ganz gut Geld damit. Manchmal nicht ganz legal, aber das ist eine Frage der Perspektive." Jetzt grinste er wieder. „Ich bin einer der Besten in meiner Branche und na ja, nicht unbedingt ein Unbekannter bei der ein oder anderen internationalen Behörde."

So langsam dämmerte mir, dass das nicht ganz legal vermutlich untertrieben war.

„Kurzum, ich habe immer gerne so wenig wie möglich Berührungspunkte mit der Justiz. Aber Mord ist ein anderes Kaliber. Das stößt mir auf, und ich helfe euch, soweit ich kann."

„Aber …"

„Nichts ‚aber', cara mia, du hast mich ganz schön um deinen kleinen Finger gewickelt. Ciao bella! Und viel Glück!". Und an Matt gewandt, fügte er hinzu: „Pass gut auf die Kleine auf, sonst bekommst du es mit mir zu tun."

Ich konnte gar nicht so schnell reagieren, wie er mich zu sich hinzog und mir einen leidenschaftlichen Kuss auf den Mund drückte. Eine Sekunde später hatte er mich auch schon wieder losgelassen, packte seine Sachen und wandte sich zum Gehen. Bevor er um die Straßenecke verschwand, rief er uns aber noch zu: „Ihr könnt mit meinem Auto fahren. Ist sicherer, als wenn ihr euch einen Lift nehmt. Und Nora, schau, dass du deine HealthChip-ID loswirst. Engel kann dich tracken."

Und weg war er. Ich fühlte mich, als wäre ich in einen Wirbelsturm geraten und ließ mich erst mal ins Gras fallen, um wieder zu mir zu kommen.

Matt, der die Erklärungen Lucas mit stoischer Ruhe mit angehört hatte, ging langsam auf mich zu und reichte mir seine Hand.

„Komm, Luca hat recht. Wir müssen zusehen, dass wir hier wegkommen. Eine zweite Begegnung mit Engel überleben wir möglicherweise nicht. Und ich gehe mal davon aus, dass dein Freund jetzt erst mal das Weite sucht und uns nicht noch ein weiteres Mal aus der Patsche hilft."

Mein Freund? Ich kannte Luca doch auch nicht viel besser als Matt. Aber irgendwie fühlte sich dieser international gesuchte IT-Spion von mir angezogen. Konnte ich da was dafür? Ich schielte zu Matt hinüber. Der packte soeben Eric, bei dem man den Eindruck hatte, dass er seinen Mund vor Staunen gar nicht mehr zu bekam, in Lucas Auto ein: ein unscheinbares E-Auto, gehobene Klasse und gut motorisiert. Zumindest gut genug, um uns zu retten, und allemal ausreichend, um damit zu Nel zu fahren, denn genau das hatte Matt jetzt vor, um im Schutz der sicheren Wohnung die nächsten Schritte zu planen. Kaum saß ich auf dem Beifahrersitz, fielen mir vor Müdigkeit auch schon die Augen zu, und ich wachte erst wieder auf, als wir in die Parkgarage des Hauses fuhren, in dem Nel wohnte.

Die nächste halbe Stunde verbrachte ich damit, einen heißen würzigen Chai zu trinken, Eric zu untersuchen, der immer noch jammerte, dass er seit dem Aufprall auf die Parkbank Schmerzen hätte, und Matt davon abzuhalten, Eric anzufahren, dass er eigentlich froh sein könne, überhaupt noch Schmerzen zu spüren. Gleichzeitig musste ich Nel erzählen, was alles passiert war und Matt aus den Rippen leiern, was er jetzt vorhatte. Also sozusagen die höhere Kunst des Multitasking.

„Wir müssen als Erstes deinen HealthChip loswerden", entschied Matt. „Ich habe meinen von einer kleinen englischen Versicherung, und Eric ist auch nicht bei Benevol. Also können sie uns wahrscheinlich nur über deinen Chip tracken."

„Hast du eine Idee? Kann man ihn umprogrammieren?"

„Also ideal wäre es, wenn wir den Chip rausoperieren könnten und damit eine falsche Fährte legen. Ich würde aber dazu ungern zu einem Arzt oder in ein Krankenhaus gehen, denn das ist illegal und könnte die Polizei auf uns aufmerksam machen. Kennst du jemanden, dem wir vertrauen können?"

Ich ließ mir Matts Vorschlag kurz durch den Kopf gehen. Er hatte dahingehend recht, dass ich einerseits mit Benevol absolut nichts mehr zu tun und schon gar keinen Chip von ihnen in meinem Körper haben wollte. Andererseits klang es nicht so wirklich attraktiv, jemanden an meinem Oberarm herumschnipseln zu lassen, denn dort saß dieser vermaledeite Chip. Ich dachte nach. Wenn überhaupt, dann kam mir nur eine einzige Person dafür in den Sinn.

„Na klar. Nico kann das bestimmt machen."

„Nico?"

„Ja, mein Freund aus dem Taekwondo. Erinnerst du dich?"

„Schemenhaft. Du meinst den Typen, der mich verprügeln wollte, oder?"

„Ja genau den." Ich musste grinsen. So schemenhaft war Matts Erinnerung wohl doch nicht. Nico hatte scheinbar einen bleibenden Eindruck bei ihm hinterlassen.

„Er studiert Medizin, will Chirurg werden und hat schon ein Praktikum gemacht."

„Und du meinst wirklich, das qualifiziert ihn dafür, deinen Chip herauszuoperieren?" Matt stand der Zweifel ins Gesicht geschrieben.

„Na ja, außerdem hat er mir mal erzählt, dass er ab und zu bei seinem Vater in der Tierarztpraxis mitgeholfen hat. Natürlich ist das nicht ganz legal, aber die Patienten konnten ihn ja nicht verraten, und er scheint echt ein Talent dafür zu haben, sonst hätte ihn sein Vater überhaupt nicht rangelassen. Ich kenne ihn, der ist da wirklich ziemlich penibel."

„Na super! Also hätten wir jemanden an der Hand, der Erfahrung damit hat, an Tieren zu operieren. Deine Entscheidung, du musst es wissen."

„Okay!“

Keine halbe Stunde später stand Nico mit einem Arztkoffer bewaffnet vor der Tür der Wohnung und sah mich skeptisch an. Natürlich mussten wir ihm das Wichtigste erzählen, und Nel nutzte die Gelegenheit, sich alles noch einmal mit anzuhören, immer wieder den Kopf zu schütteln und seine Kommentare dazu abzugeben. Irgendwann schickte ich Matt aus dem Zimmer, denn ich war mir sicher, er würde Nel jeden Moment gefesselt und geknebelt in den Wandschrank sperren oder Nico mit seinen Blicken erdolchen. Vor allem einen Streit mit Nel wollte ich ihrer Freundschaft wegen unbedingt vermeiden.

Dann machte sich Nico an die Arbeit. Er spritzte mir ein Lokalanästhetikum in den Oberarm, wartete ab, bis sich die Wirkung einstellte, und begann zu operieren. In meinen Augen wirkte das ziemlich professionell, wie er das anging. Matt, der inzwischen wieder ins Zimmer gekommen war, schien äußerst nervös zu sein. Sobald der Chip draußen war, schnappte er ihn sich und verschwand damit, ohne ein weiteres Wort zu verlieren.

Nico konzentrierte sich darauf, meine Wunde zu vernähen, ich konzentrierte mich darauf, nicht in Ohnmacht zu fallen, und Nel konzentrierte sich darauf, so still wie möglich zu sein. Wenn ich eine Erfolgsquote vergeben wollte, dann erreichten Nico und ich hundert Prozent, während Nel bei etwa fünfzig Prozent lag.

Als Nico mich wieder zusammengeflickt hatte, und Nel kurz den Raum verließ, um Eric zu holen, den Nico auch untersuchen wollte, sah dieser mich prüfend an.

„Nora, du bist da in was richtig Gefährliches reingeraten.“

„Mhm. Ja, da hast du wohl recht.“

„Da ist dieser Matt dran schuld, oder?“

„Nein, na ja, so halb, das heißt, er hängt da auch mit drin.“

„Und da ist doch noch was. Ich kenn dich so gut, als wärest du meine kleine Schwester.“

„Was meinst du denn?“

„Ist da was zwischen euch beiden? Ich meine, er hat mich vorhin so kritisch gemustert, und außerdem habe ich deinen Blick gesehen, als er eben gegangen ist.“

Jetzt wurde ich ziemlich verlegen, denn ich wusste nicht so recht, was ich antworten sollte. Eigentlich war mir selbst nicht so klar, ob sich in den letzten Tagen etwas zwischen Matt und mir entwickelt hatte, also sagte ich ausweichend: „Vielleicht, da gibt es noch so viel, was ich nicht von ihm weiß.“

„Pass auf dich auf, Nora!“

Nico nahm mich freundschaftlich in den Arm und drückte mich, ganz vorsichtig natürlich.

„Ich breche dem Typen alle Knochen, wenn dir irgendetwas passiert.“ Dann fügte er hinzu: „Und melde dich, wenn ich was für dich tun kann.“

Nico hatte eben meinen Arm fachgemäß verbunden, seine ganzen Utensilien wieder eingepackt, auch noch Eric untersucht, der vermutlich eine Rippenprellung hatte, und war eben unter der Ankündigung, dass er jede Stunde ein Lebenszeichen von mir erwarten würde, verschwunden, als Matt zurückkam.

„Wo warst du jetzt eigentlich?“, fragte ich neugierig.

„Du bist gerade auf dem Weg nach Rom.“

„Wie bitte?“

„Na, besser gesagt, dein HealthChip ist dorthin unterwegs. Und zwar im Abfalleimer von einem der Schnellzüge.“

Ich sah ihn immer noch etwas verwirrt an.

„Ich war am Bahnhof und habe das Ding im erstbesten Zug untergebracht, der da herumstand, und der fuhr nach Roma Termini. Das wird den lieben Herrn Engel davon abhalten, uns so schnell hier aufzuspüren. Zumindest sollten wir uns ein paar Stunden Zeit erkauft haben, bis sie in Rom feststellen, dass du nicht im Zug bist.“

„Wow!“ Ich staunte nicht schlecht. „Nicht übel. Und was machen wir jetzt?“

„Jetzt muss ich nur noch irgendwie nach London kommen. Chatwick erwartet mich bereits.“

„Hast du ihm das Beweismaterial schon zugeschickt?“

„Nein, das muss ich ihm persönlich übergeben. Du kannst Gift darauf nehmen, dass Engel ihn überwacht. Chatwick hat versprochen, die nötigen Kontakte mit Interpol herzustellen.“

„Und wie kommen wir nach London? Hast du dir das auch schon überlegt?“ Langsam war ich ein bisschen genervt, dass ich ihm jedes einzelne Detail seines Plans aus der Nase ziehen musste.

„Ich fliege. Alleine. Und ich habe natürlich einen Pass, der auf meinen richtigen Namen ausgestellt ist. Da werden sie mich schon nicht gleich entdecken.“

„Wie bitte? Du glaubst doch nicht etwa, dass ich hierbleibe? Ich komme mit.“ Matt sog scharf die Luft ein. Aber das hielt mich nicht davon ab loszuwettern.

„Und im Übrigen kann ich mir nicht vorstellen, dass Engel nicht auch Leute am Flughafen abgestellt hat, die dich sofort erkennen. Vor allem sobald er weiß, dass ich nicht in Rom bin. Wir brauchen also ein ziemlich gutes Cover.“

„Nora, ich bin froh, dass ich dich erst mal aus der Schusslinie gebracht habe.“ Er packte mich bei den Schultern und schüttelte mich, bis ich einen leisen Schmerzensschrei ausstieß, weil er an meine eben frisch verarztete Wunde gekommen war. Matt zuckte zurück. Eigentlich hätte ich eher erwartet, dass er mich in die Arme nehmen würde, aber nichts dergleichen passierte. „Aber hier bin ich doch auch nicht sicher. Hast du doch selbst gerade gesagt. Sobald Engel feststellt, dass ich nicht in Rom bin, wird er weiter nach mir suchen. Du kannst das so was von vergessen, dass ich hierbleibe und untätig herumsitze.“

Ich grübelte, bis mir kurze Zeit später ein richtig guter Gedanke kam.

„Ich hab's." Jetzt ließ ich Matt ein wenig zappeln. Geschah ihm recht.

Ich setzte mich an den Computer und begann zu chatten. Und prompt, mein Chatpartner war online, wie ich es erwartet hatte, und wir vereinbarten einen Treffpunkt in einer Stunde. Das sollte ihr genug Zeit geben, sich fertig zu machen und für uns ausreichen, die restlichen nötigen Vorkehrungen für unseren Flug zu treffen.

Matt hatte recht, für ihn war es relativ einfach, denn er konnte unter seinem richtigen Namen den Flug buchen. In Europa hatte inzwischen fast jeder eine ID-App auf seinem AD, die benötigt wurde, um sich zu identifizieren und auch um Landesgrenzen zu überschreiten. Es war ein Einfaches für die Polizei, mittels eines speziellen Gerätes diese komplexen Barcodes auszulesen.

Deutlich schwieriger war es, diese zu hacken oder umzuprogrammieren. Dies war aber nötig, damit ich und die Achtziger-Oma, denn genau die brauchten wir für unser Cover, eine neue Identität für den Flug nach London bekommen konnten.

Matt sah mich skeptisch an, denn er glaubte nicht daran, dass ich in so kurzer Zeit zwei neue Personen-IDs herzaubern würde.

„Du weißt, dass wir nicht viel Zeit haben. Ich kann einen Flug am frühen Nachmittag buchen. Es gibt noch genügend freie Plätze, aber du musst in einer Stunde fertig sein."

Ich hatte den Eindruck, dass er insgeheim hoffte, ich würde das nicht hinbekommen. Da hatte er sich allerdings verrechnet, denn neue Identitäten zu entwickeln, war zum Glück eines meiner Spezialgebiete.

Das Erste, was es zu tun galt, war die neuen Personen zu kreieren. Man konnte entweder eine existierende Person hernehmen, das war allerdings mit größeren Risiken verbunden, falls es zu einem ungewollten Treffen oder gleichzeitiger Nutzung der ID-App kam. Weniger auffällig war es, eine neue Person zu erfinden, die man danach, wenn sie nicht mehr von Nutzen war, auch wieder verschwinden ließ. Das funktionierte fast wie in einem Fantasy-Spiel, wenn man neue Charaktere erschuf, nur ein bisschen realer, also man erfand keine Elben, Zwerge oder Krieger, sondern reale Menschen.

Ich setzte mich an den Computer, zog mir die notwendige Software aus dem Darknet und fing mit der ID für die Achtziger-Oma an. Am besten war es, immer so nahe wie möglich an der Realität zu bleiben, also behielt ich ihr Alter und Geburtsdatum bei. Ich änderte den Wohnort in München und ihren Namen von Helena Achtziger in Elena Sechziger. Okay, das klang ganz gut, fand ich.

Nun zu mir: Ich verwandelte mich von Nora Achtziger in Nora Meissner, und ich musste das Geburtsdatum um zwei Jahre anpassen, denn es war von Vorteil für unsere geplante Tarnung bereits volljährig zu sein.

Für den nächsten Schritt, den Upload der ID-Apps benötigte ich Hilfe.

Hey, Iron Man.

Hey, Spice Girl.

Ich brauch dich mal wieder.

Wie kann ich helfen?

Ein ID-App-Upload.

Iron Man, der auf den Chat sofort reagiert hatte, musste gezögert haben, bevor er antwortete, denn es dauerte eine Weile bis seine nächste Nachricht kam.

Bist du in Schwierigkeiten?

Kann man so sagen.

Ist das Ding inzwischen zu groß für dich?

Ja, aber ich kann nicht zur Polizei.

Shit!

Yup.

Ich mach das gerne für dich, aber zieh mich da nicht mit rein.

Ich halt dich raus.

Ich drück dir die Daumen. Wann erzählst du mir, was wirklich los ist?

Bald. Ich muss nach London. Wenn ich zurück bin.

Ah. Verstehe, daher der ID-Upload.

Genau.

Nur für dich?

Und für meine Oma.

Machst du Witze?

Nein.

Ich hoffe du weißt, was du tust!

Ich auch! Ich schick dir die neuen Identitäten.

Geht klar. Du bekommst die Apps in den nächsten zwei Stunden.

Geht's auch früher, ich habe nur eine.

Auch noch stressen, was? Ja, bekomm ich hin.

ILU.

Schon gut. Halt die Ohren steif, und mach keinen Quatsch.

TTYL.

Prompt eine Stunde später leuchtete die Message auf meinem AD auf, dass zwei neue Apps eingegangen waren. Auf Iron Man war einfach Verlass. Es waren die ID-Uploads für die Achtziger-Oma und mich. Triumphierend zeigte ich sie Matt, und der musste sich wohl oder übel in sein Schicksal fügen, dass er nun zwei charmante Reisebegleiterinnen auf seinem Trip nach London hatte. Dann machten wir uns auf den Weg, die Achtziger-Oma einzusammeln.

Nur fünf Minuten zu spät erreichten wir unseren Treffpunkt, fast pünktlich, aber auch nur fast. Das ließ meine Großmutter uns auch gleich spüren. Sie hatte, wie ich es ihr aufgetragen hatte, den Rollstuhl dabei, der noch in unserer Garage stand, seitdem sie sich bei dem Versuch, gemeinsam mit Gregor Oberwieser auf einen alten Jägerstand zu klettern, ihr Bein gebrochen hatte. Leider hatte der morsche Jägerstand dem Gewicht der zwei alten Leute nicht standgehalten, was meiner Oma eben besagtes gebrochene Bein und Gregor eine ausgekugelte Schulter eingehandelt hatte. Dieser Rollstuhl kam uns jetzt allerdings sehr gelegen, und auch die Achtziger-Oma, mit deren Hilfe wir gedachten, unauffällig in das Flugzeug nach London zu kommen. Denn wer fand schon eine alte Dame im Rollstuhl mitsamt ihrem Pflegepersonal verdächtig? Die Klamotten für Matt und mich hatte Nel aus den Requisiten des Münchner Stadttheaters organisiert, und ich war immer noch erstaunt, wie schnell und unkompliziert die ganzen Rädchen unseres Plans ineinandergriffen.

Meine Großmutter schimpfte über die Unpünktlichkeit der Jugend, während wir sie samt dem Rollstuhl in das Auto einluden und uns auf den Weg zum Flughafen machten. Zu unserem Glück war ihr Gezeter nur von kurzer Dauer, und sie begann ein Lied aus dem Musical Der König der Löwen zu trällern. Eigentlich wäre es mir lieber gewesen, sie hätte weiter mit uns geschimpft.

Eric war bei Nel geblieben, aber wir hatten den beiden eingeschärft, so schnell wie möglich Nels Wohnung zu verlassen und sich bei Kommilitonen von Nel einzunisten, falls Engel mich bereits erfolgreich getrackt hatte, bevor Matt meinen HealthChip in den Zug nach Rom verfrachtet hatte.

Matt, meine Großmutter und ich waren ohne Zwischenfall am Flughafen angekommen, hatten unsere Bordkarten geholt, und je näher wir dem Gate kamen, desto fröhlicher wurde die Achtziger-Oma.

„Wir schauen uns aber schon den König der Löwen an, wenn wir in London sind. Das ist eine einmalige Gelegenheit. – Und ich muss unbedingt in Madame Tussoos Wachsfigurenkabinett. Der Oberwieser hat erzählt, das muss ganz klasse sein. Besonders der Kerker. Und George Clooney sitzt drin, also im Wachsfigurenkabinett, nicht im Kerker. – Und dieses Riesenrad, wie heißt es noch, London Ei, da muss ich natürlich unbedingt mal mitfahren.

– Und könnt ihr ein Foto von mir und einem von der Londoner Garde machen? Beim Wachwechsel. Die finde ich ja sooo süß. Da wird der Gregor bestimmt eifersüchtig."

Und so ging es ohne Punkt und Komma weiter. Ich bekam Kopfschmerzen, und Matt sah so ungemein genervt aus, dass er mir fast leidtat. Von allen Seiten bekamen wir mitleidige Blicke zugeworfen, die meine Oma aber nicht davon abhielten, weiterhin ihre Begeisterung überall kundzutun.

Matt hatte Business-Class-Plätze für uns gebucht, und wir bekamen standesgemäß ein kleines Täschchen mit Kopfhörern, Schlafbrille, Socken und Ohrstöpseln, wobei die letzteren ein Geschenk des Himmels waren. Die beinahe tödlichen Blicke, die wir von den Stewardessen zugeworfen bekamen, deuteten darauf hin, dass es ihnen während der Arbeit nicht erlaubt war, Ohrstöpsel zu tragen. Na ja, Berufsrisiko eben.

Nachdem weit und breit keine Gefahr in Sicht war, fühlte ich mich endlich ein wenig entspannter und wollte die Zeit während unseres Flugs nutzen, um mich auszuruhen. Gerne hätte ich mich in Matts Arme gekuschelt, aber Matt war in den letzten Stunden irgendwie anders, fast abweisend. Lag es an mir, oder daran, dass wir erst vor ein paar Stunden nur knapp dem Tod entronnen waren? Oder vielleicht hatte es damit zu tun, dass wir nach England flogen. Hatte er dort womöglich eine Freundin? Wenn ich Nels Worten Glauben schenken konnte, dann hatte Matt keine großen Berührungsängste, was Frauen anging. Vermutlich hatte ich einfach zu viel in unseren Kuss im Keller von AutoDat hineininterpretiert, und er hatte nur die Situation für sich genutzt und gleichzeitig, ich muss zugeben erfolgreich, unsere Zeit dort höchst kurzweilig überbrückt. Dennoch traf mich sein plötzlich verändertes Verhalten sehr, aber ich wollte ihn nicht darauf ansprechen. Schließlich hatte ich auch meinen Stolz.

Ich versuchte, mich von diesen trüben Gedanken abzulenken und ließ mir unser bisher Erlebtes durch den Kopf gehen. Selbst jetzt noch lief mir ein kalter Schauer den Rücken hinunter, als Engels Gesicht in meinen Erinnerungen hochkam. Wie sehr hatten wir uns in diesem Mann getäuscht, und überhaupt, hatte er nicht nur uns, sondern die ganze Welt mit seinen edlen und geschliffenen Formulierungen an der Nase herumgeführt.

Ich war nur kurz eingenickt, als mich ein Tumult ziemlich brutal aus meinen Träumen riss. Natürlich war meine Großmutter die Ursache des Aufruhrs. Ich zog mir die Stöpsel aus den Ohren und wurde Zeuge einer Schimpftirade, deren Opfer eine der Stewardessen war.

„Ich mache eine Farb-Diät. Und jetzt ist doch meine grüne Mahlzeit dran. Sie werden doch wohl irgendetwas Grünes für mich zum Essen haben!"

„Es tut mir wirklich leid, meine Dame, aber wir können Ihnen nur Pasta oder Hühnchen anbieten." Die Stewardess sah mich hilfesuchend an.

„Ich habe Ihrer Patientin bereits gesagt, dass beim Hühnchen auch ein Stück Brokkoli dabei ist, aber das hat sie nicht zufriedengestellt."

Wieder begann die Achtziger-Oma zu schimpfen.

„Wie können Sie mich von meiner Diät abhalten, die ist international anerkannt. Und diese eine Schauspielerin, warten Sie, der Name fällt mir gleich wieder ein, na ja egal, die macht das auf jeden Fall auch. Meinen Sie vielleicht, die fliegt nicht? Was ist denn das für ein Service hier!"

Irgendwie hatte ich es wohl verpasst, mich bei meiner Mutter nach dem neuesten Spleen meiner Oma zu erkundigen. Ein taktischer Fehler. Matt gab schlichtweg vor, nicht zu uns zu gehören. Na super! Wenn es so richtig kritisch wurde, dann kniff er. Ich überlegte kurz, wie ich diese Krise meistern konnte.

„Haben Sie Sprite? In einer grünen Dose?"

„Äh, ja", antwortete die Stewardess etwas irritiert.

„Na dann geben Sie uns doch bitte ein Sprite."

Sie händigte meiner Oma die besagte Dose aus, und damit war alles geregelt.

Nur kurze Zeit später landeten wir in London Heathrow, und ich konnte die Erleichterung des Bordpersonals sichtlich spüren, als wir die Achtziger-Oma wieder in den Rollstuhl verfrachteten und in Richtung Ausgang schoben.

15

Im Londoner Flughafengebäude.

Wir trafen auf eine Ansammlung von Menschen der verschiedensten Nationalitäten, die durcheinanderliefen, in allen erdenklichen Sprachen durcheinanderredeten, schimpften und lachten, also um es kurz zusammenzufassen: das totale Chaos. Hier hatten wir gerade noch gefehlt.

Durch besagtes Chaos lenkten Matt und ich die Achtziger-Oma im Rollstuhl, da wir, solange wir uns noch im Flughafenbereich befanden, den Schein wahren wollten. Vielleicht hatte Engel ja auch hier einige seiner Schergen positioniert.

„Nora, in welchem Hotel sind wir denn eigentlich untergebracht?", krähte Oma, von Minute zu Minute fröhlicher werdend, als wären wir soeben an ihrem heiß ersehnten Urlaubsort auf den Malediven angekommen.

„Äh!", antwortete ich und sah hilfesuchend Matt an. Die Frage der Übernachtung hatte ich komplett hintenangestellt, und somit hatte ich auch keine Ahnung, was ich der Achtziger-Oma sagen sollte.

„Frau Achtziger, lassen Sie das nur meine Sorge sein. Ich werde mich um alles kümmern."

„Schön, junger Mann. Solange Sie mich auf dem Weg dorthin bei dem Wachsfigurenkabinett absetzen, ist mir alles recht. Dann nehme ich auch mit einer Jugendherberge vorlieb. Ich weiß, ich bin manchmal für den Geschmack meiner Enkelin zu modern eingestellt, aber Sie sind ja ein Mann von Welt."

Ich verdrehte die Augen. Matt verschluckte sich und musste husten. Als er sich wieder erholt hatte, meinte er: „Warum eigentlich nicht? In der Zwischenzeit könnten wir zu Chatwick fahren und deine Großmutter danach wieder abholen."

„Denkst du wirklich, das ist eine gute Idee?", fragte ich zweifelnd.

Matt nahm mich zur Seite.

„Also wenn wir es endlich schaffen, diesem Mordkomplott ein Ende zu bereiten, dann ist das auch ein oder zwei zerstörte Wachsfiguren wert. Und ich hoffe mal, dass deine Oma innerhalb von zwei Stunden nicht viel mehr dort anstellen kann. In dem Museum stehen an allen Ecken Wärter herum. Ich glaube, da ist sie einigermaßen safe."

Ich zuckte mit den Achseln: „Gut. Kann nicht mehr als schiefgehen."

Gesagt, getan. Wir nahmen uns einen Lift. In London hießen die Lifts immer noch Black Cabs, was vermutlich historische Gründe hatte und sicher vorwiegend für die Touristen aufrechterhalten wurde. Die Black Cabs sahen aus wie noch vor fünfzig Jahren, waren aber eigentlich nur im nostalgischen Stil umgebaute E-Autos, die natürlich auch autonom fuhren. Sie sahen aber sehr hübsch aus und passten perfekt in die Londoner Innenstadt.

Matt organisierte ein Online-Ticket für meine Oma und überspielte es über DirectLink auf mein AD, das ich ihr für den Museumsbesuch auslieh. Bei Madame Tussauds angekommen, hüpfte sie so schnell aus dem Cab, dass einige der Passanten zur Seite springen mussten, um nicht von der aufgerissenen Autotür getroffen oder der wahnsinnigen Alten über den Haufen gerannt zu werden, und verschwand ohne sich umzublicken im Eingang des Museums. Ich glaubte noch „George Clooney, ich komme!" vernehmen zu können.

Ich sah auf die Uhr im Cab. „Wir haben circa zwei Stunden, bevor wir sie wieder hier aufsammeln. Also nichts wie los!" Ich hatte mein AD auf Offline-Modus gestellt, damit Engel es nicht tracken konnte. Hatte meiner Großmutter aber gezeigt, wie sie im Notfall die Einstellung ändern konnte, um Matt zu kontaktieren. Und wir hatten ihr eingeschärft, um Punkt neunzehn Uhr am Museumsausgang auf uns zu warten. Ob sie das alles allerdings so wirklich abgespeichert hatte, war äußerst fraglich.

Unser Lift oder besser Black Cab brachte uns direkt zum FlexDrive-Gebäude. Die FlexDrive-Zentrale war im Gegensatz zu dem modernen AutoDat-Hauptsitz in München sehr stilvoll in einem historischen Gebäude in der Londoner Innenstadt untergebracht. Während von außen alles einen altehrwürdigen Eindruck machte, war jedoch im Inneren des Gebäudes das Mobiliar eher modern gehalten. Die Empfangsdame wusste bereits von unserem Kommen, lächelte Matt nach meinem Ermessen eine Spur zu freundlich an, und wies uns an, den Aufzug zu nehmen, um in den siebten Stock zu gelangen, in dem sich die Chefetage und Leon Chatwicks Büro befanden.

Chatwick empfing uns sehr herzlich. Er war ein mittelgroßer Mann Mitte sechzig, kräftig und mit einem kleinen Bauch. Seine an den Schläfen angegrauten Haare setzten sich in einem dichten, wuscheligen Bart fort. Er wirkte auf mich wie der Inbegriff eines älteren englischen Geschäftsmannes, und umso mehr wunderte es mich, als er mich in einem relativ guten Deutsch begrüßte.

„Guten Tag. Sie müssen Nora sein." Er schüttelte so heftig meine Hand, dass ich dachte, er würde mir jeden Moment den Arm auskugeln. „Und schön Sie zu sehen!", meinte er auch gleich zu Matt gewandt.

„Ich bedaure zutiefst, dass Sie beide durch meinen Auftrag in Gefahr geraten sind", sagte er, wobei er mich etwas zerknirscht ansah. „Herr Rutherford hat mir am Telefon schon einiges erzählt, und ich bin wirklich entsetzt, über das was sich zugetragen hat. Und dass Martin Engel einer der Drahtzieher ist, hätte ich nie erwartet."

Er bat uns, Platz zu nehmen, und seine Sekretärin brachte uns auch gleich zwei dampfende Tassen wohlriechenden Tees. Chatwick fuhr fort: „Ich habe mich auch schon sowohl mit Interpol als auch der Londoner Polizei in Verbindung gesetzt. Ich soll mich melden, sobald Sie mit den Beweisen hier eingetroffen sind. Ist ja klar, dass sie nur auf mein Wort hin noch nicht in Aktion treten können.

Aber jetzt erzählen Sie mir bitte erst mal ganz kurz, was Sie genau herausgefunden haben."

Um möglichst wenig Zeit zu verlieren, fasste Matt die Vorkommnisse der letzten Tage zusammen, wobei er sich aufs Wesentliche beschränkte. Chatwick war abwechselnd empört und erstaunt, zog ein grimmiges Gesicht oder bekam ganz große Augen. Matt legte schließlich die Mappe mit den von uns gesammelten Informationen auf den Schreibtisch.

„Das ist ja mehr als genug", stellte Chatwick zufrieden fest und wollte eben über sein Display den Kontakt zur Polizei herstellen, als eine hereinkommende Nachricht per Chat hochpoppte.

„Was ist denn das?", wunderte er sich und wirkte kurz irritiert. Dann sahen wir, wie sein Gesicht ganz fahl wurde, und er drehte sich zu mir um.

„Nora, haben Sie möglicherweise Ihre Großmutter mit nach London gebracht?"

„Oje!", dachte ich. Was hatte sie denn nun wieder angestellt? Wenn Chatwick so bleich wurde, dann musste es sich um etwas Gravierendes handeln. Und ich erwiderte: „Tut mir wirklich leid. Wir haben eine Haftpflichtversicherung, die hoffentlich für jeglichen Schaden, für den meine Oma verantwortlich ist, aufkommen wird." Und ich hoffte inständig, dass Wachsfiguren nicht in irgendeiner Versicherungsklausel ausgeschlossen waren. Was wenn sie zum Beispiel Hitler mit einem Säbel durchbohrt hatte oder versucht hatte, die Gefangenen im Kerker zu befreien.

Aber Chatwick war immer noch sehr blass.

„Nein, nein. Wo denken Sie hin. Es ist viel schlimmer. Die Nachricht ist von Engel." Und hier stockte er kurz.

„Engel hat Ihre Großmutter in seiner Gewalt und droht, sie umzubringen, falls wir mit den Beweisen zur Polizei gehen. Er ist ja noch ruchloser, als ich jemals gedacht hätte."

„Oh!", war alles, was ich herausbrachte. Mich durchfuhr ein solcher Schreck, dass ich für kurze Zeit sprachlos war. Auch Matt war entsetzt, erkannte meine Fassungslosigkeit und schlang entschlossen seinen Arm um meine Schultern. Dann sagte er zu Chatwick: „Was verlangt er von uns?"

Chatwick flüsterte erstickt: „Er ist hier in London … und Sie sollen ihm die Beweise heute Nacht zu einem bestimmten Treffpunkt bringen. Oh, die arme alte Frau! Was für ein Monster ist denn dieser Engel, dass er sich an einer wehrlosen alten Dame vergreift."

Ich erlangte langsam wieder meine Fassung zurück. Und konnte Chatwick wirklich zustimmen, was das Monster anging. Allerdings nicht bezüglich der wehrlosen alten Dame. Ich hoffte nämlich sehr, dass Martin Engel in meiner Großmutter endlich seinen Meister gefunden hatte. Dennoch machte ich mir unendlich große Sorgen um meine liebenswert-verrückte Oma. Und nach all dem Stress der letzten Tage schossen mir nun die Tränen in die Augen.

„Wann und wo genau ist denn der Treffpunkt?", schrie Matt nun Chatwick fast an.

„Heute Nacht, dreiundzwanzig Uhr. Wo d… d… das will er noch durchgeben. Hier sehen Sie." Und er deutete mit zitternder Hand auf die kurze Chat-Message. Meine Tränen und die Situation im Allgemeinen schienen den alten Herren nun doch recht mitzunehmen.

„Okay. Jetzt bleiben wir mal alle ganz ruhig." Matt war wieder ganz in seinem Element. „Chatwick, Sie haben meinen Kontakt. Melden Sie sich bei mir sofort, wenn die Nachricht bezüglich des Treffpunkts von Engel kommt. Wir versuchen in der Zwischenzeit herauszufinden, wo sich Noras Großmutter befindet. Und bitte geben Sie uns bis morgen früh Zeit, bevor Sie die Polizei benachrichtigen, aber das Allerwichtigste - schließen Sie bitte die Beweise in Ihren Safe, und passen Sie auf sich auf. Diesem Engel ist alles zuzutrauen."

Dann packte Matt mich sanft am Arm und zog mich aus Chatwicks Büro. Unter einem Tränenschleier nahm ich wahr, dass mich einige Leute auf dem Weg nach draußen neugierig anstarrten, und ich war froh, als wir endlich zu zweit wieder in einem der Londoner Black Cabs saßen.

Schon kurze Zeit später hielt das Auto in einer kleinen Nebenstraße vor einem unscheinbaren Stadtreihenhaus. Wir stiegen aus, und Matt nahm meine Hand. Er führte mich eine alte Treppe hinauf in den zweiten Stock zu einer Tür, an der ein Schild mit der Aufschrift Baxter & Rutherford – IT- Services prangte.

„Das ist unser Büro, und damit nicht gleich für jeden offensichtlich ist, dass es sich um eine Detektei handelt, nennen wir uns einfach IT-Services."

Sein AD öffnete die Eingangstür, und wir traten ein. Das Büro war völlig verlassen. Ich nahm an, dass es schon kurz nach neunzehn Uhr sein musste, und die anderen Mitarbeiter bereits gegangen waren.

Matt bestätigte meine Vermutung: „Wir sind nur zu dritt. Baxter, mein Chef, unsere Sekretärin Jenny, und ich. Baxter und Jenny sind vermutlich schon zu Hause."

Er öffnete eine weitere Tür, die zu einem kleinen, nett eingerichteten Büro führte, das vollgestopft mit verschiedenen Screens, Server-Racks und allem möglichen Elektronik-Kram war. Matt lotste mich zu einem kleinen Sofa, das in der Ecke stand, und völlig erschöpft ließ ich mich darauf fallen. Matt setzte sich neben mich, und zog mich zu sich, sodass mein Kopf auf seiner Brust zum Liegen kam. Ich schluchzte kurz auf, und er strich mir sanft übers Haar.

„Nora, wir werden sie finden. Ganz bestimmt. Ich verspreche es dir."

Matt gab mir noch einen Kuss auf die Stirn, breitete eine Decke über mich aus, und setzte sich dann an seinen Screen. Ich rollte mich auf dem Sofa zusammen und zog mir die Decke über den Kopf. Das war alles einfach zu viel. In den letzten Tagen war ich fast von einem Auto überrollt, in ein gesichertes Bürogebäude eingebrochen, mit einer Pistole bedroht worden und fast an einem Betonpfeiler auf der A99X im Auto zerschellt. War das denn nicht genug? Warum hatte ich auch noch meine Großmutter in diesen Wahnsinn mit reingezogen? Wieder liefen mir Tränen über die Wangen, bis gefühlt kein Tropfen Flüssigkeit mehr in meinem Körper war. Ich schnüffelte noch eine Weile vor mich hin und raffte mich dann schließlich doch wieder auf. Nein! Aufgeben wollte ich nicht, also musste ich Matt helfen, so gut es ging.

Langsam stand ich auf und ging zu Matt hinüber. Unglaublich schnell flogen seine Finger über die Tastatur, und er sah so konzentriert aus, dass ich sogleich Hoffnung schöpfte.

„Matt?“, fragte ich zaghaft.

„Warte, vielleicht habe ich was.“ Und nach kurzer Zeit fügte er hinzu: „Ich dachte mir, dass ich einfach mal versuche, dein AD zu tracken. Denn vielleicht kann deine alte Dame besser mit Elektronik umgehen, als du denkst. Und siehe da! Ta–da!“

Er zeigte auf einen Punkt, der am Screen vor sich hin pulsierte. „Wenn Engel es ihr nicht abgeknöpft hat, dann haben wir sie gefunden.“ Und unnötigerweise fügte er hinzu: „Da, wo der rote Punkt ist.“

Ich sparte mir ein „Denkst du ich bin blind!“, denn ich war so froh, dass ich ihn am liebsten umarmt hätte.

„Komm. Ich weiß, wo das ist. Das ist auf dem Regent’s Canal in Little Venice.“

Ich sah ihn verwundert an. „Klein-Venedig?“ Ich war zuvor nie in London gewesen, und daher sagten mir die Orte leider gar nichts.

„Ja, da liegen viele Hausboote entlang des Kanals. Ich vermute deshalb hat die Gegend irgendwann mal jemand Little Venice genannt. Ich denke, Engel hält deine Oma in einem der Hausboote fest.“

Bevor wir das Büro verließen, zog Matt eine Schublade auf und eine Pistole daraus hervor. Ich schluckte. „Hast du denn überhaupt einen Waffenschein? Ich dachte, du bist auf IT-Verbrechen spezialisiert?“

„Na klar habe ich einen. Und die ist nur für den Notfall“, erwiderte er schnell, vermutlich, um mich nicht zu beunruhigen, was eh schon zu spät war. „Ich hoffe, wir brauchen sie nicht.“

Wir hasteten die Treppe hinunter. Im Hauseingang stand ein Motorrad, an dem zwei Helme hingen. Matt drückte mir einen davon in die Hand.

„Hier, setz den bitte auf. Ich möchte ungern während der Rettungsaktion von der Polizei angehalten werden.“

Es begann bereits zu dämmern, als wir uns auf dem Motorrad durch die immer noch ziemlich belebten Straßen Londons schlängelten. Matt fuhr so viele Schleichwege und kleinere Straßen, um die Hauptverkehrsadern, durch die der Verkehr der Großstadt pulsierte zu vermeiden. Von daher hatte ich schon längst aufgegeben, mich zu orientieren. Ich hätte eh nur die bekanntesten Sehenswürdigkeiten erkannt, und da das ja mein erster Trip nach London war, war ich navigationstechnisch völlig von Matt abhängig.

Endlich erreichten wir einen idyllisch gelegenen Kanal innerhalb eines hübschen Wohngebietes. Inzwischen war die Sonne untergegangen, und die Straßenlaternen verbreiteten ein angenehmes Licht in der lauen Sommernacht. Es hätte ein richtig romantisches Setting sein können, wäre da nicht die Sache mit der Achtziger-Oma und Engel gewesen, den wir schnellstens zur Strecke bringen mussten.

Matt stellte das Motorrad neben einem Baum ab. Es war eine Trauerweide, die ihre langen Äste ins Wasser hängen ließ, als trüge sie das gesamte Leid dieser Stadt. Ich konnte mich im Augenblick voll in sie hineinversetzen.

Am Ufer des Kanals lag ein Hausboot hinter dem anderen. Das sah wirklich sehr nett hier aus. Allerdings fragte ich mich, wie wir bei dieser Menge an Booten das richtige finden wollten. Zweifelnd blickte ich Matt an.

„Wie genau können wir sie denn orten?"

Matt sah auf sein AD. Er konnte dort den stationären pulsierenden Punkt, der hoffentlich den Aufenthaltsort meiner Oma anzeigte, auf seinem Bildschirm sehen.

„Also die Genauigkeit ist so circa zehn Meter."

Wir liefen jetzt schneller, überquerten noch eine Brücke, bis Matt mich festhielt und sagte: „Warte jetzt. Es muss eines von diesen drei Booten sein. Bleib du hier stehen, und lass mich die Lage erst mal sondieren." Matt zog die Kapuze seines Hoodies über den Kopf.

„Kannst du total vergessen, ich komme mit. Und im Übrigen siehst du mit dieser Kapuze ziemlich verdächtig aus. Ich würde sofort die Polizei rufen, weil ich denken würde, du hättest vor, was zu stehlen. Aber Liebespärchen, die spazieren gehen, gibt es hier doch sicher häufig, oder?"

Ich zog meine Cap aus der Tasche und packte meine Haare darunter, um nicht gleich an meiner langen Mähne erkannt zu werden, hakte ihn unter und ignorierte seine Versuche, mich wieder abzuschütteln.

„Wenn du jetzt noch verliebt schaust, und nicht so finster, als wolltest du mich gleich hier im Kanal versenken, dann ist das eine wirklich glaubwürdige Inszenierung." Ich grinste ihn schelmisch an. Er zuckte kapitulierend mit den Schultern. Dann schlenderten wir Arm in Arm an der langen Reihe der Hausboote entlang. Als wir an dem ersten der infrage kommenden Boote ankamen, hörten wir eine männliche Stimme und die Schritte von jemanden, der eine knarzende Holztreppe hochstieg.

Matt packte mich an den Schultern und drückte mich rücklings gegen einen Baum. Dann begann er, mich zu küssen, sodass ich die Welt um mich herum vollständig zu vergessen begann. Warum waren wir noch mal hier?

Erst als er seinen Mund von meinem nahm, fingen auch meine Gehirnzellen wieder an zu arbeiten.

„Hey!", rief jemand. Eindeutig ein Mann. Aber nicht Engel. „Ihr seid hier nicht in eurem Schlafzimmer. Ts, ts, ts, immer diese jungen Leute. Völlig hemmungslos!"

Mir stieg das Blut in den Kopf, und wahrscheinlich wurde ich puterrot. Allerdings konnte das hier im Schatten der Bäume eh keiner sehen. Also schielte ich schnell über Matts Schulter und konnte einen alten Mann erkennen, der zu uns herüber starrte.

„Das Boot ist es nicht", flüsterte ich Matt ins Ohr.

Sofort ließ Matt mich los, zischte mir aber noch zu: „Ich glaube dein Theaterspielchen gefällt mir besser, als ich dachte." Und zu dem alten Mann gewandt: „Sorry, Mister. Wir gehen schon weiter. Wir haben uns heute verlobt. Das ist ein ganz besonderer Tag."

„Verlobt? Ich finde, jetzt übertreibst du aber", sagte ich leise.

„Mhm", grummelte der Alte. „Na dann herzlichen Glückwunsch." Und er schlurfte wieder zur Treppe und stieg behäbig nach unten.

„Okay, weiter jetzt!" Matt zog mich vorwärts.

Das zweite Boot lag völlig im Dunkeln.

„Eher unwahrscheinlich, oder? Wenn Engel und meine Großmutter hier auf dem Boot wären, dann würden sie ja trotzdem Licht anhaben und nicht im Finstern sitzen."

„Ja, ich denke auch, es kann nur das letzte Boot hier in der Reihe sein. Es ist auch ein bisschen besser vor den Blicken der vorbeikommenden Leute geschützt als die anderen Boote hier."

Wir schlichen uns weiter und konnten erkennen, dass zwar Licht unter Deck war, aber vor den Fenstern dichte Vorhänge hingen, die es uns nicht erlaubten, ins Innere des Bootes zu sehen. Matt zog sicherheitshalber seine Pistole, und ganz vorsichtig betraten wir das Deck. Ich versuchte, so leise wie möglich aufzutreten, um uns nicht durch das Knarzen der alten Holzdielen zu verraten, und Matt tat es mir gleich.

Matt gab mir ein Zeichen, neben der schmalen Holztreppe, die nach unten führte, zu warten, und diesmal befolgte ich seine Anweisung ohne Widerworte. Ich wusste, was von dem Erfolg unseres Rettungsversuchs abhing.

Matt zog leise seine Schuhe aus und tastete sich Stufe um Stufe mit gezückter Pistole in der Hand nach unten, ohne auch nur das geringste Geräusch zu machen. Ich musste ihn wirklich bewundern, denn ich war mir sicher, dass das bei mir nicht so geräuschlos vonstatten gehen würde.

Unten angekommen trat er gegen die Tür und sprang blitzartig in die Kajüte, sodass er aus meinem Blickfeld verschwand.

Von unten hörte ich einen lauten Schrei – die Achtziger-Oma. Jetzt hielt mich nichts mehr, und ich rumpelte in einem Affenzahn die Treppe hinunter und prallte gegen Matt, der schon nach etwa zwei Metern im Inneren des Raums, wie zur Salzsäule erstarrt, stehen geblieben war. Ich schob ihn zur Seite und dann erstarrte auch ich, denn der Anblick, der sich mir bot, war so unglaublich, dass ich einige Male blinzeln musste.

Vor uns, auf einer kleinen Couch, saß gemütlich die Achtziger-Oma und hatte eine dampfende Tasse Tee in der Hand, von der sie offensichtlich soeben einiges verschüttet hatte, denn sie begann sofort zu zetern: „Jetzt warte ich hier schon seit Stunden auf euch, und dann brecht ihr hier so urplötzlich rein, dass ich vor Schreck fast die Tasse mit diesem hervorragenden Tee fallen gelassen hätte."

Neben ihr auf einem Stuhl, saß – ich traute meinen Augen nicht – Martin Engel, gefesselt und geknebelt, wenn man denn das Stück Paketklebeband, das über seinem Mund befestigt war, als Knebel bezeichnen konnte.

„Und dein Freund musste schon gehen, Nora. Warum seid ihr auch so spät dran. Die Jugend von heute, immer in Eile."

„Äh. Hallo Oma." Ich stürzte auf sie zu und umarmte sie.

„Na, nun mal langsam, Nora. Ich verschütte ja noch den letzten Rest des guten Tees. Ja, die Engländer wissen, wie man Tee zubereitet. Wobei dein Freund schien mir Italiener zu sein, wenn ich so recht überlege."

Ich stutzte. „Von welchem Freund redest du denn, Oma?"

„Na der, der mich hier vor diesem Scheusal", und sie deutete auf Engel, der sichtlich wütend unter seinem Klebeband vor sich hin grunzte, „befreit hat. Seinen Namen hat er mir nicht gesagt, aber er war ein schöner Mann. Groß, dunkle Haare. Na ja, so ein italienischer Casanova eben."

Luca? Konnte das Luca gewesen sein?

Ihr Blick wurde träumerisch. „Cara mia!"

Yup! Eindeutig Luca.

Matt riss die Klebefolie von Engels Mund und sah ihn angewidert an.

„Alte Frauen zu entführen. Wie tief bist du gesunken!"

Engel zog verächtlich die Mundwinkel hoch.

Matt ließ sich nicht beirren und fuhr fort: „Was mich ja schon interessieren würde, woher hast du gewusst, dass wir in London waren? Wir hatten gehofft, du denkst, Nora sei auf dem Weg nach Rom."

Engel lachte auf: „Warum sollte ich denn überhaupt mit dir reden? Das überlasse ich meinem Anwalt."

Matt starrte ihn wütend an. Schließlich ließ sich Engel doch dazu herab zu antworten. Es verschaffte ihm sichtlich einiges an Genugtuung, seinen Wissensvorsprung uns gegenüber kundzutun.

„Natürlich hatte ich ein paar meiner Männer hier in London am Flughafen stationiert, und wir haben die Telefonate von Chatwick abgehört. Außerdem hatten wir die Videoüberwachung des Schnellzugs nach Rom angezapft und festgestellt, dass Nora nicht im Zug war. Von daher war ich euch immer einen Schritt voraus."

Allerdings zögerte er kurz, bevor er grimmig ergänzte: „Mein einziger Fehler war, dass ich nicht mit diesem Typen gerechnet hatte, der urplötzlich hier auftauchte und mich niederschlug. Aber ihr werdet noch bereuen, dass ihr mir in die Quere gekommen seid. Ich habe einflussreiche Freunde."

Wir waren so mit Martin Engel beschäftigt, dass wir erst wieder auf die Achtziger-Oma aufmerksam wurden, als die sich lautstark räusperte: „Ähm. Übrigens euer Freund. Also der schmucke Italiener. Er hat irgendetwas mit deinem AD gemacht, Nora." Und sie drückte es mir in die Hand.

Das Device war aktiviert. Natürlich, denn sonst hätten wir ja keine Chance gehabt, die Achtziger-Oma zu tracken. Das war also Lucas Werk gewesen.

Außerdem befand sich noch eine private Notiz darauf: Haltet mich aus der Sache raus, cara mia!

Meine Großmutter war aber noch nicht fertig: „Ach ja. Er hat euch auch noch einen Aperitif hingestellt, musste dann aber leider dringend weg. Ihr habt ihn wirklich nur knapp verpasst. Oh, ein wirklicher Gentleman."

Ich sah mich um. Auf dem Tisch stand ein Schnapsglas mit einer durchsichtigen Flüssigkeit. Ich nahm es in die Hand und schnupperte. „Ich glaube, das ist Grappa – was meinst du?" Dann drückte ich das Glas Matt in die Hand. Außerdem stand da ein Cappuccino, in dessen Milchschaum ein Herz zu erkennen war.

Der Cappuccino war ganz offensichtlich für mich, und er war noch warm.

16

Ich saß zusammen mit der Achtziger-Oma in unserem Garten.

Die Sonne schien, und Bienen summten um uns herum. Nichts erinnerte hier an die Gefahren und das Chaos der letzten Woche. Aber ich selbst erinnerte mich nur zu gut.

Gestern waren die Achtziger-Oma und ich erst spät am Abend wieder in München gelandet.

Während Matt sofort nach unserem Fund im Hausboot Chatwick kontaktiert hatte, der wiederum ohne weitere Verzögerung die Londoner Polizei und auch Interpol eingeschaltet hatte, hatte ich meine Eltern angerufen und ihnen möglichst schonend beigebracht, was in den letzten vierundzwanzig Stunden alles passiert war.

Meine Mutter fiel natürlich aus allen Wolken. Und als sie auf das Alibi zu sprechen kam, das meine Oma mir so großzügigerweise versprochen hatte, konnte ich nur noch mit dem Kopf schütteln.

„Also deine Großmutter hat mir erzählt, dass dieser Cole, also der Millionärssohn, der vor Kurzem bei uns war. Genau, der, der mit dir arbeitet. Also dieser Cole hätte einen Auftrag von AutoDat bekommen, mit seinem Privatjet nach London zu fliegen, um sich dort um irgendetwas zu kümmern, und du wärest gebeten worden, ihm dabei zu helfen. Und dann hat sie noch hinzugefügt, ich solle doch ja nichts dagegen sagen, denn die Option, einen Millionär zum Schwiegersohn zu bekommen, hätte ja schließlich nicht jeder. Und außerdem hätte sie dann endlich mal die Gelegenheit, sich den König der Löwen anzusehen."

Unglaublich! Hatte die Achtziger-Oma das mit dem König der Löwen schon von langer Hand geplant? Ich unterschätzte sie doch immer und immer wieder. Chatwick persönlich hatte gestern sogar organisiert, dass sie noch eine Karte für die Nachmittagsvorstellung des Musicals bekam, während wir uns um den ganzen Polizeikram kümmerten. Mission accomplished würde ich sagen, und meine Großmutter sah auch rundweg zufrieden aus.

Ein knapper Pressebericht informierte heute Morgen über die Gefangennahme führender AutoDat- und Benevol-Mitarbeiter, sowie eines leitenden Beamten der Münchner Polizei. Genauere Details wurden nicht preisgegeben.

Am späten Vormittag waren wir dann auf einem Empfang bei Jeff Krüger, dem CEO von AutoDat. Er hatte Eric und mich, samt meiner ganzen Familie eingeladen, denn er war von Leon Chatwick gleich gestern Morgen über die Sachlage informiert worden. Er bedankte sich aufs Herzlichste bei Eric und mir, das Komplott gemeinsam mit Matt aufgedeckt zu haben.

Die Veranstaltung fand auf der Dachterrasse des AutoDat-Gebäudes statt, von der aus wir ganz München überblicken konnten. Zur Feier des Tages hatten wir alle ein Glas Champagner in die Hand gedrückt bekommen, und ein schwarz gekleideter Ober verteilte kleine Häppchen zum Essen. Auch Cindy war da, die Eric uneingeschränkt anhimmelte, was dem nicht unrecht war. Unter den Gästen befand sich auch Klaus Käfer, den ich im ersten Moment etwas misstrauisch beäugte, da mir seine Rolle in dem ganzen Komplott noch nicht klar war.

Von Krüger erfuhren wir allerdings, dass Käfer keineswegs mit Engel, sondern mit dem BKA zusammengearbeitet hatte.

Außerdem hatte Käfer parallel zu den Ermittlungen der Münchner Polizei, die ihm und Krüger suspekt vorkamen, eine zusätzliche Untersuchung vorangetrieben. Also ließ ich mir auch von ihm herzlich die Hand schütteln. Ronald jedoch war von Engel bestochen worden, und Engel hatte

Käfer den Auftrag gegeben, Ronald in seine Untersuchungen mit einzubeziehen. Käfer blieb also nichts anderes übrig, als Engel und Ronald gegenüber vorzugeben, mit ihnen zu kooperieren. Als ich das gehört hatte, fiel mir ein Stein von Herzen, denn der korrekte Klaus Käfer war mir immer sympathisch gewesen, und ich war froh, dass er nicht Teil der Verschwörung war. Um Ronald weinte ich keine Träne.

Engel und Dr. Benson waren der mehrfachen Morde beschuldigt worden, und die Indizien waren eigentlich glasklar. Der Chef der Münchner Polizei, Friedrich Meier, war wegen Beteiligung an den Morden angeklagt worden. Somit war seine Karriere beendet, und er saß ebenso wie die beiden anderen in Haft. Gleichzeitig beteuerte mir Krüger, dass das BKA eine größere Untersuchung bei der Polizei, Benevol und AutoDat gestartet hatte, um mögliche Sympathisanten und Mitwisser zu enttarnen. Er stellte mir Tim Melchior vor, der für das BKA die Untersuchung in München leitete. Melchior war ein drahtiger und energetischer Mann um die vierzig, mit einem ehrlichen Gesicht. Er wollte alles über unsere Abenteuer bei AutoDat und Benevol ganz genau wissen. Gerne erzählte ich ihm all die Einzelheiten, die vermutlich nicht in den offiziellen Berichten zu finden waren, damit er sich ein besseres Bild der Sachlage machen konnte. Irgendwann kam er aber dann doch auf das einzige Thema zu sprechen, das ich eigentlich nicht weiter auswalzen wollte.

„Nora, jetzt verraten Sie mir aber doch, wie Sie Ihre Großmutter in London aufspüren und Engel überwältigen konnten?“

Matt und ich hatten lange überlegt, bis uns eine glaubwürdige Geschichte eingefallen war, vor allem eine, die auch noch standhielt, falls sich meine Oma verplappern würde.

„Also wissen Sie, Herr Melchior, ich hatte meiner Großmutter mein AD gegeben, damit sie das Ticket für das Wachsfigurenkabinett dabeihatte. Das AD war allerdings auf offline gestellt, damit wiederum Engel uns nicht tracken konnte. Leider war uns zu dem Zeitpunkt nicht klar, dass er bereits durch seine Spitzel in London Bescheid wusste, wo wir uns aufhielten. Ich hatte meiner Großmutter zum Glück erklärt, wie sie das Device im Notfall wieder einschalten konnte." Bis dahin entsprach ja noch alles der Wahrheit, die ich jetzt ein wenig dehnen musste.

„Ich war dann selbst überrascht, als wir plötzlich wieder die Verbindung zu meinem AD herstellen konnten. Meine Oma ist offensichtlich doch technisch begabter, als sie vorgibt." Ich winkte ihr demonstrativ zu, sie war allerdings zu sehr damit beschäftigt, Jeff Krüger mit der Geschichte unseres Einbruchs bei Benevol zu beeindrucken. Selbstverständlich hob sie vor allem ihren Part dabei hervor.

„Ein Freund von Matt, der im Security-Bereich tätig ist, hat uns dann geholfen, Engel, der glücklicherweise alleine mit meiner Großmutter auf dem Boot war, zu überwältigen und der Polizei zu übergeben."

„Können wir uns mit diesem Freund von Herrn Rutherford auch unterhalten?"

Jetzt befand ich mich auf ganz dünnem Eis.

„Wissen Sie, Herr Melchior, wir haben ihm versprochen, seine Identität geheim zu halten, da er uns sofort zu Hilfe geeilt ist, aber währenddessen seinen eigenen Job vernachlässigt hat. Es wäre ein schlechter Dank, wenn er wegen uns seine Anstellung bei der Security-Firma verlieren würde."

Ich hielt den Atem an, und erwartete, dass Melchior nachbohren würde. Aber zu meiner großen Überraschung ließ er das Thema auf sich beruhen. Puh! Ich hoffte inständig, damit Luca erst mal aus der Schusslinie gebracht zu haben.

Im Anschluss an mein Gespräch mit Melchior hatte ich auch noch Gelegenheit, mit Jeff Krüger zu reden, natürlich erst nachdem sich die Achtziger-Oma ein anderes Opfer ausgesucht hatte. Jeff Krüger war supernett zu mir und bot mir sogar eine gut bezahlte Ausbildung bei AutoDat an, sobald ich mit der Schule fertig wäre. Das freute mich so richtig, und ich bedankte mich herzlich.

„Nora, du brauchst dich nicht zu bedanken. Hier bin ich ganz eigennützig. Jemand, der in deinem Alter schon fachlich und vom Engagement her solche Dinge vollbringt, der ist ein Gewinn für jedes Unternehmen." Und damit klopfte er mir anerkennend auf die Schulter. Ich merkte, wie mir wegen des Lobes das Blut in den Kopf schoss, und sah aus dem Augenwinkel, dass in diesem Moment einer der anwesenden Fotografen ein Foto von uns beiden schoss. Na, ganz toll! Ich sah auf dem Bild bestimmt aus wie eine Tomate mit langen Haaren.

Der Empfang fand schließlich ein abruptes Ende, denn die Achtziger-Oma entschied sich, einen Song aus dem König der Löwen zum Besten zu geben. Fluchtartig verließ einer nach dem anderen, unter dem Vorwand wichtige Termine zu haben, die Terrasse. Als ich beobachtete, wie sich Eric und Cindy Händchen haltend aus dem Staub machten, musste ich grinsen. Ich freute mich sehr für die beiden.

Der Einzige, der nicht dabei gewesen war, war Matt. Ich hatte sehr gehofft, ihn hier zu sehen. Würde er sich überhaupt wieder bei mir melden? Angeblich musste er noch vieles im Zusammenhang mit dem AutoDat-Fall und dem zugehörigen Beweismaterial erledigen. Auch gestern hatte ich ihn nur im Beisein der Polizei zu Gesicht bekommen.

Übernachtet hatten die Achtziger-Oma und ich in einer Penthouse-Suite eines der Londoner Luxushotels, die scheinbar Chatwick gehörte. Ich hatte gestern alle Hände voll zu tun, die Gute zum Abreisen zu bewegen. Sie wäre gerne dort für immer eingezogen und hätte sich täglich eine Vorstellung von Der König der Löwen angesehen. Das Wachsfigurenkabinett hatte meine Oma nur zur Hälfte besichtigt, weil Engel sie aus dem Museum gelockt hatte, indem er ihr erzählt hatte, er wäre ein von mir engagierter Touristenführer und wolle sie mit zu einer Fahrt auf dem London Eye nehmen. Deshalb musste ich ihr hoch und heilig versprechen, den Besuch von Madame Tussauds bei unserem nächsten London-Aufenthalt nachzuholen.

Eben fing sie wieder davon an: „Wann hast du denn den nächsten Trip nach London geplant? Wie wär's denn nächstes Wochenende? Du willst ja sicher deinen Matt besuchen, oder? Seid ihr jetzt ein Paar? So ein netter junger Mann, auch wenn er nicht der Sohn von Leon Chatwick ist, aber das ist ja nicht so schlimm. Vielleicht geht ja Leon mal mit mir aus, wenn wir zu Besuch kommen, damit wenigstens eine Frau in der Familie eine gute Partie abbekommt. Ich habe schon immer einen umwerfenden Eindruck bei Männern hinterlassen."

Die Oma redete und redete, und währenddessen sinnierte ich darüber, ob ich wohl jemals auf Männer einen umwerfenden Eindruck machen würde, und wenn ich an Männer dachte, dann hatte ich einen ganz Speziellen vor Augen. Ich musste zugeben, dass ich Matt wirklich vermisste. Offensichtlich hatte ich mich echt in ihn verguckt. Allerdings hatte er seit gestern nichts von sich hören lassen. Einmal hatte ich ihm gestern Abend noch auf seinen Messenger gesprochen, aber ein zweites Mal wollte ich das nicht tun. Das sah ja so aus, als würde ich ihm hinterherlaufen. Und den Eindruck wollte ich wirklich nicht hinterlassen. Galt für ihn: Aus den Augen, aus dem Sinn? Ich wusste nichts über sein Leben in London, und er hatte mir nie erzählt, ob er dort eine Freundin hatte, oder möglicherweise sogar verlobt war.

Oma und ich drehten uns um, als wir zwei Personen in den Garten kommen hörten. Ich war sehr überrascht, Tilman Oberwieser und Lilly zu sehen. Til kam mit schnellen Schritten und einem freundlichen Gesicht auf uns zu, während Lilly fast ein bisschen zögerlich hinter ihrem Vater herging.

„Nora, Achtziger-Oma", begrüßte uns Til. Und dann zu mir gewandt: „Ich wollte mich noch ganz herzlich bei dir bedanken, Nora. Die Polizei war bei mir und hat mich darüber aufgeklärt, was fast mit mir geschehen wäre. Ich darf natürlich mit niemanden darüber reden, da die Untersuchung noch im Gange ist, aber sie haben mir nicht verboten, mit dir zu sprechen.“ Er zog mich vom Gartenstuhl hoch und drückte mich mit seinen bärenartigen Pranken ganz fest an sich.

„Haben sie, äh, haben sie denn auch erklärt, was das Motiv für die ganzen Verbrechen war?“, stammelte ich.

„Ja, und ich weiß, dass ich gesundheitlich auf einer tickenden Zeitbombe sitze. Aber es ist besser, auf diese Krankheit vorbereitet zu sein, und ich werde mich auch beraten lassen. Mein Arzt hat mir gesagt, dass es ein paar Medikamente gibt, die möglicherweise präventiv bei Alzheimer helfen, aber natürlich auch nicht billig sind. Ich bekomm das schon hin, mit der Hilfe meiner Familie, nicht wahr, Lilly?“

Und damit schob er Lilly in meine Richtung, die so intensiv auf den Boden gestarrt hatte, als wollte sie mit ihren Blicken Löcher in unseren Garten bohren.

„Ähm. Nora, ich wollte auch Danke sagen. Ich finde es absolut cool, was du gemacht hast. Außerdem möchte ich mich für mein Verhalten in den letzten Monaten entschuldigen. Kannst du mir verzeihen und …“ Jetzt stotterte sie fast. „… Und vielleicht hast du ja in der nächsten Zeit mal Lust, mit mir ins Kino zu gehen. Ich würde mich freuen.“ Sie sah so verschämt drein, dass ich meinen Groll gegen sie hinunterschluckte.

„Ich denke schon“, erwiderte ich lächelnd. Sie schaute mich dankbar an. Das war zwar noch keine wieder gekittete Freundschaft, aber ein guter Anfang.

„Til, das mit eurem Schuppen geht klar, oder?“

„Natürlich, Achtziger-Oma, dir hab ich ja auch einiges zu verdanken. Nicht wahr?“ Til tätschelte Omas Arm.“

Lilly und Til waren eben gegangen, und ich wollte gerade bei der Achtziger-Oma nachfragen, was es denn mit dem Schuppen der Oberwiesers auf sich hatte, als ich in diesem Moment ein Motorrad in unsere Einfahrt einbiegen sah. Der Fahrer war Matt.

„Matt!“, rief ich, und mein Herz begann wie wild zu rasen.

„Tut mir leid, dass ich den Empfang verpasst habe, aber zur Entschädigung würde ich meine Co-Detektivin gerne auf eine Spritztour einladen. Wie wär's?“ Und er sah mich so strahlend an, dass meine Knie einfach nur weich wurden. Dadurch verlor ich allerdings wertvolle Sekunden, in denen sich die Achtziger-Oma, die sich natürlich sofort angesprochen fühlte, aufrappelte und versuchte, hinter Matt das Motorrad zu erklimmen. Matt lachte schallend, dann meinte er: „Liebe Frau Achtziger, ich nehme Sie natürlich auch gerne mal mit. Aber ich hoffe, es ist für Sie in Ordnung, wenn ich zuerst einmal Ihre Enkelin entführe.“ Er lächelte sie auf seine entwaffnende Art an, und die Oma fügte sich, während sie ein wenig mürrisch vor sich hin grummelte: „Na gut, dann schau ich halt mal beim Oberwieser vorbei.“ Und dann schlagartig wieder besser gelaunt: „Der wird mir gar nicht glauben, was in den letzten Tagen alles passiert ist. Und wenn ich ihm erst von dem heißen Italiener erzähle, der mich gerettet hat …“

Matt und ich riefen wie aus einem Mund: „Kein Wort über den Italiener!“

Dann setzte ich den Helm auf, den Matt mir gereicht hatte, schwang mich hinter ihm aufs Bike und schlang meine Arme um seine Hüfte.

„Bis später dann, Oma!“

Wir konnten gerade noch hören, wie sie uns hinterherrief: „Habe ich euch schon erzählt, dass ich im Schuppen der Oberwiesers gemeinsam mit dem Gregor ein Detektivbüro eröffne?“

Ich war mir ziemlich sicher, dass ich mich nicht verhört hatte …

Epilog

Ich saß in meinem Zimmer vor meinem Screen. Ein Chat-Fenster öffnete sich, und ich nahm an, Iron Man meldete sich, neugierig wie immer, um mehr über mein Abenteuer bei AutoDat zu erfahren.

Cara mia!

Das war nicht Iron Man.

MU.

Ganz sicher war das nicht Iron Man.

Engel ist der Justiz entkommen. Wir sehen uns. Bald!

Ich versuchte zu antworten, bekam aber eine Fehlermeldung.

Chat-Begriffe

TTYL = Talk to you later
LOL = Laugh out loud
CU = See you
YMMD = You made my day
B2K = Back to keyboard
4YEO = For your eyes only
ILU = I love you
MU = Miss you

DANKSAGUNG

Ein riesiges Dankeschön an meine zahlreichen Freunde und Helfer. Ohne euch und euer ständiges „Wann ist jetzt endlich dein nächstes Kapitel fertig?" und „Ich will wissen, wie die Geschichte weitergeht!" wäre ich sicher nicht so weit gekommen!

PETRA FELSNER

Petra Felsner, 1966 in Nürnberg geboren, begann nach Abschluss der Schule mit Schwerpunkt Sprachen zum damaligen großen Erstaunen ihrer Familie und Freunde ein Studium der Physik, das sie erfolgreich 1996 mit ihrer Promotion abschloss. Inzwischen arbeitet sie seit über zwanzig Jahren international erfolgreich im innovativen und zukunftsorientierten Halbleiterbereich.

Ihre eigene Begeisterung für spannende Jugendbücher hat sie vor einiger Zeit dazu motiviert, ihre ständig sprudelnden Ideen zu Papier zu bringen und selbst Bücher zu schreiben.

Bei ihren Buchprojekten verknüpft die Kinder- und Jugendbuchautorin ihre fachliche Expertise mit der Leidenschaft für spannende Geschichten. Sie inspirieren dabei besonders neue Technologien und wie diese unseren Alltag und die Zukunft beeinflussen.

Wenn sie nicht gerade beruflich auf Reisen ist, lebt Petra Felsner mit ihrem Mann, drei Kindern, einem Hund, drei Meerschweinchen und einigen Fischen im Süden Münchens.

WEITERE JUGENDTHRILLER IM VERLAG

Der spannende Auftakt der „Little Secrets"-Reihe

Heidrun Wagner
Would You Miss Me?
Bereits im Handel!
ISBN: 978-3-948346-65-2

UND SO GEHT ES WEITER:

Heidrun Wagner
Would you trust me?
Bereits im Handel!
ISBN: 978-3-948346-79-9

maximum-verlag.de
/MaximumVerlag
@maximumverlag